KB168082

이상한 정열

이상한 정열

기준영 소설집

창비

차례

/ 불안과 열망 /

브리즈번으로 떠나기 전날 수경은 여러편의 꿈을 꾸었다. 눈을 뜨자 다른 꿈들은 다 희미해지고 세편의 꿈만이 기억났다. 그녀는 두가지 정도, 뭔가가 더 있다고 생각했다. 그리고 거기 자기가 놓친 암시가 있을 것 같았다.

그녀는 이튿날 아침 인천공항 내 까페에 앉아 여동생에게 전화를 걸었다. 비행기 탑승 시각까지 30여분이 남은 즈음이었다. 카페인과 장시간 비행을 해야 한다는 스트레스 때문에 심장 박동이 빨라졌다. 그녀는 여동생에게 간밤에 아마도 다섯편의 꿈을 꾼 것 같다고 이야기했다. 여동생은 아이를 재우느라 요람을 흔들어주던 참이라 대화에 집중하지 못했다. 다만 아이가 누워 있는 흰색 요람이 바로 지금 한가하게 꿈 이야기나 하고 있는 자기 언니가 사준 것이라는 사실이 떠올라 이렇게 대꾸했다.

"올 때 인이 크림이랑 프로폴리스 좀 사다줘."

"뭐? 크림?"

수경은 간밤의 꿈에 대해 조바심이 가시지 않는 이유를 되짚어 볼 참이었으나, 이내 마음을 접고 아기 피부를 위한 크림의 종류와 상표, '구매 전 표시 성분을 살필 것' 같은 여동생의 요구사항을 받아적었다. 인이는 여동생의 아들 이름 공우인의 맨 끝 자를 딴 애칭이다. 수경은 여동생이 애칭으로 아들 이름을 부를 때마다 거기 딸아이를 낳고 싶어했던 동생의 서운한 마음이 묻어난다고 생각했다. 어쩐지 작은 물고기가 그려진 분홍색 바지를 입은 여자아이가 연상됐기 때문이다. 어렸을 적에 그녀의 여동생은 물고기 문양과 분홍색을 좋아했다. 나중에 분홍색 물고기를 낳고 싶다고도 했다. 그 기억은 이제 수경에게만 남아 있다.

"규진씨가 요즘 제때 잘 안 들어와. 일이 바쁘다고는 하는데, 허구한 날 새벽 서너시야. 애는 나 혼자 낳았나. 어제는 또 들어오자마자 화장실에서 넘어져갖고 한바탕 난리를 다 쳤다니까. 애는 깨서 울어젖히고 남편은 화장실에 자빠져 있고, 나 혼자 이리 뛰고 저리 뛰느라 죽을 맛이었잖아. 근데 좀 수상해. 밖에 여자를 뒀나. 아수라장 만들어놓고 출근한 주제에 아직껏 전화 한통 없이 감감무소식이네."

여동생이 목소리를 낮추어 한껏 푸념을 늘어놓다가 멈추자, 수경은 참고 있던 긴 한숨을 내쉬었다.

"휴우."

그러자 여동생이 열띠게 반응했다.

"그치? 너무 심하지?"

비행기가 이륙했다. 수경은 원래 복도 쪽 좌석을 선호하는 편이었지만, 이날은 창가 쪽에 앉아 가야 했다. 티켓을 구입할 때 좌석을 지정해두었다고 착각하고 있다가, 공항에 도착해서야 그러지 않았다는 걸 깨달았다. 경유지인 홍콩까지는 창가 쪽 좌석밖에 남지 않았고, 홍콩에서 브리즈번까지의 자리는 홍콩에 도착해서야 확인할 수 있었다. 경유지에 머무는 시간까지 합하면 근 스무시간이 걸리는, 하루 사이 겨울에서 여름으로 계절을 바꿔 살게 되는 여정이었다. 장시간 비행에 자기에게 편안한 자리를 미리 살펴두지 않은 것은 그녀답지 않은 일이었는데, 그녀는 그 때문에도 마음의 여유를 잃었다.

수경의 옆, 복도 쪽 자리에는 호리호리한 삼십대 남자가 앉아 갔다. 그는 승무원에게 사과주스를 가져다달라고 하고는 일본어로 된 만화책을 펴들었다. 책의 왼쪽 면에는 날개를 단 여자가 공중으로 날아오르고 있었고, 그 아래로는 가방을 멘 아이들이 교정 밖 어딘가로 뛰어가고 있었다. 오른쪽 면은 아이들이 어른들과 함께 숲 속을 헤매는 그림이었다. 남자는 만화책 쪽으로 점점 고개를 수그리더니 이내 책을 덮고는 양손을 모으고 잠을 청했다. 옆자리 남자가 잠이 들자, 수경은 가방에서 손바닥만 한 흰색 무지 노트와 푸른색 펜을 꺼내 글을 적어내려가기 시작했다.

당신은 모든 게 잘될 거라고 말해. 당신의 가장 좋은 점이지. 나는 당신의 좋은 점들을 제일 많이 아는 여자야. 그래서 당신이 내게 청혼했다고 생각해. 하지만 나는……

거기까지 적고서, 그녀는 헤드폰을 꺼내 쓰고서 음악을 들었다. 들으면서, 다시 썼다.

이런 꿈을 꿨어. 열여섯살짜리 여자애가 지친 나귀를 끌고 길을 떠나는데, 계절은 봄과 여름의 중간인 것 같아. 어쩌면 봄과 여름의 중간에서 영원히 멈춰버린 시간 속을 걷고 있는 것인지도 모르지. 나귀는 이따금 걸음을 멈추고 고개를 주억거리면서 자기가 목이 마르다는 걸 표현해. 그러면 소녀는 둘러메고 있던 가방을 풀어 물병을 꺼내서 나귀에게 물을 줘. 물이 얼마 남지 않았다는 걸 알기에 강을 낀 아름다운 마을의 착한 사람들을 곧 만나게 될 거라고 말하며 나귀를 달래. 나귀는 알아듣는 것 같기도 하고 그렇지 않은 것 같기도 한데, 그때 꽃냄새를 실은 바람이 불어와 둘의 눈이 시원하고도 향기롭게 열리지. 소녀와 나귀는 깊은 숨으로 대기를 호흡하고는 천천히 깨닫게 되는 거야. 아, 우리는 둘 다 그림자가 없구나. 그래서 어디로도 돌아갈 수가 없구나. 마을을 찾아 걷고 있다는 생각은 틀렸어. 뒤쪽에서 사람들이 둘을 쫓는 소리가 들려와. 소녀가 비로소 나귀의 등에 올라타면 나귀는 절룩거리면서도 달려나가.

소녀는 아버지와 어머니가 고통스럽게 죽어가는 것을 지켜보다 숨이 빨리 끊어지게끔 도와주었어. 도망쳐야 하지. 도망칠 수 있는 것으로부터. 나귀와 소녀는 저 멀리 꽃무덤을 향해 높이 뛰어올라. 하지만 발밑은 낭떠러지라 끝없이 추락하지. 그리고 나는 헐떡이며 캄캄한 내 방에서 깨어나. 심장이 부풀어오른 것처럼 턱 아래까지 울리며 뛰고, 나는 꿈속에 두고 온 나귀 때문에 마음이 너무 아파.

비행기가 홍콩에 내려앉고 있을 때 수경은 노트 위에 손을 올려놓은 채 잠들어 있었다. 옆자리의 남자는 도로 일본어로 된 만화책을 펴들고 읽는 중이었다. 수경이 기체의 흔들림에 몸을 뒤척이다 눈을 뜨고 주변을 두리번거리자, 남자가 그녀에게로 고개를 돌리고 물었다.

"괜찮아요?"

한국 사람이었나. 그녀가 눈을 빠르게 깜박이며 반응했다.

"기내식 나올 때 깨울까 하다가…… 어디 아픈 건 아니죠?"

"네."

수경은 스스로를 끌어안듯 팔짱을 끼고서 힘을 꽉 주었다.

"홍콩은 여행인가요? 아님 일?"

"경유해 브리즈번으로 가요."

"아, 저도요."

남자는 미소를 짓고는 이어 말했다.

"전 홍콩에서 일박하고 갈 거예요."

수경은 "네" 하고 대꾸하고는 창밖을 보았다. 비행기가 활주로에 내려앉았다. 남자는 친구가 홍콩에서 요리를 배우고 있다고, 거기서 하루 묵을 예정이며, 온전히 쉬기 위해 관광은 하지 않을 것이라 했다.

“브리즈번에서 우연히 다시 만나게 되면 제가 식사 대접할게요.”

남자가 장난스럽게 덧붙였다. 그가 선반에서 수경의 점퍼를 챙겨 내려주자, 그녀는 친절에 보답하듯 상냥하게 대꾸했다.

“그럴까요?”

“무슨 일 하세요?”

“라면회사 판촉 일요.”

남자 역시 자기 직업을 소개했으나 수경은 흘려들었다. 라면회사 판촉 일이라니. 거짓말을 술술 내뱉은 자신에게 놀랐고, 그 여운에 잠깐 만족스러웠다.

“불황이 없는 일이겠는데요.”

남자가 말했다.

“전투적이고 경쟁적인 일이에요, 그쪽 일만큼이나.”

수경은 남자의 직업에 대해 여전히 인식하지 못하고 한 말이었으나, 남자는 “서울에서의 일이 다 그렇지요” 하고 고개를 끄덕였고, 둘은 그 대화 끝에 가볍게 목례를 나누고 헤어졌다.

홍콩에서 브리즈번까지는 다행히 복도 쪽 좌석을 선택할 수 있었다. 여섯시간 대기 후 아홉시간 비행. 수경은 항공권을 챙겨 지갑에 넣고서 화장실을 찾아 들어갔다. 세안을 하고 좀더 가벼운 옷으로 갈아입은 뒤 밖으로 나와 휴대폰을 켜고 부재중 전화와 메시지들을 체크했다. 약혼자가 그녀에게 남겨놓은 음성메시지가 있었다. 그녀가 좀 전에 그를 향해 허공 어딘가에서 적어내려갔던 글들은 아무것도 아니란 듯이, 마치 그걸 깨닫게 해주려는 듯 침착하게 착 가라앉은 목소리였다.

"도착하면 세나가 공항에 마중 나와 있을 거야. 안네조피 무터의 연주가 잡혀 있다더라. 일정 한번 확인해봐봐. 싸우스뱅크 쪽에 괜찮은 음식점들이 있어. 것도 세나가 알려줄 거야."

다정한 사람은 아니지만, 노력해야 하는 때가 언제인지 아는 남자였다. 그렇더라도, 그가 브리즈번에 사는 사촌여동생에게 연락을 취해서 미리 수경의 거처와 일정에 대해 이야기를 나눈 걸 온통 그의 배려라고 보기는 힘들었다. 수경은 그와 그의 사촌여동생이 지난 4년간 딱 한번 얼굴을 보았을 뿐인 소원한 사이라는 사실을 가볍게 지나칠 수 없었다. 그래서 그의 메시지는 이렇게도 들렸다. 세모는 세모고 네모는 네모지만, 나는 그 모두를 동그라미 안에다 그려넣을 수 있지. 수경은 신세 지기 싫어하는 고집스러운 자아가 고맙지 않은 일을 고마워해야 하는 불편함을 감수하고 싶지 않아 가슴속에서 버티고 튕기는 걸 느꼈다. 그래서 메시지를 확인했고 배터리가 얼마 남지 않아 나중에 연락하겠다는 짧은 문자메시지를 보낸 뒤 휴대폰의 전원을 껐다.

식당가의 테이블 곳곳에는 가족 단위의 여행객들, 연인들, 친구들, 혼자 식사를 하는 젊은 남자, 노인과 아이들이 자리 잡고 있었다. 상기된 젊은이들의 표정 뒤에 졸음을 참는 듯한 중년 남녀의 시들한 표정. 수경은 자기 또래로 보이는 서양 여자가 혼자 앉아 있는 테이블로 다가가 그 근처에 자리를 잡았다. 그리고 그 여자가 종이에 무언가를 골똘히 적어내려가는 모습을, 헤아리는 듯한 눈빛을, 고개를 좌우로 흔들다 다시 수그리는 것을, 어깨 뒤로 넘겨둔 금발이 앞쪽으로 흘러내리는 흐름을 가만히 지켜보았다. 일기를 쓰나? 수경은 자기도 노트와 펜을 꺼내들고 기록하는 체하다 고개를 들었다. 눈이 마주치면 말을 건네볼 생각이었지만, 금발의 여자는 그녀에게 관심이 없었다. 수경과 눈이 마주치자 어깨를 으쓱해 보이더니, 각종 영수증들을 가방에서 꺼내놓고는 지출 내역이 맞는지 확인하기 시작했을 뿐이다. 수경은 다시 고개를 수그리고 기내에서 자기가 적었던 글들을 찬찬히 읽어본 뒤 이어서 썼다. 두번째 꿈은 첫번째 꿈에서 두고 온 것들 때문에 시작된 것 같아. 그녀는 그렇게 적고는 잠깐 펜을 멈췄다. 그리고 그다음부터는 느리게 꾹꾹 눌러 썼다.

나는 검정색 남자 슈트를 차려입고서 땅을 파고 있어. 주변에는 하늘거리는 여름 원피스를 입은 여자들이 둘러싸고 있는데, 간간이 그녀들끼리 속삭이는 말소리가 들려와.

“저 사람, 예전에 여기다 새를 묻었대.”

원피스 무리가 작게 탄성을 울리지만 나는 아랑곳하지 않고 계속 삽질을 하고 있어. 태양이 점점 뜨거워지고 있고, 내겐 시간이 많지 않거든. 입고 있는 셔츠는 눈부시게 흰데, 깃이 너무 빳빳해서 삽질을 계속하는 동안 목둘레의 연약한 피부가 쓸리는 게 느껴져. 점점 따갑고 아프지만, 호소할 데가 없어서 그저 더 열심히 움직여. 그런데 좀 있으려니 하늘색 원피스를 입은 빨간 머리 여자가 다가와 말을 거는 거야.

"저기요, 새를 찾는 거죠?"

"새요?"

나는 되물었어.

"아닌가요? 다들 그렇다고 하던데요."

내가 잃어버린 게 새였나? 무섭게도 삽시간에 해가 졌어. 삽 끝은 뭉뚝하게 닳았고, 손바닥에서는 피가 흘러내려 바닥으로 떨어지지. 여자들은 어디론가 사라지고 보이지 않았어. 파헤쳐진 땅에서는 아무것도 나오지 않았고. 나는 삽을 버려두고 슈트를 벗었어. 셔츠의 단추를 풀고 흐트러진 매무새로 흙바닥에 드러눕자 밤의 상념들이 촛불처럼 일어나며 흔들렸어. 눈을 감고 숨을 골랐지. 감은 눈 안쪽이 하얗게 밝아오면서 입이 벌어지더라. 정말 저절로 그렇게 되더라. 다시 눈을 뜨려니 힘이 들었어. 겨우 눈을 떴을 때는 머리 위로 하얀 천이 덮이고 있었는데, 나는 생각했어. 새가 찾아왔나보다. 하지만 기대와는 달리 새소리는 들리지 않아. 낮에 상처 입은 목둘레의 피부가 불에 덴 듯 뜨거워지며 열꽃이 피어올라. 열꽃이 온몸으로 번지는 중이야. 아아아. 나는 아파하면서도 새와 교감하고자 애를 써. 소리가 제대로 나지 않아 울음으로 변하지. 아기 울음소리. 난 하얀 천에 싸여 누군가의 품에 안긴 채 보채고 우는 갓난아기가 되었어. 아기를 안은 사람은 급히 달려가고 있는데, 나는 그게 전혀 고맙지가 않아. 흰 천에 둘러싸인 채 꼼짝을 못하지. 어둠이 부당하게 느껴지고, 많은 노력이 허사가 된 느낌이었지만 울음을 멈췄어. 멈출 수 있는 건 그것뿐인 것 같더라. 그래서 그 꿈에서 깨어났을 때는 내가 미워하는 것들에 대해 생각했고, 그것들을 뭉뚱그려 이름을 붙여보려 했어. 그렇게 한데 묶어놓으면 커다란 전설의 새가 와서 물어가길 바라면서. 라일라,라는 여자 이름을 붙이지. 바람에 날려가는 노래 같은 이름으로. 내 미움의 무게가 가벼워지길 바라면서. 나는 생을 사랑한다고 느껴. 하지만 삽자루를 쥔 손이 무척 아팠던 것이 기억나 다시 마음이 가라앉지.

저녁 무렵에 그녀는 브리즈번행 비행기에 올랐다. 옆자리에 앉은 사람은 노년의 중국 남자였는데, 감기에 걸려 자주 코를 훌쩍였다. 그는 비행 두시간 만에 처음으로 화장실에 다녀오며 수경을 잠시 일으켜세웠고, 이후 두번 더 왔다 갔다 하며 그녀에게 조금씩 더 미안해했다. 남자는 그녀에게 어느 나라 사람인가 묻고는, 그녀가 한국인이라고 대답하자 호주에 한국 학생들이 많다며 아는 체했다. 그리고 자기 아내는 류머티즘을 앓아 걱정이라면서, 자기가 아내 대신 브리즈번에 있는 아내의 남동생을 만나러 간다고 하더니 이내 다시 화장실로 갔다. 남자가 볼일을 마치고 돌아와 다시 수경의 옆에 다가섰을 때, 그녀는 자기가 창가 자리에 앉아 가도 괜찮다면 그렇게 하겠다고 먼저 말을 꺼냈다. 남자는 고마워했고, 수경은 창가 쪽 자리로 옮겨갔다. 대화는 더 이어지지 않았다. 남자는 춤추는 여자들이 나오는 영화를 보기 시작했다. 수경은 노트를 펼쳤다. 옆자리에 앉은 사람이 화장실에 갈 때마다 자신에게 구해야 할 양해의 무게와 절차를 덜어주었다는 사실에 막연히 안정감을 느꼈다. 그리고 그 상태로 세번째 꿈에 대해 썼다.

"오빠가 언니 얘기 많이 하더라고요."

브리즈번 공항에서 약혼자의 사촌여동생을 만나는 일은 수경의 예상보다는 수월했다. 서울을 떠나기 전에 봤던 사진에서 그대로 걸어나온 것 같은 옷차림과 얼굴 생김새의 이십대 여자가 그 세나였다.

"세나씨, 나 여기서 만날 사람이 있어요."

수경은 금세 호텔 방을 구할 수 있을지 어떨지 몰라 하루 이틀 정도만 신세를 지겠다고, 이후에는 친구와 돌아다니게 될 거라고 둘러댔다.

에어트레인을 이용해 시내로 들어가기로 하고 기차를 기다리는 동안, 그녀들은 벤치에 앉아 서로의 연결점인 한 사람에 대해서만 화젯거리를 모아볼 수 있었다. 키가 크고 무뚝뚝한 편인 남자. 예상치 못한 데서 섬세한 면모를 내보여 여자에게 감동을 줄 줄 아는 남자. 학창 시절에는 주먹깨나 쓸 줄 안다고 떠들썩하게 소문이 났던 적도 있지만, 다닥다닥 모여 있는 벌레들을 보면 여전히 새가슴이 되는 남자. 한 남자를 이루는 여러 남자, 여러개의 조각들.

"오빠는 참 태평한 사람인데, 가끔 좀 고양이 같은 데가 있죠."

세나가 말끝에 평가를 내리듯 그렇게 덧붙였는데, 수경은 고향이 같다는 건 좋은 뜻으로 한 이야기인지 아니면 그 반대인지, 태평한 사람이라는 건 칭찬인지 아니면 넌지시 비꼬는 표현인지 알 수 없었다.

그때 기차가 들어왔다. 둘은 차에 올라 나란히 자리 잡고 앉았다. 수경은 낯선 도시의 이른 아침 풍경 속을 가로지르며 이제 막 처음 본, 그렇게 무관하지도, 굉장히 밀접하지도 않은 옆사람과의 관계가 앞으로도 그렇게 죽 평행선을 그으며 흘러갈 것만 같은 기분이 들었다. 그때 그 평행선의 끝에서 세나가 다시 말을 걸었다. 툭, 뭔가를 던지거나 부려놓듯이.

"제 전 남자친구는 저 때문에 한국말 배웠어요."

수경은 시선을 맞추는 예의를 보였다.

"그럴 필요 없다고 했는데도 그러더라고요. 근데 다 쓸데없는 말만 배워서 싸울 때나 써먹더니 짐 싸갖고 나가버렸어요. 한달 전 일이에요. 오빠야 그런저런 일 다 모르죠, 오랜만에 통화한 거니까. 아무튼 있는 동안은 편히 지내세요. 오빠는 정말 언니를 많이 생각하는 것 같더라고요."

이상한 화법이었다. 불편한 감정과 그렇지 않은 감정이 뒤섞여 있었다. 그녀는 잠자코 다음 말을 기다렸다.

"일은 그만두시나요? 오빤 그렇게 말하던데."

"아뇨, 이직을 생각하고 있어요."

"무터 연주를 좋아하신다고요."

“아, 그건 그 사람 취향이에요.”

“그래요? 오빠 말하곤 조금씩 다 다르네요.”

갑작스럽게 맞이한 여름 기온과 약간의 신경증 섞인 질문들로부터 놓여나고 싶다는 생각이 그다음 말을 불러냈을까? 수경은 자기 인생에서 한번도 시도하지 않았던 모험을 했다.

“저도 그이랑 헤어질지 몰라요. 제가 연락하기 전까지는 다른 말은 전하지 말아주세요. 부탁이에요.”

수경은 그 순간 사람들이 빽빽이 들어찬 어떤 단체사진에서 자기 모습만 도려낸 것 같은 느낌이 들었다. 울적하기도 했고, 후련하기도 했다. 처음 보는 사람을 향해 두려움을 털어놓는 게 이런 기분이구나. 그녀는 구멍난 사진에 바람이 통하는 걸 상상하며 시원하다, 시원하다, 하고 되뇌어보았다.

두 사람은 로마스트리트 역에 내렸다. 수경은 계획을 뒤집고서 비즈니스호텔을 잡았다. 세나 역시 그 편이 합리적이라 보는 듯했다. 적당한 호텔 방을 잡는 일은 세나가 도와주었다.

“이러는 게 맞는 건가 모르겠어요.”

세나는 형식적으로 그런 말을 하긴 했다. 그리고 명랑한 목소리를 꾸며냈다.

“이따 식사나 같이 할까요?”

그녀들은 한시간 반 후에 호텔 로비에서 만나기로 하고 헤어졌다. 수경은 호텔 방을 찾아 들어가서 짐을 풀고 난 뒤 샤워했다. 젖은 머리칼을 말리고 침대 위에 다리를 죽 뻗고 누웠다. 긴장돼 있던 몸의 근육이 이완하면서 전신이 매트리스 밑바닥으로 푹 꺼져 버릴 것 같은 기분이 들었다. 그녀는 뒤척이다 잠깐 잠들었고, 30여 분 뒤 저절로 깨어났다. 그리고 간단한 소지품들을 손가방에 챙겨 넣고는 곧바로 호텔 로비로 내려갔다.

세나는 약속 시간보다 10분 늦게 나타났다. 두 사람은 호텔에서 가까운 레스토랑으로 가서 수프와 샐러드를 먹었다. 주변에는 나이 지긋한 현지인들이 담소와 식사를 즐기고 있었다. 세나는 그사이 사촌오빠와 통화를 했다고, 다른 이야기는 절대 하지 않았으며, 수경이 잘 도착했다는 것만 알리고는 금세 전화를 끊었다고 했다.

"피곤했는지 씻고서 금세 잠이 들었다고 말하긴 했는데, 두번이나 혀가 꼬이더라고요. 오빠가 뭘 알아차렸을지는 모르겠어요."

세나는 필요하다면 자기가 어느정도 가이드를 할 수는 있지만, 그게 언제든 반나절 이상 시간을 비울 수는 없으니 어쨌든 둘이 스케줄을 맞춰보자고 했다. 수경은 세나가 이 일로 더이상 신경을 쓰게 하고 싶지 않았다.

"괜찮아요. 저녁에 그이랑 통화해서 내가 잘 말해볼게요."

그러자 세나는 비로소 홀가분해진 표정으로 고개를 끄덕였다. 수경은 이제 진심이 아닌 시간들은 조금도 더 견딜 수 없다는 생각이 들었다. 그 생각은 일종의 발작 같았다. 동작이 예기치 않게 커지고, 표정이 굳고, 그리고 종래엔 그걸 보는 사람의 두려움 속에서 많은 부분이 갇혀버리게 된다. 그렇게 될 걸 직감했으면서도, 그녀는 자제하지 않았다.

"오기 전 서울에서 이런 일이 있었어요."

수경의 말에 세나는 샐러드를 우물거리며 손가락 끝으로 자기 턱을 만지작거렸다.

"엘리베이터가 고장나서 11층 사무실에서 8층까지 계단으로 뛰어내려왔어요. 다리에 힘이 풀려 속력을 좀 줄여야겠다 싶던 차에 그만 몸이 먼저 무너져버렸어요."

"세상에."

세나가 무표정한 얼굴로 장단을 넣었다.

"삐끗하고 넘어지며 주저앉았는데, 그냥 고꾸라졌다면 앞니가 나가버렸을 거예요. 다행히 난간에 이마만 부딪쳤거든요, 무릎이 좀 까졌고. 이마가 되게 부풀어올라 괴물 같았는데, 그땐 그걸 모르고 구멍난 스타킹만 가리면서 도로 사무실로 올라갔어요. 사람들이 엄청 놀라면서 가까운 병원으로 가보라고 하더라고요. 다행히 엘리베이터가 다시 작동되기에 그길로 병원으로 갔어요. 진료실로 들어가니까 갑자기 창밖이 캄캄해지면서 천둥이 치고 비가 쏟아지는 거예요, 어마어마한 장대비가. 거울 속의 나는 내가 낯선데, 늙은 의사하고 창백한 간호사가 우두커니 나를 바라보고 있는 상황인 거예요. 뭘 어떻게 말해야 할지 모르겠더라고요. 어떻게 아프다, 어떻게 넘어졌다. 그날따라 온종일 아무에게도 연락이 닿지 않았어요."

멍하니 듣고 있던 세나가 허공에 떠오른 수경의 손을 잡고 갑자기 힘을 주었다.

"아, 오빠가 이야기해준 거 같아요."

"네?"

"언니가 좀 예민해져 있다고."

"그랬어요?"

"네."

"좀 피곤하네요. 오늘은 그만 들어가 쉴까봐요."

수경은 세나와 헤어지면서 그녀의 뒷모습을 한동안 바라보았다. 약혼자의 배려와 그 배려로 엮인 사람들 속에서 수경은 가끔 이방인 같은 기분을 느꼈고, 그때마다 그 이유를 자기 탓으로 돌렸다. 사랑은 많은 것을 가능하게 했다. 자책과 결심과 흔들림과 버팀과 기다림과 안타까움에도 붙일 수 있는 이름이 됐다. 그녀는 약혼자가 신혼여행지로 택하고 싶다고 종종 말해왔던 곳으로 혼자 떠나기로 결정하면서, 결혼에 대해서 다시 한번 신중하게 생각해보고 싶다고 고백했다. 지난 시간들을 모으고 추리고 다시 품는 장소로는 1년 내내 따뜻한 도시가 좋겠다는 생각이 들었다며 나름대로 용서를 구했다. "가끔 예측할 수 없는 게 네 매력이긴 하지." 약혼자는 황당한 마음과 표정을 감추듯 그녀의 팔을 스치며 절반쯤만 뒤돌아섰다.

수경은 약혼자가 지인들에게, 그저 그녀가 예민해져 있으며 결혼을 앞두고는 모든 여자들이 그런 모양이라고 일반화하는 이야기를 들었다. 또 그가 마치 어떤 화제에 대해서는 항상 올바른 대답이 결정되어 있다는 듯이 그녀에 관한 평판에 얹어 이런 말을 읊조리기도 한다는 걸 알고 있었다. "다른 야망이 있는 여자는 아니야."

수경은 호텔로 돌아가지 않고 그길로 혼자서 타운홀로 갔다. 여행 가이드북에서 그곳이 1930년에 지어진 사암 건물이라는 글을 읽었을 때, 손으로 벽을 만져보고 싶다는 생각이 들었던 게 기억났다. 마침 건물 입구에는 브룩이라는 이름표를 단 젊은 여자가 서서 안내를 준비 중이었다. 브룩의 근처에 모여든 열세명의 관람객들 중에서 동양인은 수경을 포함하여 둘이었다. 세명의 서양 할머니들이 다른 사람들과 눈인사를 나누었다. 푸른색과 베이지색의 고운 원피스 차림의 할머니들은 우아해 보였다. 수경은 그 낯설고도 다정한, 예를 갖춘 사람들 속에 섞여들어 위층으로 올랐고, 홀의 객석에 자리 잡고 앉아 그곳에서 있었던 행사와 대형 파이프오르간, 돔형의 천장에 관한 설명을 들었다. 엘리베이터를 타고 아래층으로 내려가 한때 방공호로 쓰였다는 공간도 둘러봤다. 벽에 약간의 낙서가 보존되어 있었는데, 2차대전 때 그곳으로 온 미군들이 군번과 이름을 남겨놓은 흔적이라 했다. 브룩은 단체관람 오는 어린아이들에게도 늘 같은 설명을 해주곤 하는데, 그러면 그중 한두명은 꼭 이렇게 물어온다며 웃었다. "그런데 왜 우리들은 낙서하면 안되나요?" 모두 그 대목에서 아이가 된 것처럼, 또는 아이의 친구인 것처럼 나지막이 소리 내어 웃었다.

투어가 끝나고 사람들은 흩어졌다. 수경은 어린 남매를 동반한 중년 남자를 뒤따라 수동식 엘리베이터를 타고 시계탑 꼭대기로 올라갔다. 깨끗한 도시의 모습을 내려다보며, 며칠 뒤 곳곳에서 이

어질 크리스마스 퍼레이드 행렬이 타운홀 앞으로 모여들 거라는 정보도 얻었다. 탑에서 내려와서는 도보로 다리를 건너서 싸우스뱅크로 갔고, 좀 지칠 무렵 페리를 타고서 도로 강을 건너 호텔로 돌아왔다. 흐르는 물과 느리게 걷는 새들, 꽃과 건물들, 연인들의 뒷모습을 카메라에 담았다.

호텔로 돌아왔을 때는 저녁 무렵이었다. 지난 며칠 동안 그녀의 마음속에는 여러개의 물길이 나 소용돌이쳤지만, 그 저녁에는 그것들이 한데로 고요하게 흘러들어 모였다. 호텔 방에 들어서자마자, 그녀는 충전을 하기 위해 두고 갔던 휴대폰을 챙겨들고 만지작대며 앉아 있다가 약혼자에게 전화를 거는 대신 이메일을 썼다.

잘 도착했어. 세나는 귀여운 애더라. 발목이 얇고, 입술도 얇고, 당신하곤 닮지 않았어. 오늘 타운홀을 둘러봤어. 시민들에게 많이 개방돼 있다더라. 최근에는 브리즈번에 사는 백살 넘은 노인들을 모두 접견실로 초대한 적도 있는데, 백여명의 노인들이 모였지만 그날 계단을 이용해 접견실로 올라온 사람은 단 한명도 없었대. 그 말을 듣고는 백살 넘은 우리가 낯선 도시의 계단 앞에서 만나 서로의 난처한 몸과 마음을 바라보면서도 미소를 짓는 생각을 했어. 나는 그 어느 때보다 멀리서 그 어느 때보다 당신을 사랑해.

수경은 그렇게 적었다가 마지막 문장을 지워내고 그 자리에 '또 연락할게'라고만 고쳐 쓴 뒤 메일을 발송했다. 그의 너그러운 면에 미소를 지으면서, 그녀의 가장 너그러운 마음을 열어둔 글이었지만, 그 때문에 아직 말이 되지 못한 것들이 더 뾰족해져서 몸속 여기저기를 쑤시고 돌아다니는 것 같았다. 그녀는 아주 피로했는데도 해가 지면 한산해지는 그 조용한 도시에서 잠을 제대로 못 이뤘다.

이후 사흘 동안 수경은 매번 생애 가장 눈부신 아침들을 만났다. 그리고 조금씩 비슷하면서 다른 하루들이 시작됐다. 그녀는 되도록이면 햇빛이 쏟아지는 낮 거리를 마음껏 누리려 했다. 마켓에서 체리와 꿀을 샀고, 한인이 운영하는 가게를 찾아 들어가 조카와 여동생을 위한 크림과 프로폴리스 몇가지를 추천받았다. 커다란 중고서점에서 오래된 책냄새를 맡으며 긴 통로를 살금살금 걸어다녔고, 퀸즐랜드 주립도서관 밖 벤치에서 한꺼번에 세마리의 도마뱀을 만났다. 무작정 버스를 타고 근교로 나갔다가 또다른 버스를 잡아타고 시내로 되돌아왔다. 평범한 길목과 길목 사이에서도 잠깐 동안은 길을 잃었고, 수많은 새들의 사진을 액자에 넣어 걸어둔 상점으로 들어가서 그녀의 두번째 꿈에 날아들었다면 좋았을 만한 커다랗고 하얀 새 사진 앞에 오래도록 서 있기도 했다. 마치 그런 장면 앞에서 실제로 위로받았던 기억이 있는 사람처럼. 박물관 복도에서 생각지도 못했던 이벤트에도 참여했다. 친절한 안내문에 따르면 그녀가 엽서를 하나 골라 주소와 메시지를 적어 내기만 하면 그 주소로 엽서를 발송해준다는 것이다. 수경은 공들여서 엽서를 골랐다. 엽서는 총 열다섯종으로 앞면에는 모두 각기 다른 건물

사진이 있었다. 사진들 속의 건물은 음식점, 술집, 패스트푸드점, 숙박업체 등으로 달랐지만, 간판에 사람 이름을 올려붙인 점과 그 이름들이 모두 네온사인으로 빛난다는 점이 같았다. 그녀는 분홍색 멜라니와 노란색 앤서니를 골랐다. 분홍색 멜라니는 여동생 앞으로 보냈다. 네가 잃어버린 물고기가 여기 살고 있다, 언니가. 그리고 노란색 앤서니는 약혼자에게 보냈다. 약혼자에게 보내는 글은 오래 망설이다 세 문장을 적었다.

그 사흘의 마지막 날, 눈부신 한나절이 기대치 않았던 밤의 고투를 불러왔다. 그녀는 그날 낮에 나랑 역으로 가서 버스를 타고 골드코스트로 갔다. 초당 9미터를 이동하는 초고속 엘리베이터를 타고 스카이포인트의 77층 전망대에 올라 골드코스트의 경관을 내려다보면서 바다 위에 희끗희끗하게 떠올랐다 사라지는 작은 점과 선들을 헤아렸다. 그것이 서퍼들의 움직임이라는 것을 알아챌 때까지.

"아, 여기서 보네요."

한국말이 들려왔다. 수경은 아마도 자기가 보고 있는 것을 다른 누군가도 보고 있는 모양이라고 생각했다. 역시 호주에는 한국인들이 많은가봐, 하고.

"혼자 오신 거예요?"

남자가 그녀 팔에 잠깐 손을 짚었다 뗐다.

"네?"

수경은 그제야 남자를 돌아봤지만 금세 알아보지는 못했다.

"비행기요. 네시간 동안이나 옆에 있었는데."

홍콩행 비행기에서 일본만화책을 보던 남자. 아! 그녀는 작게 감탄사를 내뱉고는 재미있다는 듯 웃었다.

"약속 지키셔야겠네요."

수경은 아찔한 아래쪽 풍경 속으로 내려가 혼자 걷는 일이 두렵게 느껴져서 그렇게 말했다. 남자는 자기도 혼자라고 하더니 활짝 웃었다.

수경은 남자와 신발을 벗어 들고 해변의 고운 모래를 밟으며 걸었다. 젊은 남녀들이 일광욕을 즐기거나 파도를 타고 바다 저 멀리로 나아갔다. 파도가 높아지며 가까이 밀려올 때마다 수경은 아찔해하며 뒷걸음질쳤다. 서퍼들이 보드를 타고 멀어졌다가 물에 빠지면서 도로 밀려오는 것을, 다시 보드에 올라 균형을 잡는 모습을 신기하게 바라보았다. 함께 걷는 동안 수경과 남자는 "저것 봐요" "이것 봐요" 하는 말 이외에 다른 말은 나누지 않았다.

수경은 남자와 상가 쪽으로 나왔다. 수경의 다리는 바람에 실려온 모래로 엷은 노란색을 띠었다. 모래를 씻어내겠다고 아무 호텔에나 찾아 들어갔다. 남자는 로비에 놓인 회색 소파에 앉아 그녀를 기다렸다. 그녀가 화장실에서 다리를 씻고 돌아왔고, 둘은 소파에 나란히 앉아 나랑 역으로 돌아가는 버스 시간을 체크했다. 그때 비치웨어 차림의 세나가 나타났다. 마찬가지로 비치웨어를 입은 한 여자와 두 남자 사이에서. 눈이 마주치자 수경은 웃음을 띠었지만, 세나는 웃지 않았다.

"여기서 뭐 해요?"

수경이 먼저 물었다.

"뭘 하긴요."

"오빠한테는 내가 연락해뒀어요."

"잘하셨네요."

세나가 먼저, 그리고 일행들이 그뒤를 따라 호텔 밖으로 나갔다.

남자는 그 일에 대해 수경에게 아무것도 묻지 않았다. 그들은 나랑 역까지 버스를 탔고, 거기서 기차로 갈아타고 브리즈번으로 함께 돌아왔다. 돌아오는 기차 안이 조금 춥게 느껴졌는데도 수경은 쏟아지는 잠을 어쩌지 못하고 남자의 어깨에 머리를 기대고 졸았다. 그다음은 그의 숙소였다. 어둠이 내려앉고 있었는데, 수경은 남자의 호텔 방으로 향하는 엘리베이터에 올라타면서, 이런 일이 무엇을 의미하는지 모르는 체하지는 않았다.

"씻고 이따가 같이 카지노에 가요. 참, 그전에 제가 밥을 사야죠."

방에 들어서자 남자가 여유롭게 웃으며 말했고, 수경은 그가 허투루 한 식사 약속을 신사처럼 지키고자 한다는 데 가치를 부여하지 않으면서도, 그밖의 무수한 뭔가를 그에게 부여한다는 듯한 미소를 지었다. 남자는 미리 변명하듯 읊었다.

"내일 전 씨드니로 가요. 거기서 또 봐야 할 사람들이 있어서."

수경은 그 말에는 대답하지 않았다. 그리고 자기가 이해해야 할 일이 더 있다는 듯이 그의 팔을 한번 훑어내리며 한마디 했다.

"먼저 씻어요."

남자는 그 와중에도 휴대폰과 지갑을 챙겨 욕실로 들어갔고, 그 모습을 숨기려 들지도 않았다. 창밖은 어두웠고, 조용했다. 수경은 휴대폰을 들어 약혼자에게 전화를 걸었다. 그녀는 이 모든 게 삶과 어울린다고 생각했다. 또 여기에는 질서가 있다,고도 생각했다.

"어디야?"

그녀의 약혼자가 전화를 받자마자 대뜸 물었다.

"창가야."

그녀가 대답했다.

"세나한테 들은 이야기가 있지만, 내가 캐묻진 않을 거야."

그가 말했다.

"이상한 우애로 날 당황하게 하네, 당신네 식구들은."

그녀가 말했다. 그는 자기 가족들이 그녀를 마땅치 않게 여기는 건 그가 미안해해야 할 일이 아니라 궁극적으로 그녀가 받아들여야 할 일이 될 거라고 했다. 단호하고 짧은 말이었지만 일종의 웅변이고 해설 같았다. 그녀는 화가 났지만, 그를 화나게 하고 싶다는 마음으로 참았다.

"나 어떤 남자랑 호텔에 있어."

그녀가 창가에서 등을 돌리고 벽에 몸을 기댔다. 문 닫힌 욕실이 보였다.

"까불지 마. 진짜라면 그 남자가 멍청해서 까부는 거야."

"날 어떻게 생각해?"

"뭐라고?"

"날 뭐라고 생각해?"

"이런 질문이 지금 어울린다고 생각해?"

"난 요새 밤마다 소처럼 우는 꿈을 꿔."

"그렇담 넌 되게 좋은 데 팔려가는 소야. 그렇게 생각해."

그러자 그녀는 정말 울기 시작했다.

"나 바빠. 뜬금없이 이러지 좀 마. 이런 게 네 식의 음미야? 네 생각이 뭐든 네 대답은 예스인 것 같은데."

"무슨 뜻이야?"

"돌아올 데가 있으니까 멀리 떠날 생각도 한 거지. 안 그래? 네가 그렇게 여유 있는 사람이었어? 언제부터?"

"그게 당신 본심이야?"

"본심 같은 건 여기저기 때때로 다르게 있어. 나 피곤해."

"자기가 싫어. 나도 싫고."

"내일 다시 얘기해."

전화가 툭 끊겼다. 그녀는 그의 목소리가 사라진 곳에서 혼자 중얼거렸다.

"하려면 지금 해, 지금. 내일이 없는 것처럼 당장."

욕실 문이 열리고 남자가 샤워가운을 입고 나왔다. 그는 한 손에 지갑과 휴대폰을 든 채로 그녀를 쳐다보며 물었다.

"무슨 일이에요?"

그녀가 눈물을 쏟아내며 말했다.

"남편하고 애가 기다려요."

수경은 샤워가운을 입은 남자를 뒤로하고 밖으로 빠져나왔다.

거리는 한적하고 쓸쓸했고, 그녀는 방금 전의 일을 직접 겪고 확인하기 위해서 멀리 떠나온 것만 같았다. 절망감에 걸음이 헛돌았다. 가까운 길을 두고 먼 길을 돌았다.

그녀가 브리즈번행 비행기 안에서 적어내려간 세번째 꿈은 야외 잔디밭에서 시작되었다. 커다란 식탁과 다양한 음식들, 경쾌한 음악을 쏟아내는 밴드와 정장을 한 남자들, 치맛자락을 흔드는 여자들, 춤추는 아이들이 있었다. 해가 중천에 떠 있을 때부터 저물녘까지 사람들이 흥에 겨워 취해갔다. 그러나 그녀는 자기 자리가 어디인지 알지 못해 떠도는 바람 같았다. 테이블 위에 놓인 반쯤 배가 갈라진 새끼돼지가 자기인지, 흙 묻은 드레스 자락을 털고 있는 촌부가 자기인지, 분수대 근처에서 잃어버린 신발짝을 찾는 아이가 자기인지 알 수 없었다. 그래서 아름다운 꿈인데도 어딘가 비어 있는 불온한 그림 같았고, 거기 이르기까지 몇개로 도막난 나머지 꿈들이 궁금했다. 그러나 이제는 그것이 무엇이든, 또는 그것이 셋이든 다섯이든 스물넷이든, 상관없었다. 행복의 양탄자는 이미 오래전에 그녀 발밑을 미끄러져 가버린 듯했다. 그녀가 '당신'이라 칭하며 아련하게 시작했던 그 모든 글들의 수신자는, 그 주인은 약혼자가 아니었다. 그 깨달음이 예감보다도 훨씬 참담했다. 호텔로 돌아오는 길에, 그녀는 남반구의 보름달 아래서 유모차를 끄는 여자와 가죽점퍼를 입은 젊은 남자를 마주했다. 거기서 잠깐 멈춰 서서 서늘한 밤바람을 들이마셨다. 저들은 부부가 아닐 거야. 그녀는 생각했다. 아닐 거야.

수경은 사흘 후 서울로 돌아왔고, 그로부터 일주일 뒤에 약혼자를 만났다. 둘은 결혼식을 6개월 뒤로 미뤘는데, 이번에는 그녀 때문이 아니라 그 때문이었다. 그는 그녀보다 한발 먼저 자기 앞에 모습을 드러낸 엽서 한장을 지니고서 약속 장소에 나타났다. 엽서 앞면은 모텔 사진이었고 앤서니,라는 모텔 이름이 노란 네온사인으로 빛나고 있었다.

"이게 뭐야?"

그가 따져물었을 때 수경은 함구했는데, 순간 그녀는 무언가 성취했다는 짜릿함이 전신을 휘감아도는 걸 느끼면서 이루 말할 수 없이 가슴이 뛰었다. 어디를 가게 되든지 그 기분을 가지고 들어가겠다고 결심했다. 약혼자는 수경의 상기된 낯빛을 지그시 바라보며 초조하게 손가락으로 테이블을 두드렸다. 그리고 대답을 기다렸다. 그의 긴 손가락 끝에서 그녀의 필체는 흔들리는 것처럼 보였다. 밑바닥에 깔린 사진이 어마어마한 덫인 것처럼, 그래서 파르르 떠는 것처럼.

나는 당신과는 다른 방식으로 만족을 모르는 여자야. 미안하지 않아. 먼 곳, 끝의 끝에서, 수경.

그는 그 이상한 문장을 한번, 그리고 약혼녀의 얼굴을 다시 한번 바라봤다.

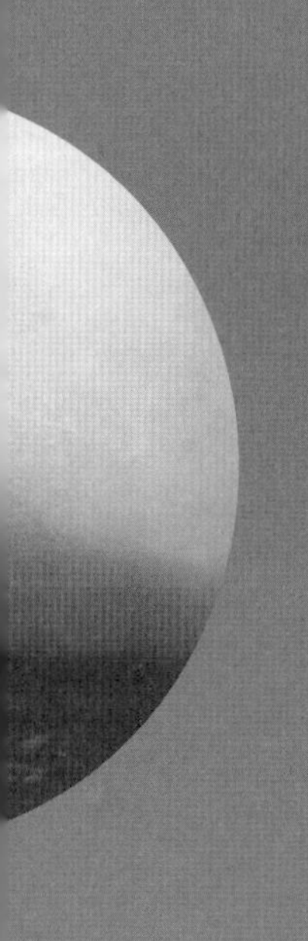

/ 누가 내 문을 두드리는가 /

H는 활달한 스물다섯살의 여대생으로 모든 남자를 향해 눈웃음을 짓는 것처럼 보였지만, 그에게만은 거의 웃어주지 않았다. 그는 H의 무표정이 그녀의 싱그러움보다 더 신경 쓰이지는 않았지만, 무언가 만회해볼 게 있는 사람처럼 그녀에게 친절하게 굴었다. 그는 그 나이대의 여자들이 향유하고 싶어하는 것들에 대해 조금은 알고 있다고 생각했다. 브로드웨이 뮤지컬의 VIP석, 한정판 잡화 상품들, 경매로 구입한 와인과 그 유래, 낭만적인 장거리 여행담과 그 소회 정도로도 따뜻한 눈길과 상냥한 말, 혹은 그 이상의 관심을 받아본 경험이 있기 때문이다. 그는 오십대 초반으로, 애송이 시절에 겪은 모든 시행착오를 바탕으로 자신이 손해볼 만한 일이나 관계에서 미적거리지 않고 발을 빼는 노하우들을 갖고 있었다. 부

동산 투기로 한밑천 잡은 그의 아버지는 천박한 취향으로 졸부 소리를 들으며 남들의 부러움과 손가락질을 동시에 받았지만, 그는 아니었다. 그는 아버지에 비하면 신중하고 신사적이었으며, 중도를 지키는 편이었다. 또 부드러운 화술을 구사할 줄 알았고, 성형외과의인 친구에게서 정기적으로 시술받아온 피부 리프팅 패키지 프로그램의 효과로 사십대 초반 정도의 얼굴로 보였다. 사십대 후반인 H의 엄마와 그가 함께 서 있는 모습을 본다면 누구라도 망설임 없이 H의 엄마를 누나뻘로 짚어낼 만했다. H의 엄마는 시무룩해 보이는 인상인데다 말투와 행동이 모두 굼떠서 실제 나이보다 다섯살 정도는 더 많아 보였다. 그는 H, H의 엄마, 자신이 한데 어우러져 있는 광경에 얽혀들 만한 크고 작은 가능성들을 한번도 떠올려본 적이 없었지만, H의 환심을 사려고 마음에도 없는 소리를 꺼내고 말았다.

"H, 난 이제 이루고 싶은 게 없어. 나도 세상도 적당한 데서 멈춰 타협을 본 느낌이야. 내가 좋은 사람이고 세상도 문제가 없고 낮과 밤은 잘 맞물려 돌아가고 발밑은 평온하다는 식으로 말이야. 물론 그런 기분을 유지하는 데 내가 꾸준히 지불하고 있는 것들이 있을 테지만, 난 거기에 불만이 없는 사람이지. 그래서 요즘 더 당황스럽구나. 난 너를 만나면 즐겁고, 헤어지고 돌아서면 금세 울적해지거든. 내 평생 가져보지 못한 게 있다면 너와 네 엄마 같은 사람들과 아침 식탁에 둘러앉아 오늘의 날씨 같은 것을 이야기하는 일이지. H, 너는 정말 눈동자가 밤처럼 새까맣구나."

이때의 아침 식탁은 만족스러운 밤의 리듬 다음에 찾아오는 것이라는 생각이 그에게는 있었다. 그러자 H는 얼굴을 붉히며 대답했다.

"제 눈은 아빠를 닮았어요. 제가 아빠 사는 시골집으로 찾아갔던 이야기는 전에도 잠깐 드린 적 있어요. 기억나세요? 아빠는 엄마랑 저랑은 오래 떨어져 살았는데, 사는 일은 같이 있을 때도 떨어져 있을 때도 그렇게 좋지는 않았어요. 제가 거기까지 찾아가는 데는 나름 용기가 필요했지만, 결과적으로 보자면 그렇게 좋은 생각은 아니었던 것 같아요. 닫힌 문 밖에서 아빠의 새 부인을 본 게 다였거든요. 그 여자는 홑겹으로 된 꽃무늬 치마를 입고 있었는데, 햇볕이 쨍한데도 바람이 많이 불던 날이라 그게 펄럭였던 게 기억이 나요. 그 여자는 아주 담담한 목소리로 아빠의 입장을 전해주었어요. 지독했던 시절이라서 기억하고 싶지도 않고, 그래서 애틋한 감정도 이제는 지워졌다, 다 잊었다 하데요. 그러니 제가 어떡해요. 뒤돌아설 수밖에요. 걸어나오는데 갑자기 목 안이 뜨거워지면서 이대로 집으로 가는 길을 잊게 되면 어떡하지 하고 조바심이 나기 시작했어요. 그렇게 긴장을 하고 걸었던 탓인지 기차역에 도착하니까 잠이 엄청 쏟아지더라고요. 집에 다다랐을 때는 저녁 무렵이었어요. 방에 들어가 불을 켜고 거울 속의 제 얼굴을 들여다보는데, 기분이 점점 이상해지는 거예요. 아빠가 단념한 시간이 고스란히 제 앞에 떠올라 있는 것처럼 느껴졌거든요. 전 그 생각이 좀 무서웠어요. 그러니까 제 말은, 제 눈동자가 밤처럼 새까만 것은 제 잘못이 아니란 거예요. 제 이런 점을, 양선생님은 이해하세요?"

그는 이럴 때의 H가 잘 이해되지 않았다. 아니 왜 내가 젊은 여자의 아름다움에 찬사를 보내고 나서, 그 아름다움이 일종의 혼란스러운 죄의식인 것처럼 말하는 데 이해한다는 응답을 주어야 한단 말인가. 하지만 그는, 그러니까 H에게 선생님으로 불린 그는 그 순간 꼬고 앉았던 다리를 풀면서 살짝 중심을 잃고 흔들렸고, 고개를 주억거리는 것으로 시간을 벌었다. 아무것에나 일단은 동조를 해주자.

"응응. 어쩌면, 이해할 것 같아."

그는 그러고서 손목시계를 내려다보았다.

"양선생님이 생각하시기에……"

H가 그를 바라보며 말했다. H도 말을 했고, 밤같이 까만 H의 눈동자도 말을 했다. 두 말은 같은 말이 아닌 것 같았다. 저 아이는 자기가 욕망하는 것에 대해서 모르고 있거나 전혀 솔직하지 않구나. 그렇지 않다면 주말에 나하고 이렇게 시간을 보내고 있을 이유가 없어. 이런 식으로 시간을 낭비하는 게 좋아서는 아닐 테고, 아마도 내게 호감은 있지만 그 감정을 두렵게 생각하거나, 그냥저냥 재보는 습관이 든 모양이야. 제 또래 남자애들한테 써먹어본 방법들을 나한테 써보는 건지도 모르지. 젊음을 무기로 날 놀리는 것 같아. 정말 이렇게 놀림당하고 있기에 나는 적당한 사람이 아니란 걸 네가 빨리 알아차렸으면 좋겠는데, 왜 가까이 있지도 않은 아빠와 항상 네 곁에 껌처럼 붙어다니는 엄마에 대해서 이토록 사설이 길어

져야 한단 말이냐.

"엄마가 정말 선생님께 많이 고마워하세요. 엄마는 평생 누구한테 호의로 그런 선물을 받아본 적이 없으시거든요. 그러니까 그게…… 제가 엊그제 엄마 침대를 샀거든요. 선생님이 지난번에 주신 상품권으로요. 제 것으로는 이 치마를 샀고요. 이게 진짜 까맣잖아요. 이것 때문에라도 오늘 제가 많이 무겁고 어두워 보일 텐데 선생님은 알은체를 안하시네요. 전 그게 좀 서운하기도 하고, 다행스럽고 좋기도 해요. 선생님이 저를 보자마자 저한테 주셨던 걸 염두에 두고 시시콜콜 확인하려 드셨다면 불편했을 것 같기도 하거든요. 전 그런 남자들하고는 잘 안 맞아서요."

그는 난감해져서 잠시 눈을 감고 다른 생각에 잠긴 척했다. 방금 들은 이야기는 감사의 표현인가 에두른 질책인가. 내가 준 상품권에 대해서 엄마와 이야기를 나눴다면 그 엄마는 무어라고 하면서 자기 침대를 사들이는 데 딸의 동조를 끌어낸 건가. 나를 제멋대로 선생이라고 부르면서도 남자 운운하는 것은 무슨 이유에서인가. 내게 다른 계산이 있지 않았으면 한다는 바람을 완곡한 표현으로 짚고 넘어가려는 의도인가. 아니면 호의를 베풀고 무심한 태도를 보인 게 일면 남자답게 보였다는 이야기인가. 그의 눈동자는 짧은 동안 여러 갈래의 질문들 속을 헤매느라 닫힌 눈꺼풀 속에서 빠르게 움직였다.

"선생님?"

그는 H가 부르는 소리에 슬쩍 실눈을 떴다가 도로 감고는 테이블 모서리를 손끝으로 톡톡 두드렸다가 그 손을 들어올려 입가에 대고서 헛기침을 했다. 그는 공기의 맑고 탁한 정도와 습도, 온도에다 민감한 편이어서, 이같은 행동을 하자마자 습관대로 자신의 기관지와 폐, 그리고 주변 환경의 문제로 신경을 돌릴 수 있었다. 이곳은 환기에 문제가 있는 것 같아. 숨 쉬기 답답한데. 테이블 간의 간격이 너무 좁은 것도 문제고, 의자와 테이블의 높낮이가 서로 맞지 않아. 오래 앉아 있기는 불편하지만, 어쨌든 조명은 적당히 밝고, 인테리어는 참아줄 만하긴 하네. 신경 쓰이는 점은 카피곡이 반복되어 나오는데다 거기 익숙해질 때쯤에는 가까운 테이블에서 흘러나오는 다른 소음들에도 저절로 귀를 기울이게 된다는 건데…… 이런 대화를 오래 이어가기에 적당하지 않은 곳이지만, H가 저렇게나 몰두해서 말을 하고 있으니까 중간에 끊기도 뭐하네. 그는 양 손바닥으로 얼굴을 두어번 문지르고서야 눈을 떴다. 그리고 H의 왼쪽 귀 부근으로 시선을 비껴두었다. H는 평소 오른쪽으로 고개를 기울이면서 그때마다 얼굴을 스치며 앞으로 흘러내려오는 긴 머리칼을 왼쪽 귀와 목덜미로 쓸어넘기는 버릇이 있었는데, 그의 시선을 의식했는지 평소보다 천천히 그 동작을 반복해 보였다.

"그래서인가, 오늘 좀 긴장되네요."

H는 그렇게 조용히 읊조리더니 아랫입술을 살짝 깨물고는 시선을 아래로 떨어뜨렸다. 그는 H의 낙담하는 듯한 모습에 순간 마음이 졸아드는 듯했다. 심장 박동이 빨라지기 시작했고, 자기를 흔드는 그 감정에 주의를 주기라도 하듯이 고개를 가로저었다. 그는 H

의 말 중에 무엇인가를 놓쳤다는 사실을 감추기 위해서 애매하게, 동시에 태연하게 대꾸했다.

"꼭 그래서만은 아니겠지."

그러자 H가 눈을 반짝 치켜뜨며 그를 쳐다보았다.

"그럴까요?"

그 바람에 그는 한번 더 넘겨짚어 물어야 했다.

"그렇지 않아?"

그는 지난 두달 사이에 H를 꽤 지적인 여자라고 오해했다가 그보다는 속수무책이거나 천진난만하다는 식으로 그 오해를 재해석하며 새로운 오해의 국면으로 접어들고 있었다. 말하자면 그에게는 H라는 하나의 새로운 여가생활이 생겨났다. 그것이 그의 나머지 생활에 미치는 활력과 긴장감이 있었는데, 그 감정의 파도가 변화무쌍하고 낯선 만큼 두고두고 음미할 만한 여지가 있었다. 그는 이 미지의 영역을 원래 자기 토양이었던 것처럼 여기며 발밑을 고르고 흙과 바람 냄새를 맡아가며 산책로를 냈다. 꽃과 씨앗을 심고, 물길도 내고, 이름을 붙이고 팻말도 달았다가, 그 모든 것을 싹 다 갈아엎고 불모지로 만들어버리고는 H가 거기서 애원하는 모습을 상상해보기도 했다. 선생님, 여기 너무 춥지 않아요? 선생님 집은 여기서 멀어요? 욕조는 어때요? 하얗고 큰가요? 매끄럽고 깊어요? 따뜻한 물이 쏟아지고, 거품이 일고, 누우면 저절로 시름이 잊히고, 좋은 향기만 온몸에 퍼지고 그런가요? 이런, 이제 비가 오네. 난 오늘 너무 얇게 입었는데!

"저기 좀 봐보세요. 티나지 않게요. 오늘 저분들하고 저하고 나란히 앉으면 누가 수녀이고 아닌지 모르겠어요."

그는 H가 바라보는 쪽으로 고개를 돌려 그의 뒤편 테이블에 자리 잡고 있는 두명의 수녀를 건너다보았다. 저들은 지금 예수의 생애에 대해서 이야기하고 있을까. 아니아니, 수녀라고 해서 십자가의 길이나 묵주기도에 대해서, 교인들의 속죄에 대해서만 매시간 성찰하는 것은 아니겠지. 그럼 우리 이야기도 했을까. 저기 앉아 있는 젊은 여자와 중년 남자는 서로 고백할 것이 있어 보이네요. 요즘 아이들은 문제가 있고, 문제를 잘 알아보는 남자들도 있지만, 그들이 평화를 찾아야 할 곳은 다른 데 있다는 걸 얼른 알아차린다면 좋겠어요. 그럼 세상살이의 은혜로움과 지혜에 대해 새로 눈이 뜨일 텐데, 저들에게 그럴 의지가 있는지 모르겠네요. 그는 수녀들이 그런 말들을 나누고 있던 것은 아닐까 상상의 나래를 펴보다가 이내 그 잡념을 한덩이로 뭉뚱그려서는 창밖 어딘가로 던져버렸다. 뭐 어떠려고. 아무러면 어때. 내 오른쪽 테이블에는 젊은 남녀가 앉아 있지만, 그들은 30여분 전에도, 지금도 어떤 내과의에 대해서만 이야기하고 있는가본데 뭐. 내과의가 둘을 연결시켜주었다는 데서 저 관계의 맥과 혈이 헛되이 맴돌고 있어. 저 둘이 함께 병원으로 가지 않고 왜 계속 여기 앉아 있는 건지 궁금하네. 다들 나보다 먼저 일어나지 않은 게 놀라울 따름이야. 저 테이블, 저 테이블, 또 저 테이블.

그때 그의 뒤쪽에서 퍽 하고 뭔가 터지는 소리가 나더니 악! 외마디 비명이 들려왔다. 사람들이 고개를 빼고 일어서며 웅성거렸다.

"괜찮으세요? 이봐요, 여기요!"

H가 소리치며 일어났기에 그도 엉거주춤 일어섰다가 도로 앉았다. 수녀들이 앉아 있던 테이블 위쪽의 전구 하나가 터져서 그 파편이 나이가 좀더 많아 보이는 수녀의 손등으로 튀었나보았다. 수녀의 손등에서 피가 흘렀다.

카운터에서 달려나온 종업원이 상황을 확인하고는 허둥대며 매니저를 찾았다. 이어 매니저가 달려와 수녀의 손등과 손바닥을 살폈다.

"아, 죄송합니다."

수녀는 놀란 마음을 진정시키듯 한숨을 낮게 내뱉고는 작은 목소리로 괜찮다고 대답했다.

"이리로 오시겠어요?"

매니저가 손등을 다친 수녀를 카운터 안쪽으로 데리고 들어갔다. 다른 수녀도 그뒤를 따랐다. 그리고 조금 뒤에 두 수녀는 밖으로 나갔다. 종업원들이 그의 뒤쪽 테이블을 치우며 저희끼리 떠드는 소리가 들려왔다.

"이런 일이 다 있냐? 하필 사람 제일 많을 때."

"이거 터진 시간이랑 오늘 날짜랑 이따가 다 좀 적어놔. 사장이 그런 거 일일이 체크하고 물어본다. 물건 들어오고 나가고 하는 거 직접 개수도 세서 확인한다니까."

"그래야 돼?"

"그렇다니까."

H가 그의 소맷자락을 잡고 흔들었다.

"선생님은 괜찮으세요? 어디 유리 튄 데 없죠?"

그는 고개를 끄덕였다.

"일어날까봐요. 저 좀 늦었어요."

H는 의기소침해진 표정으로 가방을 챙기고는 일어섰다.

"무슨 암시 같아서 기분이 좋지 않아요. 이따 저녁에 저한테 전화해주실래요?"

"그러지."

그는 순순히 자리에서 일어섰다. 그는 오늘 H가 봄기운을 느끼며 함께 걷고 싶다고 해서 차를 집에 두고 나왔다. 하지만 오늘 H의 기분이 저조한데다 마음을 뺏긴 다른 일이 있으리라는 사실을 감안하여 이제 이후의 자기 일정을 머릿속으로 빠르게 수정하며 H를 따라나섰다. 지금 H가 왜, 어디를 가야 하는 것이며, 또 이랬다 저랬다 하는 이유가 무엇인가 묻는 것은 적절치 않아 보였다. 아마 그가 아까 다른 생각을 하느라 놓쳐버린 대화 중에 그 사정 이야기가 조금은 들어 있을 것 같았다.

"택시 타고 가지."

그는 길가로 나서 팔을 뻗었으나, H는 이번에도 그의 소매를 잡아끌었다.

"전철로 갈래요. 그애가 살아 있을 때도 택시 타고 가서 만나본 적 없어요. 이게 편하고, 이게 맞아요."

H는 우울하게 말하며 돌아섰는데, 그때 그는 지하로 이어지는 계단들에 살짝살짝 스치는 H의 길고 검은 치맛자락, 어깨에 드리워진 부드러운 머리칼, 그리고 그 머리칼 일부를 잡아매고 있는 검정색 머리핀을 비로소 찬찬히 바라보게 됐다. 그는 H의 뒷모습이 시야에서 사라질 때까지 그 자리에 서 있다가 택시를 타고 집으로 돌아왔다. 그리고 옷을 갈아입고서 다시 자기 차를 운전해 밖으로 나섰다.

그는 자연스레 진의 집으로 가고 있었다. 그가 가장 편안하게 대하는 친구. 한때나마 그의 연인이었던 사람. 진은 그의 여동생의 친구이기도 했다. 여동생은 진을 피곤한 스타일이라고 칭하면서도 오랫동안 가까이 살며 왕래했다. 두 여자는 취미생활을 공유했고, 비슷한 디자인과 성능을 지닌 진공청소기나 냉장고를 서로에게 권유했다. 누군가 비난할 사람이 생기면 그 사람을 서로에게로 데려와 세워놓고 그뒤에서 자기들의 의견과 느낌, 눈빛을 주고받았다. 그중 한 사람이 그였다. 시작은 그랬다. 그는 이전에도 그 이후에도 여동생의 친구와 사귄 적이 없었다. 그에게 예외적인 상황은 그 자체로 어떤 의미 이상이었다. 까닭을 알 수 없는 일들은 늘 그를 더 인간적으로 만드는 것 같았다. 그는 진의 첫번째 이혼과 두번째 결혼 사이에 놓인 2년여의 시간 중에서 약 1년 동안을 그녀와 사귀었는데, 그중 4개월간은 거의 함께 살았다. 보자마자 반했고, 두 사람 모두 빠르게 식었다. 그 사랑의 시작과 절정과 희미한 종말은 특별하지 않았다. 진이 그 관계에서 더 기대한 바가 없었고, 그가 자기 삶에 새로 약속할 것이 없다는 걸 서로 확인한 것 말고는 아무도 아무렇지도 않았다. 그랬기에 그는 여동생과 진, 진의 몇몇 친구들과의 관계를 헝클어뜨리지 않을 수 있었다고 여겼다. 그의 여동생은 말했다.

"정말 둘 다 사람을 미치게 하는 데가 있다니까."

진에게는 친구가 많았다. 여자도, 남자도, 남자 같은 여자, 여자 같은 남자도 있었다. 그도 기분이 괜찮을 때는 그 무리에 섞여들었다. 그는 언제나 과거의 좋았던 일들 중에서 혼자서만 더 기억하고 음미하는 뭔가가 있는 사람처럼 은근하고 알쏭달쏭한 미소로 그들을 대했다. 그는 결혼한 적이 없었고, 금전적으로도 비교적 자유로웠다. 진의 친구들은 그가 끝없이 여자들을 만나고 있다고 추측했다. 대화가 시들해져갈 때쯤에는 그에게로 질문이 떨어지기 마련이었다.

"요즘 만나는 분 있죠? 있는 것 같은데. 누가 봤다던데, 전에 잘 가시던 거기서요."

그는 별 뜻 없이 그렇다거나 아니라고 대답했다. 그가 자주 들르는 곳들은 한정되어 있었다. 그 소유의 건물과 패스트푸드점, 집 근처의 마사지숍과 사우나, 몇몇 일식집과 베트남음식점, 카센터, 은행, 바, 대형 서점, 그가 후원하는 단체의 공연장, 인테리어숍, 단골 세탁소와 신발 매장, 동창의 회사 집무실과 별다른 약속 없이도 지인들과 종종 부딪치곤 하는 스포츠센터, 진의 집 앞. 그는 변화를 즐기는 사람이 아니었다. 그럼에도 한때 모든 걸 정리해 진과 함께 홍콩에 가서 살 생각을 했던 적도 있었다. 그 생각은 실현 가능성이 없어 보여서 낭만적인 데가 있었다. 그는 경솔한 사람처럼 그 생각의 낭만성을 읊었다. 진은 그가 마음껏 떠들도록 내버려두었다. 그리고 어느 밤 한 침대에 누운 채 경고했다.

"날 너무 편하게 생각하지 마. 난 네 여동생이 아니야. 난 담배를 끊듯이 널 끊어버릴 수 있어. 너도 그럴 거고. 우리는 그런 게 닮았어. 아마 그래서 오래가겠지만."

진의 두번째 결혼생활이 만족스러워 보이지는 않았다. 자신의 남편은 해외출장이 잦아서 집보다는 호텔 객실이, 가정식보다는 기내식이 어울린다고 떠들었다. 진이 그렇게 떠들 때는 그냥 들어주어야 했다. 그러면 그도 무언가 떠들고 싶은 게 있을 때 진을 찾아갈 수 있었다. 그는 여동생과 진 사이에 두 여자가 함께 발 담글 수 없는 계곡이 있다고, 그 계곡 안쪽 바위틈 어딘가에 자기 은신처가 있다고 생각했다. 그래서 진의 집 앞으로 예고 없이 무작정 찾아갈 때가, 그리고 그 집 앞에서 전화를 걸어본 뒤에야 진이 없거나 혹은 남편과 함께 있다는 정황을 확인하고서 뒤돌아설 때가 있었다. 오늘은 어떤 쪽일까. 어떤 운이 내게 예정되어 있을까. 그는 진의 집 앞에 차를 세워놓고 진에게 전화를 걸었다. 그리고 H의 말을, 목소리를 다시금 마음속에서 되살려냈다. 무슨 암시 같아서 기분이 좋지 않아요. 이따 저녁에 저한테 전화해주실래요?

"응, 어떻게 알고?"

진의 목소리는 조금 잠겨 있었다.

“집이야?”

“집이지.”

진의 대답에 누군가 떠드는 소리가 딸려왔다.

“알고 건 거 아니야? 지금 근처지?”

“몰라. 맞아.”

“들어와.”

“누가 있어?”

“자기가 아는 사람도 있고 모르는 사람도 있어.”

“혜승이도?”

“같이 있어. 좀 취했어.”

그는 오늘 자신이 사람들과 어울리고 싶은 기분인지 아닌지 확실치 않았다. 하지만 일단은 취한 여동생을 데리고 나와야겠다고 생각했다. 여동생은 크게 눈에 띄지 않는 외모와 성격을 지녔지만, 술이 들어가면 달라졌다.

그가 진의 집으로 들어서자 소파에 앉아 있던 네명의 사람들 중에서 체크무늬 셔츠를 입은 한 남자가 일어나 알은체를 했다. 그 체크무늬 셔츠가 익숙하게 느껴졌지만, 그 남자의 이름은 바로 떠오르지 않았다.

“어떻게 지냈어요?”

체크무늬가 물었다. 그는 그 질문이 낯설다는 듯 구부정하게 선 채 주변을 둘러보았다. 그러자 또다른 이가 그를 향해 물었다.

"왜요?"

그는 그 '왜요?'에 답하고 싶은 것이 없었기에 좀더 그들에게 친절해야 했다.

"보고 싶어서 왔지."

그는 소파로 가 앉았다. 체크무늬가 그와 진을 번갈아 보며 말했다.

"우리 오늘 다들 밖에서 한잔씩 하고 흩어질 참이었는데, 그냥 좀 찜찜한 거야. 재가 오다가 가벼운 접촉사고가 났대서 그냥 그런가보다 했는데 자꾸 뒷목이 뻐근하다고 하잖아요. 그런데 우리가 그런 이유로 술자리 망치는 거 봤어? 간단히 하고 이리로 다 왔지. 오니까 또 멀쩡해요. 재는 멀쩡하고 혜승이가 안 괜찮잖아. 혜승이 많이 마셨어요."

그는 여동생을 찾아 진의 침실로 들어갔다. 진은 그를 따라 침실로 들어와 화장대 앞에 앉더니 분첩으로 얼굴을 몇번 두드리고는 밖으로 나가버렸다. 그의 여동생은 침대에 외로 누워 그를 등진 채였다.

"나한테 전화하지 그랬냐?"

그는 여동생에게 물었다. 무슨 반응을 불러일으킬 만한 목소리는 아니었다. 그도 그 순간 그 사실을 깨달았다. 네가 여기서 이러고 있는 걸 보게 되어 내가 안쓰럽게 됐다는 심경 고백에서 감정의 공기를 빼낸 그 나머지 같았다. 여동생의 숨소리가 높아졌다가 다시 잦아들었다. 그는 침대에 걸터앉은 채 한 손으로 자기 이마를 쓸었다. 땀이 묻어났다.

"아, 오빠 싫어."

여동생은 새처럼 여린 목소리로 그의 등을 할퀴었다. 그는 제자리에서 천천히 움직였다. 바지 주머니에 손을 넣었다가 500엔짜리 동전을 하나 꺼냈다. 그 바지를 일본에서 샀던 기억이 났다. 그는 침대 위에 동전을 놓아두고 가만히 바라봤다.

"싫어. 아는 척하는 것들 다 싫어."

좋아, 싫어? 하는 질문은 어렸을 적에 그들의 보모가 남매를 놓고 자주 하던 것이었다. 내가 너희를 내다버리면 좋아, 싫어? 너희가 이렇게 사고 친 걸 죄다 갖다 일러바치면 좋아, 싫어?

"깨고 나서 후회할 얘기는 아예 하지를 마. 너 이러고 싶어서 이러는 거지, 이럴 수밖에 없어서 이러는 거 아니야."

그는 침대 위에 놓아뒀던 동전을 도로 주머니에 집어넣었다.

"좋겠네. 아주 다 꿰뚫어 보시네. 참 잘났네."

"난 좋아. 다 좋아. 다 몰라도 다 좋아."

여동생은 스물한살 때 아픈 어머니에게 콩팥 하나를 떼어주었다. 착한 애였다. 그는 그런 동생을 보면서 자기는 누구에게도 장기를 떼어내주지 못하리라는 사실만을 발견했다. 그의 안쪽에 붙어 있어 스스로 볼 수도 없던 것들을 밖으로 꺼내놓아 다른 이와 새로이 연결되는 것, 그러고서 감사 인사를 주고받는 일들은 영원히 그와 어울리지 않을 것 같았다. 그는 충분히 사랑받지 못했다는 느낌으로 살아왔고, 그 감정의 연장에서 크고 작은 욕망과 기대를 포기

함으로써 자유로워지는 경험들을 했다. 여동생은 그 반대였다. 어떤 감정에든 확신이 필요해 스스로를 옭아매는 쪽이었다. 그것이 나이 든 남매가 아직도 가까이 지내며 싫다 좋다 하는 말씨름으로 서로의 마음을 저울질할 수 있는 이유 중 하나였다. 그 나머지 추측 가능한 이유들에 관해서는 밖에 있는 다섯명의 사람들이 이미 이러쿵저러쿵했거나 하고 있을 터였다.

"데려다줄게, 가자."

그가 다가서자 여동생은 허공으로 한쪽 팔을 높이 쳐들고 휘둘렀다. 그는 한발짝 뒤로 물러서기로 했다. 더 채근하면 원치 않는 소란으로 번질지도 몰랐다. 여동생은 속이 후련해질 때까지 힘을 짜내어 그를 밀어내다가 지칠 때쯤이 되면 눈물을 흘리며 미안해할 것이다. 이 모든 일들에 관객이 필요치는 않았다. 그는 저절로 평온해지는 때를 기다려야 했다. 그래서 밖으로 나왔다. 그때는 진과 진의 친구 두명만이 자리에 남아 있었는데, 체크무늬 셔츠의 남자는 그에게 나머지 두명이 먹을거리를 사러 마트에 갔다고 알려주었다. 마치 상황을 정리할 필요가 있다면 자기는 기꺼이 그럴 용의가 있고, 그래서 친히 그에게 제 옆자리를 내어준다는 것처럼 과장된 시늉을 하면서. 체크무늬가 소리쳤다. 이리 오세요, 이리! 그가 여전히 이름을 기억해내지 못하는 그 체크무늬는 제약회사에서 일했다. 간에 좋다는 영양제를 그에게 선물한 적이 있다. 체크무늬가 그의 패스트푸드점에 자기 아이들을 데려온 적도 있었는데, 그때 그는 다른 약속이 있어서 그 아이들을 보러 매장에 일부러 들를 수는 없었다. 아이들은 아이스크림을 양껏 먹고 식중독에 걸렸다. 다른 곳의 다른 음식이 문제였을지도 모르지만, 그가 가려내고 판단하여 주장할 만한 일은 아니었다. 영양제는 그의 간에 어떤 영향도 끼치지 못했고, 상한 음식만이 그들의 관계에 발진을 일으킨 듯했다. 체크무늬의 이름이 기억나지 않는 것은 굳이 기억해내고 싶지 않아서일지 모른다는 생각이 들었다.

그는 진과 진의 친구들과 와인을 마셨다. 이런 식으로 시간을 보내려던 것은 아니었다. 시간이 그를 밟고 가도록 내버려두어서는 안되었다. 그 깨달음은 너무 고전적이어서 그의 말과 몸짓에 실어 그들의 자리로 초대할 수 없었다. 그는 진의 친구들이 웃을 때 따라 웃으면서, 점점 고립되었다. 진이 가끔 눈을 맞추려 그를 돌아볼 때마다 그는 진을 약 올리려는 듯 고집스레 딴청을 떨었다. 나머지 두명이 장을 봐서 돌아왔을 때 진은 그를 테라스로 불러냈다.

"얼어 있어."

진이 말했다.

"얼이 빠져 있고, 빠진 채로 얼어 있어."

그가 실토했다.

"그래, 문제가 있긴 해."

"어떤 여잔데?"

"누가 여자 문제래?"

"좋아, 그만둬. 나 지금 여력이 없어. 시위 중이거든. 남편이 애 데리고 캠핑을 갔어. 미국서 들어오자마자 사흘 쉬고 바로. 난 나대로 여기서 캠핑할 거야. 재들이 맘에 드는 건 아니지만, 그렇다고 남의 문제에 투신할 생각 없어. 서운하게 생각하지 마. 오늘이 너랑 내 편 아니라서 그래. 그것뿐이야."

진은 소파로 돌아갔고 장을 봐온 진의 친구 둘이 주방으로 갔다. 그도 그 모양을 보고는 테라스에서 주방 쪽으로 걸어들어갔다. 통조림과 접시, 포크를 챙기는 손길들에 어설프게나마 손을 보태어 거드는 시늉을 했다. 저녁 여덟시를 넘기면서 그는 취기를 덜어내며 조금씩 안정을 찾아갔다. 그리고 아홉시가 되자 테라스로 나가 H에게 전화를 걸었다. H는 울면서 전화를 받았다. 그는 어떻게 달래야 할지 몰랐다. 때마침 여동생이 진의 점퍼를 빌려 입고 그를 찾아 나온 것은 적절하고 다행스러운 일 같았다. 그는 다시 연락하겠다고 하고는 전화를 끊었다.

모든 것들이 저절로 제자리로 돌아가게 되는 타이밍이 있다면 지금이 그때일 것이다. 그는 우는 여자 곁에는 오래 머물지 않았다. 그의 삶에서는 최종적으로 누구나 선택할 수 있는 것만을 선택할 따름이었다. 그러나 무슨 결단을 내리기 위해서가 아니라 단지 초조함을 떨쳐버리기 위해서, 그는 차 안에 비트가 강한 음악을 틀어놓았다. 자신이 원하는 대로 방향을 틀 수 있는 곳은 어디에도 없을지 모른다는 예감이 그를 압도하게 그냥 두면 안되었다. 그는 여동생이 뒷좌석에 앉아 흘러가는 창밖 풍경을 노려보는 동안, 자신의 중요한 본성이 어딘가로 새어나가지 않도록 양손으로 핸들을 틀어쥐었다. 그토록 잘 아는 익숙한 길을, 헤매지 않으려고 노력하며 박자를 탔다. 소리 질러! 세이, 예! 세이, 예예!

같은 음반의 네번째 곡으로 접어들 무렵 여동생의 집 부근에 다다랐다. 여동생은 그의 목을 그러잡고 귀에 대고 읊조렸다.

"좀, 꺼!"

그는 차와 음악을 멈췄다. 갑작스러운 정적이 찾아왔고, 앞쪽에서 차 한대가 나타나 그들의 눈을 부시게 하더니 곁을 지나쳐 다른 길로 미끄러져갔다.

"시끄러운 소리들은 다 여기서 끝내야지. 난 저리로 아무것도 끌고 들어가지 않을 거니까."

여동생은 예쁜 울타리로 둘러싸인 자기 집을 바라보며 말했다. 그 말은 이상하게도 그에게 짧은 전율을 주었다. 고맙다는 인사 대신 경멸을, 잘 가라는 인사 대신 맹세를 얻은 느낌이었고, 그로써 남매가 어둠속에서 조용히 결속된 느낌이었다. 그는 오늘 여동생이 밖에서 취하고 싶은 만큼 취하고, 침묵할 수 있는 만큼 침묵하면서, 남의 침대에 지친 제 몸과 마음을 멋대로 옭아맸다 풀려날 수 있었던 이유를 알 것만 같았다. 물론 알 것 같은 기분만으로는 늘 충분치 않은 것들이 있었지만. 그는 생각했다. 나로 말하자면, 나로 말하자면, 나로 말하자면. 그러나 그는 거기서 자기를 멈추고 액셀을 밟았다. 음악 없이 여동생의 집 부근을 한바퀴 더 돌고는 제자리로 돌아와 말없이 여동생을 내려주었다.

봄은 드라이브하기에 좋은 계절이었다. 하지만 그는 이제 자기 집 앞에 차를 세웠다. 밤은 아직 길게 남아 있었다. 그는 창을 열고 등받이를 뒤로 젖혀 몸을 눕혔다. 여동생의 집과 그의 집은 그리 멀지 않았다. 그의 집과 H의 집은 꽤 멀리 떨어져 있었다. 언제나 목적지가 가까워져올수록 불쾌한 느낌을 주며 속을 뒤집어놓는 코스들이 있기 마련이었다. H는 그를 자극하는 대상이었지만 모든 길을 어렵게 만드는 교활한 면이 있는 듯도 했다. 그는 여자를 만나는 데 무슨 결심이 필요한 사람이 아니었다. 그런데도 H는 매번 다른 방식으로 그의 욕망을 부추기면서 거기 결심 이상의 뭔가가 필요하다는 것을 암시하고 싶어했다. 그렇지, 암시. 암시란 단어와 그밖의 많은 단어들. 내가 다른 식으로 말하고 행동하도록 이끄는 온순한 말투들. 그는 오른손을 들어 어둠의 따귀를 치기라도 하듯 허공을 쳤다. 그의 마음자락이 펄럭이며, 시간의 다른 페이지가 펼쳐졌다.

"엄마가 아프셔서요."

H가 약속을 미루거나 약속 장소를 다급히 변경하고자 할 때는 이유들이 엇비슷했다. 습관적이고 성의 없는 거짓말처럼 들렸기에 묘하게 그를 더 잡아끄는 데가 있었다. 그는 처음에는 H에게 비밀스러운 사생활이 있어서 그를 잠시 따돌리기 위해 그러는 줄 알았다. 그는 H에게 오페라 티켓을 사주었다.

"사람이 아프다고 누워만 있으면 안되지."

그는 아프다는 엄마 대신 H 곁에 나타날 누군가가 누구일까를 놓고 이런저런 유형의 인간들을 떠올려보았다. 짓궂은 장난을 계획하는 아이처럼 그 상상이 우스워 며칠 동안 간간이 즐거웠다. 마주치면 자연스레 인사를 나눌 것이다. 뒤돌아서면 모든 게 일시에 서로에게 확연해질 것이다. 오페라는 제값을 할 것이고, 시계는 자정을 알리게 되고, 마차는 호박으로 변하고, 내일은 어제들의 연장이 될 것이다. 누구에게도 그리 나쁠 게 없는, 다만 의미 없는 해프닝이 벌어졌을 뿐.

그는 공연장에서 우연을 가장하여 H와 부딪쳤다. H의 엄마는 세파에 찌든 더께를 두꺼운 화장으로 가리려는 안쓰러운 노력을 퍼붓고 온 모양이었다. 한껏 치장을 했지만 얼굴은 가면을 쓴 듯 허옇게 범벅이 된 채로 총기 잃은 눈동자를 굴려 그와 H를 번갈아 바라보았다. 그에 비하면 H는 화장기 없는 맑은 얼굴이라 소녀처럼 보였다. 굽이 낮은 구두에 머리칼은 질끈 치켜 묶었고, 가방은 혼자 두개를 들었다.

H의 엄마는 아픈 것이 분명했다. 그게 아니라면, 지금 아픈 게 아니라면, 곧 아프게 될 것이다. 가엾은 H. 그는 H에게 효녀는 칭찬이 아니라는 사실을 분명히 해두고자 했다. 효행으로 복 받는 사람들은 따로 있다는 걸 일러주려 했다. 그 말을 하기 위해서 다음 약속을 만들었다. 그러나 막상 H를 만나자, 아무것도 충고하지 못했다. H가 충고를 원하는지 원하지 않는지 알 수 없었고, 그런 것에 신경 쓰는 자신에게 서먹해졌던데다, 왜 H가 웃을까 말까를 고민하는 것처럼 보이는지 궁금해 운을 떼자마자 H가 그의 기대보다 길게 대답을 했기 때문이다. 그는 자리에서 퍼뜩 일어서지 못했

다. 귀가 열려서라기보다는 눈이 열려서. H가 무의식중에 걷어올린 소맷자락 아래로 드러난 팔뚝이 너무나 매끈해서 여름은 아직 멀었나 하고 생각했고, 그에게서 멀리 있는 모든 것들이 순간 너무나 아름답게 느껴졌다.

하지만 어쨌든 광휘는 사라질 것이다. 이 밤에 남은 진실은 그것 하나뿐인 듯했다. 그는 이제 자신에 대해 가장 잘 알고 있는 단 한 사람, 그 자신으로 돌아와야 했다. 그는 삶에서 나름대로 교훈을 얻어온 사람이었다. 여동생이 옳았다. 소란을 멈추고, 소동을 끝내고, 시끄러운 마음의 소리들도 정리하고서, 가벼운 발걸음을 재촉해 집으로 갈 것이다.

그는 H의 아름다움을 상쇄할 만한 것들을 기억 속에서 호명해 보았다. 편의상 대체로 흘려넘겼지만 그의 무의식은 뭉뚱그려 안고 있을 만한 것들을. 너저분하고 누덕누덕한 느낌을 주는, 이제는 울기까지 하는 H.

H는 예전에 자기가 살던 집들에는 창문이 충분치 않았다고 했다. 창가에 작은 화분을 놓아두었는데 금세 시들었고, 그래서 시들 만한 것들은 사지 않기로 했으므로 그의 꽃다발을 거절할 수밖에 없겠노라고 했다. 그는 참 얼토당토않은 이유를 들어서 거절을 야무지게도 한다고 생각했기에 그 일이 가장 먼저 떠올랐다. 한번은 출입문이 안에서 잠긴 채 고장이 나서 추운 날 밖에 서서 몇시간을 종종거리다 동상에 걸린 적이 있다고도 했다. 발가락이 가려운 H. 엄마가 친목계에 H의 돈을 부었다가 계주가 달아나 몽땅 잃어버

린 사건이 있었으나 엄마는 뇌진탕을 일으켜 다행히 그 사건만을 쏙 잊게 되었다고 놀라움을 표하기도 했다. 박복한 운명을 불행 중 다행의 코미디로 만드는 억지스러운 H. H는 자기에게 작은 기적이 일어난 적이 있다고도 했다. 뒤늦게 대학에 갈 수 있게 됐고, 그 때문에 잠깐 동안은 무엇이든 새로 해볼 수 있으리라는 용기가 생겨 아빠를 찾아가볼 마음이 다 들었다고도. 아, 그랬지, 전에 언제 그 말을 했었지.

그는 그때 생의 다른 순간들이 발밑으로 미끄러져 들어오는 것을 막지 못했다. H는 그의 주변을 에워싸고 또 가로지르며 끝없이 이야기를 하고 있었지만, 그는 그의 안쪽에 접혀 있는 것들이 펼쳐지는 소리 외에는 듣지 못했다. 아버지.

그의 아버지는 그를 당신보다 나은 남자로 키우기 위해서 무엇이든 했다. 허무맹랑한 엄포를 늘어놓는 무속인에게 금으로 된 고가의 부적 펜던트를 샀고, 유능한 과외선생을 두었으며, 그에게 승마와 드럼을 가르쳤다. 아버지는 젊은 날을 전투적으로 살았다. 불리한 싸움에서도 전의를 상실한 적이 없었으며, 모욕을 당하면 반드시 상대에게 그 이상의 보복을 가했다. 짓밟히기 전에 짓밟는 것, 뺏기기 전에 빼앗는 것, 굴욕감을 떠안지 않기 위해서 상대에게 굴욕감을 먼저 퍼부어주는 것, 인생의 쓴맛을 대대로 껴안지 않기 위해 할 수 있는 모든 일을 하는 것, 걸 수 있는 것들을 거는 것, 거절할 수 없는 제안을 하고 또 받는 것. 아버지의 생은 떠들썩했으나 노력만큼 영화가 오래가지는 못했다. 가장 믿었던 사람과 적이 되면서 다른 적들 사이에 원치 않게 다리를 놓는 일도 자처하게 되더니, 그 과정에서 쌓아놓은 것들, 쥐고 있던 것들을 상당수 어이없이 날려보냈다. 아버지의 말년은 조용했다. 사람보다는 새들과 지냈다. 그는 감사할 줄 모르는 아들이어서, 기대치에 못 미친 아들이라는 아버지의 최종적인 평가에 기꺼이 동의했다. 신중한 아들이 택할 수 있는 것은 아버지에게 필요했던 덕목을 자기 재산이라 여기는 것이었다. 그는 아버지가 멈춰 선 데서 더 나아가지 않을 것이었다. 생이 이대로 괜찮다고 여겨지는 날들에는 가끔 좋았던 일들도 떠올랐다. 그러니까 행복했다고는 말할 수 없지만, 그 비슷한 기분이 아주 없었던 것은 아니다. 그는 불평이 많은 사람이 아니었다. 자기가 누구인지 잠시 들여다보게 된 것만으로도 더 잘 알게 된 것 같은 착각이 들었다. 그 착각이 그를 안심시켰다. 다 그만두자. 그는 주차장에 차를 세워두고 봄밤을 가로질러 가뿐한 걸음걸이로 집 안으로 들어갔다.

그가 현관문을 열고 들어서자마자 집 안의 전화벨이 울리기 시작했다. 그는 전화를 받았다. 진이었다.

"아니 왜 전화를 안 받아?"

진은 그가 휴대폰도 집전화도 받지 않아 걱정이 되었다고 했다. 그는 그게 거짓말이란 걸 알았지만 내색하지 않았다. 진은 오늘 그를 걱정할 수 있는 여력이 없다.

"내가 그리 갈까?"

진은 그저 재미로 그렇게 말하고 있었다. 예전처럼, 아주 오래전에 그들이 좋았을 때처럼.

"좋지만 다음에. 지금 누구랑 같이 있어."

"거짓말 마."

진도 그를 너무 잘 알았다.

"그 여자 전화 오면 받아. 네 그런 꼴 오랜만에 봐."

아무것도 책임질 게 없고, 또 채무도 없는 사이에서 주고받을 수 있는 우정 어린 덕담 같았다. 덕담에 값을 할 다른 덕담이 떠오르지 않아 그는 잠시 막막해졌다.

"너 진짜 웃기네. 웃지도 않고."

그는 자신을 대신해 웃는 진의 웃음소리를 들으며 주머니에서 휴대폰을 꺼냈다. 진의 기록 외에는 부재중 전화가 한건, 음성 메시지가 한건. 두건 다 H였다.

"아무튼 잘 자. 이제 우린 잠이 보약."

진이 뚝 전화를 끊었다. 그는 수화기를 내려놓고 휴대폰의 음성 메시지를 확인했다.

"양선생님, 저예요. 오늘 걱정 끼쳐 죄송해요. 울어서 죄송해요. 그 친구가 그렇게 갈 줄 몰랐어요. 저보다도 어린 앤데."

H의 목소리는 거기까지가 다였다. H는 항상 이게 문제야. 그는 화가 나기 시작했다. 항상 이런 식이야. 이런 게 문제야. 아주 나를 옴짝달싹 못하게 하지. 교활한 것. 이제 나보고 제 친구의 죽음에까지 조문을 하란 식이야. 이 아이는 자기가 욕망하는 것에 대해

서 모르고 있거나 모른 척하고 있는 것뿐이야. 그렇지 않다면 주말에 밤늦게 내게 멋대로 이런 사과나 날리며 시간을 허비할 이유가 없어. 아마도 젊음을 무기로 날 놀리는 것 같아. 이렇게 놀림당하고 있기에 나는 적당한 사람이 아니란 걸 왜 모른단 말이냐. 죽은 자들은 다 너보다는 나와 가까워. 내 삶은…… 그는 H에게 전화를 걸었다. 그리고 곧바로 후회했다. 그는 재빨리 종료 버튼을 눌렀다. 하지만 얼마 안 있어 H에게 전화가 왔고, 그 전화를 거부하는 일은 깔끔한 마지막이 아닐 것이었다. 그는 전화를 받았다.

"전화하셨어요?"

"아니."

그는 차갑게 대답했다.

"전화하셨잖아요."

"아니야."

"아무튼 놀라게 해드려 죄송해요. 못 본 지 서로 오래됐지만, 잊어본 적 없는 애예요. 제가 힘들 때 걔가 옆에 있었거든요. 저보다 두살이나 어린데, 언니처럼 그런 데가 있었거든요. 소중한 걸 잃어본 적이 있어서 전 제가 눈물이 다 마른 줄 알았어요. 아까 낮에는 선생님이 알은체 안해주셔서 담담할 수 있었던 것 같아요. 장례식장에서도 실감을 잘 못했는데, 아까 전화 주셨을 때요, 그때 원래는 감사 인사를 드리려고 했던 거거든요. 근데 제가 왜 거기서 울음이 터졌는지 모르겠어요."

그는 조용히 타이르듯이, 그러나 거리를 두면서, 이것이 마지막이라는 암시를 넘어서 분명한 메시지가 되도록, 서로를 위해 해야만 하는 말을 하겠다고 마음먹었다.

"H, 난 네 아빠가 아니다. 하지만 내 아버지가 하던 말을 너한테 들려줄 순 있어. 인생은 원래 공평하지 않아. 네 나이면 그걸 모르지는 않는다."

그는 한동안 휴대폰을 귀에 댄 채 가만히 서 있었고, H도 그런 것 같았다. 그는 하려던 말을 의도한 대로 다 뱉어냈음에도, 속 시원히 잘해냈다는 생각이 조금도 들지 않았다. 오히려 큰 잘못을 저지르고 말았다는 각성이 찾아와 머리칼이 주뼛 섰다. 이 뒤늦은 깨달음은 예상치 못했던 방식으로 그를 너무 아프게 했다. H는 말없이 조용히 전화를 끊었다. 그는 모든 것을 망쳐버렸다는 두려움에 정신이 혼미해졌다. 사방에 불을 켜고 집 안의 물건들 중에서 정리해야 할 것들이 무엇인지 눈으로 재빠르게 더듬어보기 시작했다. 가구를 바꾸고, 헌 옷들을 버리고, 서랍장을 비우고, 저 책들을 버려야겠다. H, 언제나 책을 읽듯 조곤조곤 조심스레 말하던 H. H와 마주하고 있을 때 그는 좀더 따뜻하고 부드러운 사람으로 보이려 노력했다. 이야기 속의 주인공들처럼, 혹은 그들의 오랜 벗들처럼.

어떡하지. 그는 환하고 텅 빈 집 안을 서성였다. 그에게 예외적인 상황은 그 자체로 어떤 의미 이상이었다. 까닭을 알 수 없는 일들은 늘 그를 더 인간적으로 만드는 것 같았다. 하지만 크게 만회해야만 하는 일과 맞닥뜨린 마당에, 그는 한순간에 무력해지고 말았다. 그저 친절하게 구는 일로는 아무것도 회복되지 않을 것이었다.

그는 이제 H의 이해를 구하기 위해서는 자기 전생애를 끌어와야만 한다는 것을 이해했다.

교활한 것. 그는 심장이 타오르는 것 같아 입고 있던 옷을 벗어 바닥에 동댕이쳤다. 언젠가 H가 자신에게 했던 말이 떠올랐다. 그때 그는 H가 말장난을 하고 있다고, 어설픈 유혹으로 자기를 흔들어보려 한다고 판단했다. 모든 게 이보다는 훨씬 간단하리라고 짐작했었다.

"좋은 친구가 되고 싶어요. 그럴 수 있다면."

교활하고 어리석은 것. 어쨌거나 시간은 오늘 그의 편이 아니었다. 상황을 이대로 내버려둔다면 그는 다가오는 내일들에 H보다는 죽음에 대해서 더 많은 생각을 하게 될 것이었다. 그는 벌거벗은 채로 휴대폰을 손안에 그러쥐고 앉아 그가 쥐어짜낼 수 있는 진심을 절박하게 다 쥐어짜내려고 했다. 사력을 다해 그의 모든 것을 담아낼 만한 긴긴 말들을 준비해야만 했다.

"H, 들려주고 싶은 이야기가 있어. 하지만 어디서부터 시작해야 할지…… H, 내 삶은, 난 말이지……"

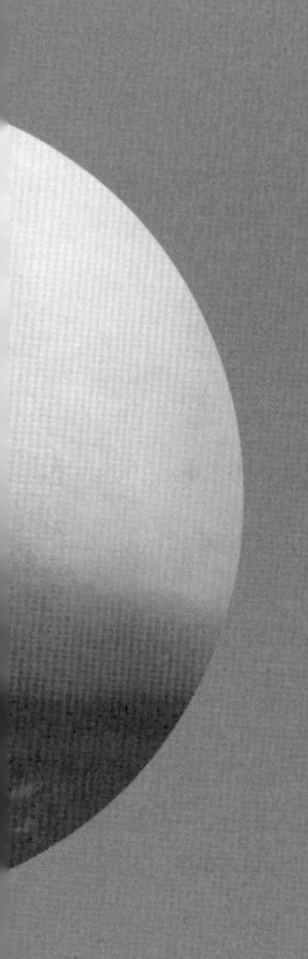

4번 게이트

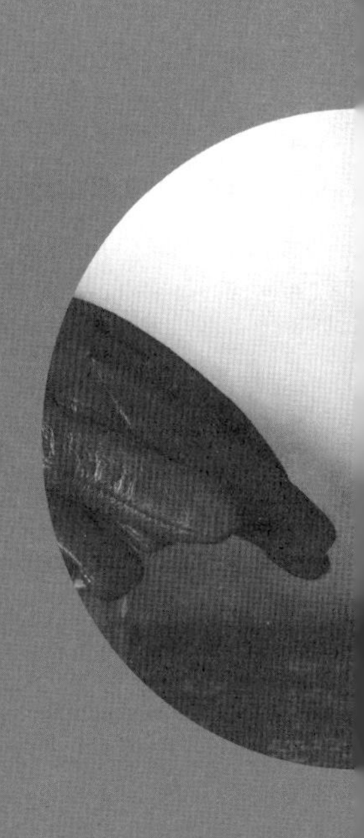

의붓아버지가 한낮에 만취한 상태로 고래고래 소리를 지르며 펄펄 뛰다가 뒤로 넘어졌을 때 나는 열일곱, 엄마는 서른아홉이었다. 손톱만 한 친분을 내세워서라도 남의 일에 훈수 두기 좋아하는 사람들은 열에 아홉은 다 같은 말을 했다. 어디서 굴러먹다 들어왔는지 모를 여자가 멀쩡한 남자 명을 재촉했다고. 가차 없는 운명 앞에 우리 둘 다 보잘것없이 약했다. 엄마가 나를 껴안고 장막을 뚫듯이 인생의 가시덤불을 헤쳐나갈 수 없다 하더라도, 나는 속 시원히 원망할 만한 것이 없었다.

엄마와 의붓아버지는 약 2년 8개월 정도를 함께 살았다. 온화한 노래 같은 시기였다고 말하고 싶은 것은 그저 내 바람일 뿐이다. 비틀린 희망과 누그러진 절망들을 이어 붙인 32개월이었다. 의붓아버지가 불행히 급사하자, 희망과 절망의 내용은 휘발되고 낯선 삶에 대고 나라는 조각들을 얼기설기 기워댔던 흔적만이 기괴하게 남았다. 엄마와 의붓오빠, 의붓아버지가 운영하던 세탁소 하나. 이런 것이 열일곱 여자아이의 생의 지축일 수 있는가? 있었다. 웃통을 벗고 거실을 오가며 육체미를 자랑하는 것 말고는 별다른 자부심이랄 게 없던 오빠는 집 앞에 의자를 가져다놓고 멍하니 앉아 있다가 행인들과 인사를 주고받았다. 아이고, 얼마나 상심이 큰가? 그러면 그는 전혀 다른 대답을 했다. 햇볕이 좋아요. 봄은 봄이네요.

엄마와 오빠의 나이 차는 열한살, 나와 오빠의 나이 차도 열한살. 떡 벌어진 어깨와 등 근육을 전시하듯이 엄마와 나 사이에 우뚝 선 스물여덟 그의 면모는 희한했고, 그 희한함은 조금은 아슬아슬하게 느껴지기도 했다. 혈기 왕성한 남자가 가장 관심 있어하는 여자가 새어머니와 의붓여동생일 수 있으리라는 사람들의 추측에는 얼마나 흥미로운 가능성들이 많은가. 오빠는 거기 부응이라도 하려는 듯이 집이나 세탁소로 찾아오는 사람들에게 그들이 듣고 싶어하는 것 이상의 말들을 쏟아놓았다. 저야 남자니까 어떻든 괜찮겠지만 여자들은 다르잖아요. 저희 새어머니도 이런 트렌치코트가 있는데, 사실 이런 풍성한 옷은 새어머니한테는 안 어울려요. 아버지는 너무 가마니 같은 옷만 입게 하는 경향이 있었어요. 하지만 전 다르거든요. 재옥이는, 그 새침한 계집애는, 뭐 하여간 언젠가는 말을 들어먹겠죠. 지금은 저렇게 팔짱을 낀 채로 두 눈 착 내리깔고 멀찌감치 서 있지만 언젠가는 고개를 조아리고 감사하는 마음을 배우겠죠. 갑작스레 아버지를 잃고 장례 행렬의 맨 앞자리로 나서야 했던 이 젊은 남자는 구석진 곳에서는 혼자 울었을지도 모르지만, 우리 모녀 앞에서 눈물을 보인 일은 없었다. 툭하면 여자가 어쩌고 남자가 어쩌고 하며 시작되던 그의 말버릇은 이십대 남자에게는 아무래도 어울리지 않아서 멍청하고 안타깝게 느껴지는 구석도 있었는데, 그럼에도 나는 그만 조용히 하라고 히스테리를 부리지는 않았다. 32개월은 새로운 가족을 연습하고 체화하기에는 우리 모두에게 무리한 시간이었다. 이제 끝난 것이 무엇인지 우리는 스스로 설명할 수 없었다.

몇몇 삼촌들이 드나들기 시작했다. 엄마는 아는 사람들을 모두 동원해 상황을 타개해보려는 것 같았다. 친삼촌이 아닌 이런저런 남자들을 삼촌이라고 부르며, 나는 남자와 여자가 나눌 수 있는 슬픔과 위무의 방식과 그 응용에 대해 웅숭그리고서 침착하게 좀더 많은 것들을 알아내려고 했다.

나는 내 방 문틈에 얼굴을 들이밀고서 거실을 서성이는 삼촌과 엄마의 모습을 엿보다가 조용히 뒷걸음치며 창 쪽으로 물러나곤 했다. 거기서 밖을 내다보면 바벨을 들어올리는 오빠가 보였다. 자리를 피해주려 그렇게 밖에 나가 있으면서도, 그는 멀리 가지 않고 근처를 맴돌았다. 바벨을 쳐든 채로 발을 바꿔 딛고는 중심을 잡으려 애쓰며 기합을 넣었다.

봄의 끝자락에서 헛도는 생활들. 앞으로도 뒤로도 나가지 못하면서, 동시에 이런저런 끝이나 시작이 되지 못하는 날들. 혈관과 신경이 뒤엉켜버린 것처럼 여기저기가 이유 없이 쿡쿡 쑤시거나 아프기도, 또 아주 간단한 문제가 어리둥절할 만큼 복잡하게 느껴지기도 했다. 지금 당장 내밀 수 있는 손이 어떤 손인지 모르겠다는 이상한 기분이 들면서 현기증이 일기도 했는데, 그렇게 스스로 진단할 수 없는 문제들과 더불어 내 방의 문턱을 넘지 못하고 우두커니 서 있다보면 서서히 현실감이 회복되기도 했다. 그러면 내 바깥의 울적한 대화와 한숨소리와 기막힌 웃음들이 바늘 끝처럼 아프게 살아나 뭐라도 해야 할 것 같은 조바심이 들었으나, 할 수 있는 게 없었다. 그러다 이제 그만 학교생활에라도 정을 좀 붙여볼까 하는 마음이 생기기도 할 무렵 여름방학이 시작됐다. 엄마가 편지 한 장 써놓고 가출을 했고, 피가 섞이지 않은 오빠와 내가 창고 같은 낡은 집에 신혼부부처럼 남았다. 엄마의 편지는 다음과 같았다.

귀성이와 재옥이에게

모든 게 괴롭기만 하다. 나 없는 동안 서로 잘 돌볼 거라고 믿을게. 시간이 좀 필요해서 그래, 생각할 시간이. 언제나 그런 게 부족한 채로 쫓기듯 살아왔고, 문득 정신 차리고 보면 돌이킬 수 없는 데까지 와 있곤 했어. 여름은 나한테는 참 잔인한 계절이다. 모든 게 여름에 시작되었거든. 그래서 이번 여름에는 아무것도 시작하지 않으려고 이러는 거야. 아마 가을 즈음이면 우리 모두 조금은 나아지겠지.

엄마는 어색하리만치 동글동글한 글씨로 그 편지를 썼다. 나는 내게 따로 남긴 메시지가 있을지 모른다고 생각하며 침대 시트 밑, 화장대 서랍 구석구석, 옷장에 걸린 외투의 안주머니와 바지 주머니까지 뒤져보았다. 그러다 오빠와 내 이름이 나란히 호명되어 있는 그 편지를 세차례 소리 내어 읽어보면서 다른 걸 생각하기 시작했고, 마침내 오빠를 불러내 그걸 함께 펼쳐들 용기를 냈다.

"오빠 이름이 먼저 적혀 있어요."

"잠깐만."

"나한테는 엄마가 이렇게 말 안해요."

오빠가 양 손바닥을 비벼대더니 눈두덩에 가져가 댔다.

"생각할 시간이 필요한데, 그렇다고 여기서 얌전히 천장이나 벽지만 바라보고 있지는 않을 거라는 얘기예요."

"나도 읽을 줄 아니까 가만 좀 있어봐."

"엄만 제일 잘하는 걸 했어요. 아무 생각 없이 가족을 만들었어."

오빠가 얼굴에서 손을 떼고 내 쪽으로 고개를 돌렸다.

"잠깐만,이라고 내가 말하지 않았어?"

"무슨 생각 하는지 알아요. 다 꺼지라고 하고 싶겠죠."

"한번에 한가지씩만 생각하면 안되니? 네 말은 말이 아니야. 똥이야. 여기 적혀 있는 그대로가 다라고. 더는 생각하지 마. 나머진 그냥 똥이라고."

오빠는 얼마간 세탁소 내부를 정리하는 시늉을 하다가 휴업 간판을 내걸고 밖으로 나돌아다녔다. 어쨌든 엄마가 돌아올 때까지는 별일 없는 것처럼, 여름이란 계절이 늘 그런 것인 듯이 무더위 속에서 비를 기다리듯 그렇게 기다려야 했다. 좋은 소식이든 나쁜 소식이든, 무슨 말이 되어 눈앞에 나타날 때까지는 아무하고도, 아무 운명하고도 대화할 수 없었다. 구겨지고 훼손된 달력의 낱장들처럼 찢어지고 흐트러진 채로, 그렇게 가늠할 수 없는 날들 위에 떠오른 각기 다른 계절 사진인 듯이 서로를 넘겨다보았을 뿐.

"사람들이 그러는데, 내가 옆에 있으면 일이 잘 풀린다는 거야."

오빠는 한밤에 내 방문을 두드리고 들어오더니 말을 걸기 시작했다. 내 상태와 기분을 살필 의무가 그에게 없었는데도 매끈하게 웃어 보이려고 윗니를 여덟개나 드러내고서.

"그냥 양복을 빼입고 옆에 가만 서 있기만 해도 일이 저절로 풀려가더라는 거지!"

오빠는 돈이 든 봉투를 흔들어 보이더니 눈을 끔벅이고 서 있다가 밖으로 나갔다. 되돌아왔을 때는 양복 상의와 넥타이는 어디다 벗어두었는지 주름이 날처럼 곧게 선 바지 위에 하얀 셔츠 한쪽이 비죽이 나온 차림새였는데, 한 손에는 반쯤 차 출렁이는 위스키 병을 쥐고 있었다. 나는 침대 끝에 걸터앉았다.

"마셔볼래?"

오빠가 먼저 한모금 목으로 넘기고는 내게 물었다.

"싫어요. 취하는 거 보는 것도 싫어요."

오빠는 옷장 문짝에 등을 기대고서 비딱하게 서더니 물었다.

"너, 전엔 행복했냐?"

"왜요?"

"괜한 생각 하는 거면 하지 말라고."

"괜한 게 어딨어요? 다 이유가 있는 거겠지."

"그 생각이 내 생각은 아니니까 마음 쓸이지 마라."

오빠는 위스키 병을 들어 몇모금 더 마시더니 말했다.

"누가 그러더라. 효자는 타고나는 거라고. 난 그렇게 생각 안해. 결심하기 나름이지. 난 결심이 싫어. 달라진 거 없어."

그러고는 고개를 가로젓더니 잠시 후 다시 말을 이었다.

"아버진 평생 마음 놓고 화내는 것도 별로 못해봤으니까 속은 시원했을 거야."

오빠가 시야에서 사라졌고 발소리도 점차 멀어져갔다. 그는 내 친오빠나 친부 모두 아니었지만, 그 모두를 합친 사람과도 나눌 수 없는 어둠속에 나와 마주 보고 서게 된 사람이었다. 그 생각은, 그 생각의 확장은, 나 자신의 불투명함은, 나를 두렵게 했다. 우리 집 벨을 누르며 안부를 묻던 그 어색하게 친절했던 사람들 속에서 나는 나와 그를 동시에 보호하려고 했다. 걱정스러운 표정으로 말을 붙여보려는 지인들에게 엄마가 기력을 잃어서 병원에 입원을 했다고 거짓말했다. 가끔 오빠가 가서 살펴본다고도.

"그럼 여기서 오빠랑 둘이서만 지내?"

그런 질문에는 더없이 매끄럽고 자연스럽게 답할 수 있었다. 그들의 호기심보다 내 무의식이 훨씬 더 깊고 어두웠기 때문이라고 본다.

"오빠 애인이 가끔 같이 있어주고 그래요. 좋은 언니예요."

엄마는 내게 전화하지 않았다. 그래서 나도 전화하지 않았다. 나는 의붓아버지가 생전에 나와 엄마에게 사준 똑같은 티셔츠를 다른 봄옷들과 함께 상자에 담아 방구석에 쌓아두었다. 이 집에 들어오고 나서 딱 한번 다 같이 외출을 했고, 그날 사진을 찍었다. 모든 게 새롭게 다 잘될 거라는 기대는 그다지 없었다. 그런 걸 맛본 사람들이나 그 맛을 상상해볼 수 있으리란 생각이 든다. 하여간 나는 다른 사람들의 소박한 이야기를 정갈한 오첩반상으로 차려낸 것 같은 저녁 여섯시의 착한 휴먼 다큐멘터리라도 찾아보면서 울고 싶을 때는 울었다. 무엇을 그리워해야 하는지 몰라서 남들의 그리움을 흉내 냈다. 그래도 결국은 나를 위해 울었을 것이다. 눈물을 쏟고 나면 손빨래를 한시간 정도 할 수 있을 만큼은 기운이 났다. 그럼 손목이 튼튼해지는 기분이 들었고, 그러니까 다리도 튼튼해져야 균형이 맞겠지 싶어서 팔다리를 크게 휘저어 춤을 추기도 했다. 소식을 전해오는 친구들이 두셋은 있었다. 내가 전할 소식은 별로 없었다. 그래서 전화도 차츰 뜸해졌다.

그러던 어느 저녁 무렵이었다. 오빠보다 두살 연상인 네일아티스트가 집으로 찾아와 자신을 오빠의 애인이라고 소개했다. 마음대로 지껄인 말이 실현된 데 놀라서, 나는 잠시나마 내가 둘러댔던 말이 내 기도였다고 착각할 뻔했다.

"우리 집 장아찌가 맛있다고 오빠가 그러지 않았어요?"

나는 우리 집 고물 냉장고가 마치 사연 있는 집사라도 되는 것처럼 애틋한 눈길로 쓸어내리며 말했다.

“귀성씨가 반찬 얘긴 안하던데. 하긴 밥 얘기도 잘 안하지.”

“그럼 먹어봐요.”

그래서 그 네일아티스트와 나는 어두운 조명 아래서 겸상을 했다. 그 여자는 장아찌보다는 내가 끓여낸 장국이 맛있다고 했다. 나는 그 말을 믿지는 않았지만, 한껏 기뻐하는 체했다.

“어머니는 어떤 분이니?”

그녀가 내게 물었다. 밥 이야기도 반찬 이야기도 어머니 이야기도 하지 않은 남자의 집에 와서, 그녀는 오래전부터 한솥밥을 먹어온 사람처럼 쩝쩝 소리를 내며 아무런 다른 생각 없이 나를 귀여워했다.

“평범하죠, 뭐.”

나는 그렇게 대답했고, 그 이상의 할 말은 떠오르지 않았다. 식사가 끝나고 설거지를 하고 있을 때 오빠가 들어왔다. 오빠는 한쪽 눈을 손바닥으로 덮듯이 가렸는데, 오늘 눈 아래 피부를 여섯바늘 꿰맸다고 하면서 “항상 어제 같을 수는 없는 거지” 중얼거렸다. 오빠는 화장실 문을 활짝 열고 들어가 오렌지색 구강청결제로 입속부터 헹궈냈다. 건강한 치아는 단단한 근육과 마찬가지로 오빠의 자랑이었다. 그는 말로 태어났다면 호사스러운 삶을 살았을 것이다.

오빠의 애인은 화장실 앞까지 따라붙어 왜 그렇게 된 거냐며 질문을 쏟아냈다. 그러다 대수롭지 않아하는 대꾸를 듣고는 흥미를 잃었는지 곧 자기 이야기를 늘어놓았다. 자기는 늘 어제 같다면 미치고 환장할 거라며 오른손으로 허공을 할퀴듯이 그었다. 어제 만난 미친년 때문이라는 것이다. 정신 나간 년이 이것도 마음에 안 든다 저것도 마음에 안 든다 하더니 결국 돈도 안 내고 나가버렸는데, 그년 머리칼은 세팅이 되어 있었지만 발바닥은 더러웠다면서, 자기가 목 좋은 데다 숍을 내면 모두 입구에서 손발을 씻고 들어오도록 세면대를 창가 쪽에 늘어놓고서 번호표를 나눠줄 거라고 했다. 번호표의 색깔은 보라색으로 할 건데, 왜냐하면 숍의 간판도 보라색으로 달 거기 때문이라고 하더니 고개를 뒤로 젖히고 깔깔 웃었다. 나는 그렇게 큰 소리로 웃어젖히는 그녀를 보면서 세상에 나만 미쳐가는 게 아니구나, 하고 마음이 놓였다. 오빠도 그랬을지 모른다.

오빠의 애인은 대여섯번 정도 더 우리 집에 드나들었다. 그중 한번은 오빠 방에서 나흘을 자고 갔다. 몇번은 나를 위해 요리를 해주기도 했다. 죄다 기름으로 튀긴 요리였다. 그녀는 나를 위해서 식용유와 튀김가루, 그리고 연보라색 프로펠러가 돌아가는 선풍기도 사줬다. 천박한 웃음소리와 요란한 프릴이 달린 블라우스, 끝없는 헛소리와 남의 말에 쉽게 팔랑거리는 얇은 귀. 나는 그 여자를 떠올리게 할 만한 많은 것들과 단시간에 친구가 된 기분이었다. 그것들을 오래 두고 기억할 것 같은 느낌이, 막연하지만 절박하게 찾아들었다. 절박함 자체가 많은 것을 빨아들이고 있었던 건지도 모른다. 냄새가 특히 괜찮았다. 달고 시고 쓰는 듯한 슬픔을 닮은 향이었다고 해두자.

"그래, 엄만 언제 돌아오신다고?"

"좀 있다가 오시겠죠."

"네가 잘 말해줄 거지? 우린 세탁소 팔고 네일숍을 낼 거야. 미용실을 겸하다가 나중에 분점을 내는 거지. 아침저녁으로 좋은 향수도 좀 뿌리고 음악도 틀고. 기분 나쁘면 사람들을 부리고 우린 나가 드라이브나 하자. 모두한테 좋겠지만, 특히 어머니한테 좋을 거야."

"네, 잘 말해볼게요."

나는 결정권이 나와 엄마에게 있는 것처럼 말하는 그녀가 전혀 우습지 않았다. 그래서 진지하게 대꾸했다. 세상의 모든 크고 작은 세탁소가 우리에게 경배할 것처럼. 사람들의 이마가 뜨거운 태양 아래 잘 닦인 오븐처럼 광이 나고 우리는 거기에 번호표를 찍어줄 것처럼. 그러면 그녀는 나와 오빠가 무척 닮았다고, 말 안하고 있을 때 입을 죽 앞으로 내밀고 코를 찡긋거리는 모습을 보고 있자면 누가 한배 속에서 나온 오누이 아니랄까봐 한 틀에서 구워낸 빵처럼 보인다며 쾌활하게 굴었다. 또 늦둥이를 낳은 아버지는 진정한 능력자라며 죽은 이의 정력을 칭송하기도 했다. 아마도 의례적인 말이었겠지만 이런 이야기도 했다. 아버지 일은 안됐지만, 슬픔은 기쁨으로 씻어내야 한다고. 나는 아버지가 그녀와 대면했다면 서로 통하는 데가 많았을 텐데 안타깝다고 화답했다. 어쩌면 그녀의 그 찌를 듯 뾰족하게 솟아오르는 하이톤의 웃음소리는, 느닷없이 목의 핏대를 세우고 바닥에 발을 쾅쾅 구르며 화를 주체하지 못했던 의붓아버지의 갑작스러운 격정을 떠올리게 하는 데가 있기도 했다. 그러니까 영 근거가 없는 말은 아니었다. 그런 데에도 색깔이 있다면 아마도 파랑과 빨강을 섞어 만든 보라일 것이다. 사람을 미치게 하는 보라, 줄 세우는 보라, 목젖을 내놓고 웃게 하는 보라. 나는 그녀를 위해 현관에서 내 방 입구까지 보라색 카펫을 깔아놓을 수도 있었다. 갈 곳이 없는 내게는 이곳이 다른 곳일 수 있어야 했다. 그러나 그런 마취제 같은 인연은 얼마 안 가 현실에 눈을 뜬다. 그렇게 되고 만다. 여름밤, 그녀는 예상치 못한 시각에 우리 집 전화벨을 울렸다. 요란하고도 집요하게.

"귀성씨랑 지금 술 마시고 있는데 자꾸 이상한 소리를 하잖아."

"무슨 소리요?"

나는 어둠속에서 눈을 깜박거리며 천천히 물었다.

"자기 진짜 어머니는 지금 무덤 속에 있다는 거야."

"취해서 하는 소리잖아요."

나는 침착하게 대응했다.

"세탁소는 팔아서 빚 갚으면 끝이란 거야."

"그래요?"

그 사실은 처음 알았다.

"이상한 개똥철학도 늘어놓고 있어."

"뭐요?"

"무자식 상팔자래."

그녀는 울기 시작했다.

"이거 나 떼어놓으려고 하는 개수작이지?"

"혹시, 임신인 거예요?"

나는 고모가 될 수는 없겠지만, 그렇겠지만, 만에 하나 그럴 수도 있는 자신을 잠깐 떠올려볼 수는 있었다. 그리고 이런 대답을 들었다.

"아니아니, 그것보다 더 나빠. 내가 떠보려고 한 거짓말에 귀성씨가 개똥철학을 늘어놓고 있어. 여자가 나이 서른을 그냥 먹는 줄 아나봐. 이런 쌍놈의 새끼."

보라색 간판에 불빛이 꺼지는 소리.

나는 사람들이 어쩔 수 없는 상황에 처하면 익숙한 선택을 한다는 이야기를 들었다. 심야의 라디오 프로그램에서였다. 내 주변에서 벌어졌던 어지러운 일들은 다 살자고 하는 몸부림이었지만, 일종의 도피였다. 엄마는 남자를 잘못 만나 인생의 중요한 첫 단추를 잘못 꿰었기 때문에 팔자 센 여자가 됐다고 믿었고, 그래서 모든 문제마다 새로운 남자를 등장시켰다. 죽은 의붓아버지는 아주 작은 것이라도 자기 몫으로 갖기 위해서는 거의 투쟁을 해야 하는 삶을 살았다고 자주 말했다. 그는 별다른 고투 없이 집안으로 들인 내 엄마의 젊음, 아직 가시지 않은 삶의 홍조를 못 견뎌했다. 의심스러워했고, 마음과 육신의 에너지가 바닥날 때까지 전투를 치르려 들었다. 의붓오빠. 내 인생에 단 한번 있던 그 자리에서 잠시 혈육인 듯 살았던 그 사람은 근육질의 날건달이었지만, 멍청한 소리도 자주 했지만, 어쩔 수 없음 그 자체인 사람이었다. 질문이 많지 않은 사람, 대답을 유보하는 사람. 신체의 건강과 장기의 에너지,

신진대사의 질서를 중시하는 사람. 효자일 수 없는 사람. 결심이 싫은 사람. 그는 내가 꾸는 악몽 속에서 유일하게 구원을 원하지 않는 사람이었다. 그래서 나는 그가 서른세살의 어느 추운 겨울밤에 네온사인이 반쯤 꺼진 술집 간판 밑에서 의리를 저버린 사람들 대신 칼을 맞았다는 소식을 접했을 때, 그만이 오직 그답다고 생각하게 된다. 예측할 수 없는 내 삶의 가장가리에 깃든 가장 미더운 어둠.

"너, 미신 믿니?"

"아뇨."

"징크스는?"

"아뇨."

"난 있다. 이야기해줄까?"

"싫은데요."

오빠가 나를 위해 노력했다고는 생각지 않는다. 노력이 대답이 아닌 시간 속에 놓여 서로의 감정과 시선을 아무렇게나, 답이 되지 않으려는 방식으로 소모하는 법을 알았을 뿐이다. 한동안 그의 아버지였고 또 잠깐 동안은 내 아버지였던 사람이 자주 앉아 있던 자리에 무릎을 세우고 앉자 우리 둘 다 아직 태어나지 않은 형제처럼 보였다. 그림자가 벽과 바닥에 걸쳐져 한덩어리로 어른거렸다.

"그럼 듣든지 말든지 맘대로 해. 해 바뀌고 처음 겨울코트 꺼내 입은 날 안주머니에서 지폐를 발견하면 새 사람 만나야 한다."

"어이없어요."

"새로 만난 사람한테 돈을 써야 돼. 그럼 새 코트 입은 기분 된다."

"재미없어요."

"넌 어디서든 새로 잘 살 거야. 난 좋은 데 가고."

"뭐라고요?"

"뭐든 늘 어제 같을 수는 없는 거지."

"무슨 소리예요? 혼자만 따로 가는 좋은 데가 어딘데요?"

"여자들이란 역시! 굉장히 사람 피곤하게 하네."

그런 사람만이 줄 수 있는 위로가 있다는 걸 알았다. 무작정 아무것도 아니면서, 아무것도 아닌 무작정인 채로 내게 한결같은 사람. 별거 아니면서 별거인 사람.

나는 엄마를 기다렸다. 처음에는 그저 엄마가 돌아오기를 기다렸다. 나와 낯선 세상에 다리를 놓아준 사람. 나로 인해 얻은 것과 잃은 것 사이, 그 사이가 삶이 되어버린 사람. 그러다 나는 또다른 방식으로 엄마를 기다렸다. 엄마가 돌아오면 다르게 시작할 것이다. 오빠는 오빠이거나 오빠 이상이거나 오빠 이하일 수 있었다. 어쩌면 그가 사람이 아니라 눈 양옆을 가리개로 가리고 달리는 말들의 세계에 사는 무념한 짐승이더라도 더 겪어볼 수 있을 것 같았다. 어떤 슬픔을 통과하는 일은 다른 많은 슬픔마저 감당할 수 있을 것 같은 그런 안간힘으로써만 삶의 에너지로 환원된다. 나는 결심이 필요한 사람. 무모한 결심이 필요한 사람. 여기저기 내 심장과 결의를 함께 걸어두고 싶은 사람. 피로 맹세하고 싶은 사람. 내 나이가 한번도 정당하게 느껴지지 않았던 사람.

옷장에서 엄마의 원피스를, 서랍장에서 오빠의 선글라스를 찾아내 치장을 하고서 한때 놀기 좋아하는 친구들하고 어울려 다니던 거리들을 혼자서 떠돌다 누군가를 만났다. 나를 모르는, 나에 대해 알고 싶어하지 않는 남자였다. 그러면서도 너 같은 여자애는 어떤지 궁금하다는 눈빛과 말을 구사할 줄 아는 사십대의 마른 남자. 나는 그의 시선을 알아차리기 전까지는 벤치에 넋 놓고 앉은 채로, 마치 그게 세상 마지막 구경거리라고 생각하는 사람처럼 지나다니는 사람들을 구경했다. 그래서 내가 누군가의 구경거리가 되어 있다는 사실을 깨달았을 때 당황하여 지갑을 바닥에 떨어뜨렸다. 지갑을 주우려고 고개를 숙이자 머리칼 끝이 땅바닥에 닿았고, 코끝에 걸쳐 썼던 오버사이즈 선글라스마저 바닥으로 떨어졌다.

"괜찮니?"

그제야 나긋나긋한 제스처로 다가와 말을 붙인 그 남자는 서류봉투를 옆구리에 끼고, 소가죽 샌들을 신고 있었다. 더운 날이었지만, 리넨 소재의 연청색 긴팔 재킷을 걸쳤다. 안쪽에 받쳐 입은 하얀색 티셔츠의 가슴 부분에는 물방울이 튄 듯한 문양의 구멍들이 흩어져 있었고, 움직일 때마다 연회색 바지의 좁다란 단 아래로 발목이 살짝살짝 드러났다. 날카로운 코끝과 살짝 위로 올라간 눈꼬리. 그는 내게 다시 물었다.

"안 괜찮아 보여서 자꾸 눈이 가더라만. 나 여기 앉아도 되겠니?"

나는 다리를 오므리고 매무새와 표정을 가다듬었지만, 그가 옆으로 다가와 앉을 때 피하지 않았다. 능숙한 여자처럼 보이고 싶었다. 더는 아무 데서도, 아무 관계에서도 헤매고 싶지 않았다.

"뭐 하시는 분인데요?"

"뭐 이것저것. 배 안 고파?"

나는 그가 지껄이고 싶은 만큼 지껄이게 두었다. 그는 이십대 때는 지역방송의 라디오 디제이였다. 이제는 동업자들과 서너가지 아이템을 확장해가는 중으로, 쇼핑몰 사업을 한다. 중국 진출을 목전에 두고 있다. 그는 여러가지 취미가 있다. 볼링을 잘 치고, 당구는 수준급, 골프는 한창 배우고 있는 중이고, 무엇보다 스피드를 즐긴다. 그는, 그가 사는 세상에는 건조한 바람이 분다. 사막 비슷하다. 그러나 나 같은 소녀가 촉촉하게 울어주고 가면 꽃이 필, 손바닥만 하긴 해도 충분히 아름다울 수 있는 정원이, 비밀의 정원이 있기는 하다. 누군가 그 문을 열어주면 삶에 새로운 창이 생길 것이다.

"그래요?"

"응, 좀 있음 휴가야."

"그래요?"

"예쁘게 웃어서 가슴이 뛴다."

작열하는 태양 아래, 멀쩡한 듯 걸어다니는 많은 사람들과 바쁘게 돌아가는 세상사를 연결하는 수많은 회선과 빌딩숲의 복잡한 미로 속에서 길 잃은 위태로움을 발견하는 능력. 위태로움이 불을 밝히는 신호를 잡아채는 그 이상하고 신기한 능력. 나는 그에게 상을 주고 싶었다.

"전화번호 주세요."

그는 고개를 숙이며 희미하게 웃고는, 서류봉투를 뒤적여 종이를 뜯어낸 뒤 거기에 전화번호를 적어주었다. 찢어낸 부분에 자잘한 주름이 생긴 모눈종이, 거기에 비스듬히 줄을 선 소심하게 작은 숫자들.

"기다려요. 나 쉬운 앤 아니니까."

나는 냉정한 목소리로, 그러나 눈물을 참는 듯이 말했다. 울어줄게 일단 기다려요, 하듯이. 내가 습득한 것과 타고난 것과 내 움직임과 말소리가 일치하는 것 같았고, 그 때문에 몸속의 피가 빨리 도는 것 같았다. 나는 정신이 나간 것처럼 걸었다. 발이 부르트도록 걸어서 집으로 돌아왔다. 오빠는 며칠째 집으로 들어오지 않고 있었다. 오빠의 새로운 애인이 초인종을 누르는 일도 없었다. 프라이팬에 식용유를 쏟아넣고서 튀길 수 있는 것들은 다 튀겼다. 튀기고, 버리고, 튀기고, 버리고, 튀기고, 버렸다.

사람들이 말하길, 사람들이 항상 말하길, 인생은 쓰고도 달고, 길고도 짧고, 문들은 예기치 않은 곳에서 닫히고 열리고, 빛이 있는 곳에도 어둠이 있고, 눈물이 있는 곳에 실소도 있고, 그러고도 계속 흘러가고 부딪치며 무엇이 된다, 된다, 된다고 한다. 한 시절의 숨결은 한 시절의 라디오 멘트와도 같이 통속적인 데가 있어서 나는 가끔 주파수와 주파수 사이를 오가며 내 온 신경을 집중하고, 밤이 낮인 듯 낮이 밤인 듯 끝없이 남들의 웃음소리와 하소연과 고자질과 비난, 고통스러운 자백 같은 것들 속에 나의 모든 것을 내려놓고서 거기서 헤엄치며, 때로 휩쓸려보기도 하면서, 하루나 이틀이

나 그밖의 시간들이 커지고 또 작아지며 내 가슴을 두드리는 그런 견딜 수 없는 느낌들을 견뎠다. 배고픔이 나인지 내가 배고픔인지 모를 정도로 굶기도 했다. 누군가 초인종을 누르며 나타나 내게 고할 안녕을 짐작하는 일, 또는 짐작도 할 수 없는 어떤 안녕이나 안녕하지 못한 느낌이나 단념 같은 것을 떠올렸다가 지워냈다. 먼 사람들이나 가까운 사람들이나 모두가 다 일종의 착시현상일지 모른다는 생각이 들었다. 나는 손쉽게 청산하지 못한, 청산되지 못한 삶의 알리바이로서 집에 혼자 남기로 결정한 것처럼, 밖을 나돌아다니다가도 자주 집 생각을 했다. 내 집이 아닌 그 집을. 그리고 이 모든 잦은 인내 역시 내가 추구할 가치는 아니라는 걸 새로 깨달았다는 듯이 화를 내며 오빠에게 전화를 걸었다. 내 친오빠가 아닌 그 사람에게.

"오빠랑 엄마가 내 걸 뺏었어요."

"왜 그러니? 나 정신없이 아팠어."

"내 자릴 뺏었어요. 정신없이 아프고 가출할 수 있는 건 나여야 돼요. 다들 너무해요."

나는 코를 닦고 또 닦아내며 울었다. 울 수 있는 여자들은 다 나한테로 와 우는구나. 오빠가 말했다. 여자들이란.

"어디가 아픈데요?"

나는 내 자리를 뺏어간 그의 아픔을 근심했다. 내 자리란 본래 없었다는 걸 인정하는 것처럼 근심했다. 근육질의 남자가 아픈 걸 보는 건 슬픈 일이다. 튼실한 경주마가 쓰러지는 걸 보는 건 슬픈 일이다. 그건 어떤 처형을 떠올리게 한다. 어떤 총성을. 신음소리가 떠오르지는 않는다. 확인해보지 못하는 자리에서 그 모습을 상상하는 일은 슬픔 이상으로 참담하다. 내 목젖을 짓누르는 두려움에 도리질하며 당신은 괜찮으냐고 묻는 일은.

"무소식이 희소식이야."

오빠가 웃는 모습이 떠올랐다. 치아와 광대 부분이 반짝 윤나는 모습이.

"누가 날 그렇게 걱정하는지 몰랐어. 그래서 그래."

"이상해요? 그게 이상해요?"

나는 그러고 전화를 툭 끊었다.

목구멍이 막힌 것처럼 아팠다. 배고픔이 목으로 올라온 건가. 감각이 목에만 남아 있어서 내 고통이 거기서 아우성치며 호소하는 건가. 보리차를 끓여 마셨다. 정돈해놓은 것들, 깨끗이 닦아놓은 것들 사이로 몸을 웅크리고 데굴데굴 굴러보았다. 내 몸이 그렇게 구체적으로 어딘가 닿았다 떨어졌다 하는 느낌에 집중했다. 머리칼이 바닥에 흩어졌다가, 목을 휘감았다가, 내 얼굴을 덮었다.

가을까지는 너무 멀어. 나는 가을에 기회를 주지 않을 거야. 용서는 하지도, 구하지도 않을 거야. 나는 자리에서 일어나 가방을 찾았다. 지갑을 꺼내 동전 칸에 구겨 넣어뒀던 모눈종이를 찾았다. 꼬깃꼬깃 접은 종이를 펴 깨알 같은 숫자들을 눈으로 더듬은 다음 찬찬히 번호를 눌렀다.

남자는 벨소리가 다섯번 울린 뒤에야 아주 작은 목소리로 전화를 받았다. 누구세요? 끝이 살짝 갈라지는 목소리. 나는 그의 이름을 몰랐다. 그래서 내 말은 먼 데서 불어온 바람처럼, 바람이 가져온 냄새처럼, 어느 정거장에 함께 내려선 낯선 사람들 사이를 휘감아돌듯이, 우리 사이를 잠시 맴돌아야 했다. 서로 눈을 맞추었던 벤치, 그날 오후의 빛, 삶이 우리에게 주는 모든 힌트들을 맞춰볼 수 있어야 한다는 것처럼 은밀하게 일렁이며.

"기억나요?"

남자는 조금 뜸을 들인 후에, 안 그래도 기다리고 있었다고 책을 읽듯 말했다. 또렷한 그 거짓말이 마음에 들었다.

"볼래요?"

일이 술술 잘 풀리고 있다는 느낌에는 언제나 조금은 불길한 전류가 한가닥 흐르는 것 같다. 나는 집 주소를 반복해서 두번 불러주고, 그에게 또박또박 한번 읽어보게 하고는 그게 얼마나 정확히 들리는가를 체크했다. 틀린 데 없이 정확하게 말이 되어지는 내 삶의 거처나 남들의 지명들이란 얼마나 이상한가 하는 걸 한편 받아들이며.

"한데 오늘은 곤란해."

그는 뒤로 한발 빼듯이 조건을 붙였다. 한 손에 주소를 쥐고, 한 발을 빼는 남자.

"그래요?"

"오늘 어머니 생신이야."

그는 건들거리듯 말했다.

"지금 요양원에 있어."

"나도요."

"뭐가?"

"우리 엄마도 병원에 있어요."

"그래?"

"네. 당분간 혼자예요. 당분간은 긴 시간은 아니에요. 그렇잖아요?"

"그렇지."

"내가 거짓말하는 거 같아요?"

"네가 왜 거짓말을 하겠어."

"그죠? 나도 생일이에요. 스물둘."

"좋은 때지."

"요양원 때문에 좋은 때 망칠 건 아니죠? 나 지금 기분 되게 좋은데."

"글쎄."

"케이크는 됐고, 꽃 사와요. 보라색."

"그럴게."

"기다릴게요."

그 남자는 나를 좀 기다리게 했다. 나는 씻고, 치장을 하고, 머리칼을 빗고, 그리고 얌전히 앉아 초인종이 울리기를 기다렸다. 내 다른 모든 기다림들에 비해 가장 간편하고 홀가분한 기다림이었다.

남자는 보라색 꽃을 사왔다. 하얀 꽃들 사이에 휘어져 있는 단

하나의 희미한 보라. 나는 성에 차진 않았지만 기쁘게 받았다. 그 마른 남자와 나는 같이 잤는데, 남들의 말처럼 굉장한 경험은 아니었다. 그는 애를 좀 먹었던 것 같고, 나는 이런 걸로 애가 생길까 근심하다 잠이 들었다. 그 밤의 꿈속에서 우리 집이 불에 타 재가 됐다. 불타는 꿈은 좋은 꿈이라는데, 하고 꿈에서조차 생각을 하다 눈을 떴다. 뜬눈으로 새벽을 맞고는 잠깐 눈을 붙였는데, 남자가 일어나 부스럭대는 소리를 듣고 다시 깼다.

"요양원에 못 갔네요."

"응."

남자가 커튼을 걷어내자 빛이 쏟아져들면서 그의 마른 등이 드러났다. 마른 등에 길게 뻗은 뼈.

"뱀이 있네, 등에."

"별이야."

"아닌데. 그냥 뼈인데."

"별자리야."

그는 등을 이렇게 저렇게 틀어 보이며 나를 잠깐 웃게 했다.

그와는 오래 만나지 않았다. 그래도 그는 어쩌다 나와 오빠와 함께 우리 집 식탁에 앉게도 됐다. 놀라운 순발력을 발휘해 그가 잡아챈 역할은 내 담임선생이었다.

"무슨 과목요?"

오빠의 성의 없는 질문에는 우리 모두 웃었던 것 같다.

"미술요."

그때는 한낮이었는데, 기억 속에서는 항상 그 대목에서 빛이 사라진다. 고즈넉해진다.

엄마가 돌아오고, 나는 기숙사가 딸린 학교로 전학을 갔다. 오빠와 엄마 사이에 얼굴을 붉히거나 언성을 높일 만한 일은 없었던 걸로 안다. 엄마는 열달 뒤 새로운 남자와 재혼했고, 나는 고등학교를 졸업한 뒤 미용실에 취직했다. 능력 이상으로 성실히 일하고 짧은 휴가를 얻으면 그것을 위해서 나머지를 살았다는 생각이 들곤 했지만, 사람들은 전혀 다르게 나를 이해했다. 그렇게까지 열심히 하는 건 무슨 이유가 있어서겠지. 그러면 나는 무언가 들킨 사람처럼 수줍어하면서, 상대도 나 자신도 나를 잘 모르고 있다는 생각을 했다. 짬이 생기면 짧게라도 여행을 가는 데 주머니를 털었다. 무작정 아무것도 아닌 채로 다른 삶으로 날아들었다가 다시 이전의 생활로 돌아온다.

오빠와는 어쩌다 가끔씩 통화를 했다. 오빠가 먼저 할 때도 내가 먼저 할 때도 있었다. 대화가 오래가진 않았다. 소식이 끊기면 생각했다. 무소식이 희소식이야. 그러다 어느날 보라색을 좋아하던 그 네일아티스트를 길에서 우연히 보게 됐다. 예전과는 달리 화장기도 없었고, 단출한 차림이었다. 그녀는 아이 손을 잡고 횡단보도를 건너고 있었는데, 아이가 칭얼대자 아이에게 뭐라고 소리치고는 종종걸음으로 혼자 앞서갔다. 아이는 그 자리에 주저앉아 고집스레 소리 높여 울었다. 보다 못한 다른 사람이 대신 아이를 안고 달래서 그녀에게 데려다주었다. 한때 내가 절박해했던 것들이 무난

한 생활의 옷을 입고 어디선가 끝없이 이어지고 있다는 생각이 들었지만, 새로운 깨달음은 아니었다.

엄마가 오빠의 수술 소식을 전해왔을 때 나는 인천공항에 있었다. 사흘 일정의 베이징행, 막 출국수속을 마치고 났을 때 엄마의 전화를 받았다. 엄마는 몇년 만에 이런 일로야 오빠를 보게 됐다며 우울해했다.

"최근 통화목록 맨 윗자리가 나였다고 하더라. 이렇게 될 걸 알았던가, 뜬금없이 전화를 걸어와 그냥 네 이야기만 몇마디 하다 끊었다. 워낙 그런 애니까 그러려니 했는데……"

엄마는 오빠가 피를 많이 흘려서 위급했는데 다행히 고비는 넘겼다고, 엄마와는 혈액형이 맞지 않지만 새아버지의 피는 보탤 수도 있었을 거라고 했다. 비행기에 올라 난생처음으로 어쩌면 신이 있을지도 모른다는 불확실한 확신에 매달렸다. 오빠가 회복될 걸 예감했다거나, 새아버지가 오빠 곁에 누워 피를 나눠줄 수도 있다는 걸 상상해보며 무슨 감동을 느껴서는 아니었다. 간밤에 짐을 꾸리다가 발견한 그림 한장이 그때 내 가방 속에 들어 있었기 때문이다.

"무슨 과목요?"

"미술요."

"미술요?"

그날 그 순간에 오빠는 나를 보았고, 나는 그를 보았고, 그는, 담임 역의 그는 우리를 번갈아 보았다.

"네. 이렇게 둘이 마주 앉아보세요."

"이렇게요?"

오빠가 물었다.

"네, 그렇게요."

그가 대답했다.

"그리시는 거예요, 지금?"

"네. 그려보고 싶네요, 지금."

"그거 다 그리면 어디 걸리나요?"

"선물로 드릴까요? 한데, 집에 가 손을 좀 보고 다음번에 드리지요."

그는 더 이어질지 모를 대화를 피하기 위해서 나와 오빠에게 포즈를 취하게 했을 것이다. 나는 순순히 따랐다. 나중에 그는 정말 내게 그 그림을 선물로 주었는데, 짓궂은 내용이었지만 놀랍게도 꽤 솜씨가 있었다.

그림 속에서 오빠와 나는 마주 앉아 있다. 한쪽 면에 반쯤 열린 문이 있고, 문 밖은 아주 환하다. 우리는 어둠속에 있는데, 나는 알몸이고 오빠는 평상복 차림이다. 실제로는 오빠가 스스럼없이 벗고 다니기를 좋아했지만, 그림을 그린 사람은 내 벗은 몸에 대해서만 표현할 수 있었으니까. 나는 양손으로 머리칼을 정수리에서 하나로 모아 그러잡고 있고, 오빠는 상체를 약간 구부리고 탁자 위에 한 팔을 내뻗고 있다. 손바닥은 하늘 쪽을 향한다. 그다음 장면은 무엇일까. 내가 양손을 떨어뜨리면 머리칼이 흘러내릴 것이다. 나는 오빠의 손바닥 위에 내 한쪽 볼을 가만히 내려놓을 것이다. 그려진 적 없는 그림들이 그려진 그림과 함께 놓일 것이다.

"변태 같아?"

화가도 담임선생도 아닌 그가 물었고, 더없이 나인 내가 목멘 소리로 대답했다.

"아뇨. 마음에 들어요."

그림을 처음 본 날은 눈물이 났는데, 이제는 그날처럼은 눈물이 나지 않는다. 거짓말을 가장 많이 했던 시기에 내 진짜 울음을 다 울었다. 그 때문인지도 모른다. 한때 내가 통과한 어둠속에서, 나는 헐벗고 위태롭고 아름다웠다. 가려진 날들의 거짓말과 통증에는 몇가지 진실보다 더 진실인 무엇이 있겠지만, 지나간 시간은 다시 돌아오지는 않는다. 그리고 나는 간혹 멀리 떠나 있을 때조차 그 심연 속에서만 온전히 해방감을 느꼈다.

베티

스물아홉 여름날에 은경은 직장도 잃고 애인도 잃었다. 사람들은 그런 그녀에게 '아홉수에 들었다'고들 이야기했다.

"뭘 해도 잘 안 풀리는 때라지만, 또 누구는 대운이 바뀌는 시기라 그렇다고도 하잖아요. 그러니 은경씨도 잘 넘기고 나면 다 괜찮아질 거야. 나도 한때는……"

모든 일이 그렇게 간단하면 얼마나 좋을까. 어쨌든 9는 그녀가 좋아하는 숫자였고, 마음이 엉킨 실타래 같을 때는 아무런 충고도 해주지 않는 사람들이 그리운 법이었다. 은경은 지난봄부터 이따금씩 부영이란 여자를 만나오고 있었다. 그해 초 실내수영장에서 우연히 만나 친구가 된 경우였는데, 부영이 은경보다 두살 위였다. 두 사람은 약속 장소로 주로 K대학 캠퍼스를 이용했다. 서로의 생활반경을 고려할 때 K대학이 딱 중간지점이라는 부영의 말에 따라서였다. 은경은 부영이 어디에 사는지는 들은 바 없었지만 자신이 사는 곳에 대해서는 부영에게 알려준 적 있었다.

두 사람은 보통 한 주에 한번, 간혹은 두 주에 한번씩 만나 한두 시간 정도 함께 어울려 보냈다. 이 만남은 일면 평화로운 의식 같기도 해서, 누군가 취재하여 잡지 기사로 싣는다면 이런 문의전화를 받게 될 법도 했다.

'모임 이름이 있나요? 저랑 제 친구도 같이 하고 싶은데요. 혹시 개나 고양이를 데려가도 좋을까요?'

하지만 이들의 이야기가 잡지에든 어디에든 소개된 바는 없었으므로 멤버는 변함없이 둘이었고, 만남의 형식과 내용도 단순하고 소박한 그대로 유지됐다. 부영이 먼저 은경에게 전화를 걸어 간단히 안부를 묻고, 은경이 서로에게 괜찮은 날짜와 시간을 맞춰본다. 그러고 난 뒤 며칠 지나 그들은 둘 다 약속 시간보다 10분이나 15분쯤 일찍 K대학의 캠퍼스에 도착해 벤치에 자리 잡고서 음악을 듣거나 햇빛과 바람, 비, 안개를 즐기며 주변 풍경을 바라본다. 둘 중 누구라도 이야기를 하고 싶은 사람은 하고, 하기 싫은 사람은 하지 않아도 된다. 숫자 9가 좋다거나 0이나 5가 좋다거나, 코알라를 안아본 적 있다거나, 오동나무로 만든 독서대의 효용, 달걀로 할 수 있는 열세가지 요리법 같은 것이나 혹은 그밖의 모든 것이 다 이야기될 수 있었고, 또 두 사람 모두 아무런 이야기를 하지 않아도 괜찮았다.

8월의 첫번째 주말 오후 네시경이었다. 대학 캠퍼스는 쨍한 여름 햇살 아래서 한껏 푸르고 싱그러웠다. 저편 나무 그늘 아래 자리 잡은 여자애 둘은 보라색 음료수를 들었다. 잔디밭을 가로지르던 키 작은 남자는 무언가 발견한 듯 걸음을 멈추고서 상체를 수그려 바닥으로 팔을 내뻗었다. 하얀 유니폼을 입은 대학생 커플이 테니스코트로 들어서고 있었다.

"은경, 나한테 문제가 생긴 거 같아."

부영이 어두운 표정으로 먼저 말을 꺼냈다. 평소 부영의 목소리는 가볍고 맑은 편이었는데, 이 음성은 탁하고 낮았다. 은경은 저도 모르게 슬쩍 뒤로 물러나 앉았다. 그리고 바로 옆에 있는 사람에 대해서가 아니라 다른 먼 데 있는, 그러나 그들 모두가 조금씩은 아는 사람에 대해서 이야기하듯 조심스레 운을 뗐다.

"무슨 일일까?"

"가끔 눈앞이 캄캄해져. 비유적인 표현이 아니라."

부영의 목소리는 다시 평소의 톤으로 돌아왔다. 은경이 깜짝 놀라면서 부영에게로 바싹 다가갔다. 부영에게 무슨 일이 생긴다면, 하는 가정을 그녀가 전혀 안해본 것은 아니었다. 갑자기 전화번호를 바꾸어버린다거나 어느날 멀리 해외로 나가게 되었다면서 직접 또는 간접적으로 안녕을 고하게 되는 일 같은 것을. 그러나 부영이 시각장애인이 될 수도 있다는 상상은 꿈속에서조차 해보지 못했다.

"심각한 거야? 병원에는 가봤어? 눈이 문제인 거래, 아님 다른 데가?"

은경은 숨 가쁘게 질문들을 쏟아놓고서 두 손을 모아 제 입가에 가져가 댔다. 마치 기도를 올리는 동시에 응답을 구하는 아이처럼.

"병원엔 아직 안 가봤어. 그렇게 해결할 일이 아닌 것 같아. 당장 손봐놓을 일도 있고, 또 조금 무섭기도 하고."

부영이 대답했다. 은경은 그 말의 속뜻을 다 이해할 수는 없었지만, 자기는 언제든 병원에 함께 가줄 수 있다고 말했다. 오래 고민하지는 말았으면 좋겠다고. 그러자 부영이 웃으며 고개를 저었다.

"아니, 괜찮아. 아무튼 그렇게 말해줘서 고마워."

은경은 이제껏 부영과 특별한 목적을 갖고 어딘가로 함께 나선 적은 없었다. 수영장에서 만났으니 함께 수영을 즐기러 다녀도 좋을 법했지만, 그럴 필요를 그다지 느끼지 못했고 그런 데 무슨 바람이 생기지도 않았다. 이 만남, 이 시간만의 특별한 균형감각 같은 게 있다는 걸 어렴풋이 느끼면서, 그 자체로 만족스럽고 좋았기 때문인지도 모른다. 그런데 부영이 캄캄한 어둠속에 갇힐지 모른다고 생각하자마자 머리 위로 검은 장막이 훅 떨어져내린 것 같았고, 그게 아주 구체적으로 아프고 암담하게 느껴져 덜컥 겁이 났다. 가장 아끼는 꽃밭에서 사랑하는 새가 죽은 걸 발견한 기분이었고, 존재의 한쪽에서 불이 꺼지는 느낌이었다. 하지만 어떻게 그럴 수가 있는가. 부영이 갑자기 눈이 머는 일이나 두 사람이 거의 아무것도 하지 않으며 보내는 일주일 중의 한두시간 같은 것이 존재의 한조각 혹은 방 한칸을 차지하고, 그 상실을 다른 것으로 대체할 수 없게 되는 일이.

"그런데 참, 넌 어떻게 됐니? 다음주까지 방을 빼줘야 한다고 하지 않았어?"

부영은 아무렇지도 않게 다른 화제로 건너뛰었지만, 은경은 그러지 못했다. 불 꺼진 창에서 뛰어내리며 발밑이 아득해지는 기분이었다. 주체할 수 없이 눈물이 쏟아지기 시작했다.

*

그로부터 5일 뒤, 은경은 부영의 집으로 들어갈 채비를 마쳤다. 원룸에서 버릴 것과 챙겨갈 것, 두고 갈 것들을 분류하는 과정이 꽤 번잡할 줄 알았는데, 막상 일을 벌여놓고 보니 그렇지도 않았다. 짐 꾸릴 시간도, 살림을 옮겨갈 공간도 넉넉지 않았기에 주변을 더 냉정하게 살펴본 까닭도 있다. 특별히 값나가는 가구나 가전제품도 없고, 자주 입는 옷가지들은 다 낡았다. 미련을 둘 데가 딱히 있지도 않았구나 싶었다.

'소용이 다한 걸 이만큼이나 끌어안고 살았다니……'

은경은 신제품을 구입하고 나서도 미처 처분하지 못하고 쌓아뒀던 구형 휴대폰들과 카메라, 컴퓨터, 각종 배터리들, 그리고 헌 옷과 이불, 각종 플라스틱 용기들을 분류해 버렸다. 그렇게 버리고 또 버리고 나니 세안도구, 화장품, 드라이어, 빗, 손톱깎이 따위와, 현재로서는 다시 입을 날을 기약할 수 없는 여섯벌의 값비싼 정장,

구두 다섯켤레, 운동화 두짝 정도가 남았다. 은경은 큰 여행가방에 그것들을 잘 포개넣고서 지퍼를 잠갔다. 그리고 부영의 집 주소가 적힌 종이 한장을 잘 보이도록 펼쳐 가방 위에 올려둔 뒤에 그 앞에 서서 소리 내어 말했다.

"고마워."

그러곤 뒤돌아서서 이제 곧 그녀의 등 뒤에 놓이게 될 것들에도 인사를 남겼다.

"안녕."

택시 기사가 은경의 여행가방을 차 트렁크에 실었다.

"아가씨, 난 또 공항 가는 줄 알았지."

기사는 그렇게 나이 들어 보이지는 않았는데 나이 든 사람 같은 말투를 썼다.

"아니, 여기요."

은경이 부영의 집 주소가 적힌 종이를 내보이자 기사가 종이를 가져갔다. 은경은 택시의 뒷좌석에 올라탔다. 택시 내부에는 장식이 전혀 없었다. 룸미러에 묵주나 염주, 방향제가 걸려 있지도 않았고, 조수석 앞쪽에 미니어처나 미니액자가 늘어서 있지도 않았다. 기사는 바깥에서 서성대며, 그녀에게 잠깐 기다려달라는 말도 없이 어딘가로 계속 전화를 걸고 있었다. 아무 소리도 않고 제자리를 왔다 갔다 하는 걸로 봐서 상대와 연결이 잘 안되는 모양이었다. 은경은 기사가 저러다가 주소가 적힌 종이를 어딘가 흘려버리는 건 아닐까 신경이 쓰였다. 자신이 지금 향하는 곳의 정보를 이제 막 떠나가려는 길바닥 위에 아무렇게나 굴러다니게 하기는 싫었다.

"기사님!"

은경이 차창 밖으로 소리쳐 부르자, 기사는 휴대폰을 귀에 댄 채로 걸어와 운전석에 올라탔다. 그리고 마치 휴지라도 버리는 듯한 동작으로 조수석에 휴대폰을 툭 던져놓은 뒤 주머니를 뒤적여 꾸깃꾸깃해진 종이를 끄집어냈다.

"어이, 미안합니다."

기사는 내비게이션에 목적지 주소를 입력했다. 은경은 지금보다는 좋은 분위기에서 출발하고 싶다는 마음에 명랑한 목소리를 꾸며내며 물었다.

"안 막히고 단숨에 가면 얼마나 걸릴까요?"

기사는 잠자코 커브를 돌았다. 그리고 대로에 접어들자 잊지 않았다는 듯 대꾸했다.

"이 아가씨, 성격 참 급하시네."

K대학은 사실 은경과 부영 사이의 딱 중간지점은 아니었다. 부영의 거처는 은경이 막연히 짐작했던 것보다는 더 멀었다. 부영이 항상 더 시간을 들여 은경을 만나왔던 셈이다. 은경을 만나러 오는 길과 헤어지고 돌아가는 길에, 부영은 매번 은경보다는 무언가를 더 생각할 시간이 있었다.

부영의 주소지를 받아들었을 때, 은경은 눈물을 쏟고 난 뒤라 처음에는 그 사실을 바로 파악하지 못했다. 그저 잠긴 목소리로 이렇게 질문했다.

"여기 혼자 살아?"

부영은 그 질문을 건너뛰어 다른 대답을 했다.

"내 건 아니지만, 현재는 내 거나 다름없어."

은경은 그제야 비로소 눈을 비비고 주소지를 자세히 들여다보았다. 새삼 자기가 부영에 대해서 모르고 있는 게 너무 많다는 각성이 일어났다. 그러나 한편으로는 다른 내면의 목소리도 커지고 있었다. 사람들은 누구나 다른 사람에 대해서 충분히 알지 못한다는 것, 그리고 한쪽 문이 닫히면 다른 쪽 문이 열린다는 것이었다.

은경은 시야에 들어온 아파트 이름을 확인하고 입구에 택시를 세웠다. 여름 한낮의 열기 속으로 걸어나와 트렁크에서 가방을 끄집어내는 동안, 은경은 저도 모르게 초인적인 힘이 솟구치는 걸 느꼈다. 그러나 그다음 순간 바로 다리에 힘이 풀리면서 발목을 삐끗했고, 그 바람에 가방 손잡이를 놓쳐버렸다. 가방은 퍽 소리를 내며 고꾸라졌다. 가방 바닥에 달린 네개의 바퀴 중 하나가 떨어져나와 데굴데굴 굴러갔다. 택시는 이미 쌩하니 떠나는 참이었다. 은경은 저만치 멀어져가는 바퀴 하나와 바닥에 널브러진 파란색 여행가방을 번갈아 내려다보고 섰다가 그대로 부영에게 전화를 걸었다.

"왔어?"

"응."

"아, 보인다. 너도 나 보이지?"

은경은 고개를 쳐들었다. 저 위쪽 베란다에서 부영이 손을 흔들고 서 있는 게 보였다.

"짐은 그게 다야?"

"응."

은경은 순간 공항 검색대를 통과하는 여행객처럼 제 속의 작고 예민한 무언가가 저편에서 훤하고 분명하게 감지되고 있을지 모른다는 이상한 생각이 들었다.

"덥겠다. 올라와."

은경은 무게중심이 틀어진 여행가방의 손잡이를 전보다 힘주어 그러잡고서 엘리베이터까지 끌고 갔다. 9층 5호. 버튼을 누르고 나니 숨이 가쁘게 차올랐다. 건물 층수를 알리는 숫자의 변화가 마치 자신의 맥박 상승을 알리는 단계별 경고처럼 느껴졌다.

9자에 주황색 불이 들어오고 땡 소리가 울리며 엘리베이터 문이 열렸다. 은경은 가방을 끌고 복도로 나섰다. 기척을 듣고 바로 달려나온 것인지 부영이 때맞춰 905호 현관문을 활짝 열어젖혔다. 화장기 없는 얼굴에, 목둘레가 해지고 늘어난 티셔츠를 입은 채였다. 부영은 은경과 눈이 마주치자 실소를 터뜨리며 히스테릭하게 들리는 메아리를 아래위층으로 퍼뜨렸다.

"나만 반가워하고 하고 있니, 지금?"

은경은 부영의 환대가 넘치게 고마웠으나, 그냥 말없이 905호 안으로 얼른 몸을 들여놓았다. 뒤에서 부영이 은경의 가방을 안쪽으로 밀어넣었다. 세발 달린 여행가방이 비틀거리며 안으로 굴러드는 소리를 등 뒤에서 느끼면서도, 은경은 일부러 돌아보지 않았다. 안된 사람보다는 못된 사람이 되는 게 자신이 차릴 수 있는 예의의 전부란 생각이었다.

"이제 어디로 가면 돼?"

은경이 물었다. 대답을 기다리는 아주 짧은 동안, 은경은 이 질문이 어떤 무형의 어두운 통로들을 타고 돌아다니면서 점차 다른 의미가 되어 사방으로 퍼져가는 것처럼 느껴졌다. 그래서 집 안을 이리저리 둘러보는 시늉을 해 보이며, 그러나 실제로는 아무것도 눈여겨보지 않은 채로 다시 한번 고쳐 물었다.

"어느 방이야?"

"이리로."

부영이 신발장 앞에 여행가방을 기대 세워두고서 은경을 앞장섰다.

은경은 현관에서 가장 멀리 떨어져 있는 구석진 방으로 부영을 따라 들어섰다. 싱글침대, 아담한 서랍장, 이불장 겸 옷장이 들어차 있었다.

"조용해서 지내기는 괜찮을 거야."

부영이 리모컨으로 에어컨을 켰다. 은경은 고맙다고 대답하고는 침대 끝에 걸터앉았다.

"화장실은 바로 옆이야. 세탁실은 따로 있고."

"응."

은경은 우선 좀 쉬고 싶다고 했다. 그 말은 사실이었지만, 곧바로 다른 거짓말과 뭉뚱그려졌다.

"짐 싸느라 한잠도 못 잤거든. 아까 땡볕에 기절할 뻔했어."

"저런, 진작 말하지."

부영이 밖으로 나가더니 시원한 물 한잔을 쟁반에 받쳐 왔다. 은경은 잔을 받아들고 물을 벌컥벌컥 단숨에 들이켜고는 빈 잔을 부영에게 돌려줬다.

"잠깐 눈 좀 붙일래?"

부영이 은경의 안색을 살피며 물었다.

"그래도 될까?"

그러자 부영은 대답 대신 미소를 지어 보이고는 밖으로 나가 방문을 닫았다. 은경은 침대 위로 기어올라가 몸을 곧게 펴고 누웠다. 천장에 매달아놓은 조그만 모빌이 눈에 들어왔다. 흔들리는 작은 세모와 네모와 동그라미들. 은경은 낯선 것들과 익숙한 것들 사이로 몸과 마음을 이렇게 저렇게 겹쳐놓는 일이 그간의 자기 생활이었고 또한 앞으로의 제 이력이 될 것만 같은 기분이 들었다.

'세모와 네모와 동그라미들이 줄줄이 연결되어 있는 저 모빌처럼 다른 이들의 다른 과오나 실책들과 연결되어 비슷한 자리를 끝없이 맴돌게 되는 게 보통의 삶인 걸까.'

그러다 생각은 곧장 다른 시간대로 비약했다.

'그런데 이 방의 전 주인은 누구였을까? 애 엄마인가? 애 아빠? 아니, 애인가?'

*

다음날 아침에, 은경은 부영에게 집안 이야기를 들었다. 부영은 집안의 내놓은 자식이라 자식 취급을 제대로 못 받고 있는데, 그나마 미리 물려받은 재산이 있어 그걸 밑천으로 돈을 좀 출자해서 지난해 초부터 작은 사업을 벌이고 있다고 했다. 자기가 직접 하는 것은 아니고 남동생 손을 빌리고 있는데, 규모를 더 키우기 위해 투자받을 데를 찾고 있다고.

은경은 이 모든 이야기가 너무 성급하다는 것 말고는 아무런 생각도 하지 않았다. 부영의 질문을 받았을 때는 더욱 그랬다.

"여기서 지낼 만큼 지내고, 전세금 반환받은 거 좀 굴려보는 게 어때? 강요하는 건 아냐. 다 불안한 때니까 신중한 게 좋지."

은경은 생각해보겠다고 했다.

"근데 그렇더라고. 생각은 항상 오래 하지 않는 편이 좋아. 너무 오래 하면 삭아버려. 저지를 때 저지르는 사람이 어디 가도 가 있더라고."

은경은 그건 맞는 말이라고 했다.

"그런데 너 눈은 괜찮니?"

은경이 물었다.

"아! 그러게. 신경을 이것저것 너무 쓰니까 그런가봐. 그래서 내가 요새는 직접 뛸 수가 없어. 생각난 김에 동생한테 전화 좀 해보는 게 좋겠다."

은경은 이후 부영이 동생과 통화하는 모습을 자주 보았다. 가까이서 그 소리를 접할 때는 남매의 열정적인 대화인 것처럼 짐작되었고, 멀리서 바라볼 때는 늘 돌발적으로 어느 대목에서인가 갈등을 빚으며 싸우고 있는 것 같았다. 그러나 그것이 불쾌하고 초조하게 느껴지는 한편으로는 막연히 슬펐다. 은경은 부영에게 말했다.

"난 오빠 언니도, 동생도 없어. 나한테 자라면서 가장 이상하게 들린 단어는 '피붙이'란 거야."

그러자 부영이 대답했다.

"그렇구나."

그 짧은 '그렇구나'에 담긴 여운은 항상 깊었다. 은경은 부영이 그렇게 대꾸하고 다음 말을 고르는 동안의 잠시의 망설임, 고요, 막연한 수긍의 여운 같은 게 좋았다. 부영을 처음 만난 실내수영장에서의 기억이 저절로 떠오르곤 했다. 두 사람이 처음 만난 그날 수영장에는 유독 아이들이 많았다. 부영이 그 아이들을 바라보고 있는 은경에게 다가와 먼저 말을 걸었다.

"애들이 다 참 예쁘죠?"

은경은 대답했다.

"짐승들도 저맘때는 다 예쁘니까요."

부영은 "흐흥" 하면서 한 손으로 은경의 어깨를 살짝 밀어냈다. 차가운 손이었고, 얼굴에 웃음기는 없었다.

"뭘 좋아해?"

부영이 반말로 물었을 때는 은경도 반말로 대꾸했다.

"초록."

"으응?"

"초록, 봄, 뭐 그런 거…… 평화?"

"흠, 그렇구나."

두 사람은 그저 웃다가 다시는 연락해서 만날 일이 없는 사람처럼 아무렇지도 않게, 일말의 부담도 없이 연락처를 주고받았고, 봄이 되자 부영이 먼저 은경에게 전화를 걸어왔다. 은경이 부영을 기억해내는 데는 오래 걸리지 않았다. 필요 때문이었을 것이다. 괴로운 일을 떠나 잠시 잔디밭에 몸을 누이듯 잘 모르는 사람과 잘 모르는 서로의 이야기들을 등에 업고서, 다른 많은 설명 없이도 즐길 만한 어여쁜 풍경들을 함께 보았다. 누구라도 자기 삶에 그 정도의 시간과 숨결은 허락해 들여놓을 수 있는 것 아닐까 싶었다.

은경에게는 부영의 '그렇구나' 이후에 찾아오는 짧은 공백과 뒤이어 따라붙는 보통의 잔소리 섞인 말들이 마치 노래의 쉼표나 후렴구와도 같았다. 그냥 들리는 대로 듣고 흘러가는 대로 흘러가게 두면 되었다. 그 내용이 모두 엇비슷해도 상관없었다.

"너한테는 그러니까 오래 함께 갈 게 필요해. 안전한 끈 같은 거. 내가 말했던 거 잘 생각해봐. 널 위해서지 다른 뜻은 없어."

"고마워."

은경은 사흘 동안 간간이 아파트 주변을 천천히 걸으며 이것저것 둘러보았다. 과일을 싸게 살 데, 책을 빌려 볼 데, 헌 옷을 내다 놓을 데, 그늘이 드리운 나무 밑, 산책할 데, 잡화점과 문구점, 까페,

세탁소 등을 찾아내면서 주변의 지리를 익혔다. 혹시 부영이 무리를 해서 몸에, 특히 눈에 위급한 상황이 벌어지면 찾아갈 응급실이 있는 병원이 어디인지도 체크했다. 관리실에 들러 싸게 산 싱싱한 자두를 관리인에게 나누어주며 인사도 했다.

나흘째 저녁이 되자 부영은 은경을 마주 앉혀놓고 친환경 벽지용 페인트와 수입 의료기기에 대한 이야기를 펼쳐놓기 시작했다. 둘의 연관성은 별로 없어 보였지만, 은경은 비슷한 성향의 사업가들을 몇몇 접해본 경험에 비추어 부영이 뭔가 돌파구를 찾고 있는 시점인가보다고 받아들였다. 열성으로 이야기하는 부영을 보고 있자니 나가서 할 일을 자기에게 미리 연습해 보이고 있다는 생각이 들었고, 그 덕분에 자기도 심란한 상황을 잠시나마 잊게 됐으니 서로에게 나쁘지 않은 일이라고 받아들였다.

그렇게 닷새째가 되자 부영이 은경에게 좀더 허심탄회하게 이야기를 해보자고 했다.

"너는 재기에 뜻이 없니?"

"아니, 그렇지는 않아. 시간이 좀더 필요한 거 같아. 난 큰일이 있을 때마다 혼자 정리하고 일어서는 편이었어. 그냥 내가 살아온 방식이야."

은경의 대답에 부영은 한숨을 쉬고는 고개를 갸웃하더니 다시 물었다.

"다들 눈이 뒤집어지게 살아가잖아. 넌 너 혼자 뭘 정리할 수 있다고 생각해?"

"난 그냥 다 쉽지가 않아, 모든 게. 너한테 이만큼 허심탄회하게 뭘 해보려는 데에도 굉장히 힘이 많이 드는 사람이야."

부영은 아무리 그렇더라도 자기가 노력하는 것에 비하면 은경이 너무 움츠러들어 있다고 했고, 며칠 내 자기는 큰 결단을 내려야 하는데 목숨이 왔다 갔다 할 수도 있는 문제라고도 했다.

"믿지 못하겠지만, 난 항상 목숨을 걸어."

은경은 자기도 무언가 결심했다는 듯이 대답했다. 그리고 뭔가 더 말하려는데 부영이 그 말길을 가로막았다. 부영은 자기는 말장난하는 게 아니고 그러고 싶지도 않다고 짜증을 냈다. 은경은 어쩔 줄 몰라 하며 부영의 손을 잡고는 얼굴을 붉히며 말했다.

"정말이야. 항상 노력하는데, 정신 차리고 보면 그것밖에 안 남아 있더라고."

"뭐?"

"하지만 숨 돌리고 나면 아르바이트라도 해서 신세는 갚을게. 부담되기 싫어. 세상에서 내가 부담되는 게 죽도록, 제일 싫어. 그래서 네가 고맙고, 또 고맙고……"

*

부영이 장을 보기 위해 외출한 사이, 은경은 거실 탁자 위에 쌓여 있는 몇권의 읽을거리들 사이에서 대출금 상환 독촉 우편물 두 통을 발견했다. 그것들은 개봉하지 않은 상태였는데, 각기 다른 대부업체에서 발송한 것으로, 지난달인 7월호 여성지의 두 기획기사 '썸머 페미닌룩'과 '놓치면 후회할 여행지 7선' 사이에 끼워져 있었다. 주소는 맞는데 수신자란에 부영이 아닌 다른 이름이 인쇄돼 있었다. 은경은 그것들을 앞뒤로 살펴보고 창가로 가져가 높이 들어 햇빛에 비추어 보았다. 안쪽이 보이지는 않았고, 그저 눈이 좀 부셨다. 그래서 잡지를 뒤적여 그것들이 꽂혀 있던 페이지를 찾아내 도로 끼워넣었다.

이날은 은경이 청소를, 부영이 요리와 설거지를 맡은 날이었다. 은경은 청소에 열광하는 사람처럼 땀을 줄줄 흘리며 베란다 바닥과 화장실 바닥을 윤이 날 정도로 쓸고 문질러 닦았다. 마지막 청소를 마친 곳은 현관 옆쪽 화장실이었다. 그래서 그곳 문밖에다 땀에 젖은 옷을 내던져놓고서 미지근한 물을 몸에 끼얹은 뒤 로즈마리향이 나는 물비누로 거품을 내어 문질렀다. 발밑이 미끈해지면 언제나 머릿속이 미끈해지는 느낌이었다. 자신이 흘린 땀과 화장실에 차오르는 수증기와 신선한 허브향이, 언제나 사소하지만 소중한 인생의 정답 같다는 생각이 들었다. 마치 취한 것처럼. 그때 현관문이 열리는 소리가 들렸다.

"은경!"

부영이었다.

"나 여기 좀 쓰고 있어."

은경이 소리쳐 대답했다.

"지금 누구랑 같이 왔거든."

부영이 주의를 주는 동시에 재촉하듯이 화장실 문을 연거푸 두드리면서 말했다. 은경은 몸에 묻은 비누거품을 얼른 물로 씻어내린 뒤 마른 타월로 물기를 닦았다. 부영이 다시 문을 똑똑 두드렸다.

"잠깐만 열어볼 수 있어?"

은경이 문 뒤로 몸을 숨긴 채 손잡이를 꺾어 문을 살짝만 열었다. 그러자 부영이 그 틈새로 팔을 들이밀어 새 옷들을 건네주었다.

"이건 내 게 아닌데."

문 뒤에서 은경이 작은 목소리로 부영에게 말했다.

"지금 막 사온 거야."

부영은 은경보다는 큰 목소리로 이야기했다. 은경이 다시 작은 목소리로 부영에게 부탁했다.

"바닥에 있는 것도 이리 좀 밀어넣어줘."

부영이 땀에 젖은 은경의 옷들을 발로 밀어 안쪽으로 들여보냈고, 은경이 쭈그려 앉아 그것들을 받았다. 은경은 자기 옷들을 돌돌 말아 화장실 한구석에 내려놓고서, 부영에게서 받은 새 옷들을 입었다. 브래지어와 팬티 모두 보통 사이즈로, 잘 맞았다. 넉넉한 사이즈의 흰 면 티셔츠는 무릎까지 내려왔다. 은경은 거울에 자기 모습을 비추어본 뒤 밖으로 나갔다.

"여긴 내 동생."

부영이 소파 쪽을 가리키며 은경에게 말했다. 남자가 자리에 앉은 채로 말없이 고개를 까딱까딱했다. 뭔가를 추측하고 계산하는 듯이. 은경은 부영 옆에 다가섰다. 남자는 부영과는 닮은 데가 없어 보였다. 외모로만 보자면 부영보다 나이가 더 많아 보였다. 피부는 검은 편이었고, 좀 마른 체형이었다.

"음, 그죠?"

남자가 물었다. 완전하지 않은 그 말에 대해서 은경은 '네?' 하고 되묻지 않았다. 남자가 은경이 아닌 부영 쪽을 쳐다보며 다시 말했다.

"힘들고, 그죠?"

은경은 침착한 태도를 유지하려고 노력했다.

"봤지? 그냥 말이 안 통해. 오늘은 조용히 밥이나 먹고 가."

부영이 끼어들며 남자에게 말했다. 은경은 그때 저도 모르게 방어적으로 제 팔짱을 끼었다. 남자는 이번에는 부영이 아니라 은경을 향해 대꾸했다.

"은경씨라고 그랬죠? 형제는 없고요?"

"네."

부영이 돌아서서 찍찍, 슬리퍼 끄는 소리를 내며 싱크대 쪽으로 갔다. 남자가 그 곁으로 다가갔다.

"알았다, 알았어. 간단히 하자, 간단히."

남자가 부영에게 그렇게 말하고는 부영의 옆에 뒷짐을 지고 섰다. 은경도 그쪽으로 다가가 부영이 장을 봐온 식재료들을 장바구니에서 꺼내 식탁 위에 하나씩 정리해놓으려 들었다. 그러자 부영이 돌아서서 은경의 손을 밀쳐냈다.

"저기 가 있어. 쉬어."

은경은 뭐라 대꾸하지 못하고 천천히 뒤로 빠졌다. 그리고 거실 가운데서 잠시 어정거리다가 소파로 가 앉았다. 싱크대 앞에 선 두 사람의 뒷모습을 보고 있자니 세계가 두개로 나뉜 것처럼 느껴졌다. 싱크대 앞과 소파 위. 세계가 그렇게 작게 좁아들어 둘로 나뉘었다.

잠시 후 세 사람은 식탁에 둘러앉아 밥을 먹었다.

"둘이서 수영장에서 만났다면서요?"

남자가 은경을 향해 물었다. 은경은 "네" 하고 짧게 대답했다. 남자는 다음에 셋이서 수영을 하자고 했다. 또 K대학 캠퍼스에 가보자고도 했다. 둘이서 하던 것들을 셋이서 해보면 세배로 재미있겠다면서 킬킬거리다가 이내 컥컥거렸다.

"작작 해."

부영이 남자를 흘겨보며 말했다.

"누가 뭘 했게? 했나요, 내가?"

남자가 부영과 은경을 번갈아 보며 말했다.

"세상에 저절로 일어나는 쉬운 일이 하나 없죠. 그렇지 않아요? 그냥 일어나는 일들은, 그니까 순수하게 그냥 일어나는 일들은 신의 뜻이라고 해둬야지. 아침에 해 뜨고 새 울고 그런 거. 하지만 그런 게 아닌 다른 데선 생각이라는 걸 해봐야지. 은경씨, 은경씨는 생각 같은 걸 원래 안하는 스타일인가? 응?"

은경은 다른 말을 할 필요가 없도록 그저 밥그릇에 시선을 고정하고 수저질을 하고 또 했다.

식사가 끝났을 때 남자 근처의 식탁 자리는 흘린 반찬과 밥알들로 지저분해져 있었다. 그 앞에 놓인 조기는 몸통 일부분만 헤집어져 꼭 살이 터져 부서진 것처럼 보였다.

남자는 잠시 그대로 앉아 있다가 어이없다는 듯 웃더니 "날 샜다"라고 했다. 그러고는 담배를 피울 것처럼 밖으로 나가서는 다시 들어오지 않았다. 정작 담배와 라이터는 잊은 것인지 식탁 위에 올려놓은 그대로. 남자가 문밖을 나서기 전 마지막으로 내뱉은 말은 이랬다.

"부영이가 눈 되게 좋거든요. 원래 절박한 사람이 절박한 사람 잘 알아보고 그런 거잖아. 근데, 재가 저거 눈 아프다고, 안 보인다고 그러지 않아요? 믿어요? 처음 본 사람 막 다 믿고 그래요? 나이도 처먹을 대로 먹어가지고 말이야. 아이고, 불황에 재수 없으려니까 별게 다."

은경은 은경의 방에서, 부영은 부영의 방에서 15분 정도를 흘려보냈다. 누가 먼저 입을 떼야 한다면, 은경은 그게 부영 쪽이기를 바랐다. 그러나 컴퓨터도 텔레비전도 라디오도 없는 거의 빈방에서 누군가의 부름을 기다리는 일은 죄수들이나 할 일이라는 생각이 들었다. 은경은 자리에서 일어나 부영에게로 갔다.

"아까 말이야."

은경이 말하자 부영이 화장대 앞에 앉아 손을 가로저었다.

"처음부터 네가 목표는 아니었어. 완전 다 속인 건 아냐."

부영이 이야기했다. 자기도 빚을 졌고, 그래서 이런 식으로 조금씩 갚아나간다고. 말도 안되게 보이겠지만, 이것도 꽤 시간과 공력이 들어가는 일이고, 운 좋으면 별 노력 하지 않아도 누군가는 살려고 덥석 물게끔 되어 있다고. 이 집 주인도 그중 하난데, 그쪽에서 자금 구하러 다니는 동안 이렇게 장소를 빌려서 뭘 좀더 해볼 수도 있었다고.

은경은 아무런 질문 없이 잠자코 듣기만 했다. 가끔씩 뻣뻣해진 목 근육을 풀기 위해 고개를 뒤로 젖혔다.

부영이 혀를 차고는 한마디 덧붙였다.

"넌 손해 본 거 없으니 됐잖아. 이제부터 내가 문제지."

은경이 지난날들로부터 뭔가 배운 게 있다면 사람들은 자기가 믿고 싶은 대로 믿고 말하고 싶은 대로 말하면서 항상 발밑을 조심하며 산다는 점이었고, 자기는 발밑을 열어놓고 산다는 것이었다. 그리고 어떤 의미에서는 부영도 그런 부류라고 생각했다.

은경은 한동안 말없이 벽에 기대앉아 있다가 무언가 결심한 듯 부영에게 말했다.

"나, 당장 갈 데가 없네. 너 전화해서 오빤지 동생인지 그 사람 내일 오라고 해. 받을 게 있으면 받아가야지."

*

다음날은 아침부터 부슬부슬 비가 내렸다. 은경은 식사 후에 아파트 관리실로 내려가 삽을 하나 빌려왔다. 그것을 냉장고와 싱크대 사이, 쓰레기통을 놓는 어두운 자리에 눈에 잘 안 띄게끔 세워 놓았다. 그리고 옷장에 걸어두었던 옷들 중에서 두벌을 골라 꺼내 놓고 나머지를 다 여행가방에 쌌다. 옷 한벌은 부영의 몫으로 남겨두었다. 흰색 원피스와 하늘색 재킷. 은경이 가진 것 중에 가장 값나가는 것은 아니었지만, 휴양지에서도 사무실에서도 어울릴 법한 것이었다. 그런 다음 은경은 자기 것으로 골라놓은 검정색 원피스를 입었다.

얼마 안 있어 남자가 찾아왔다. 은경은 어젯밤 부영에게서 그 남자의 이름이 찬연이라고 들었지만, 그렇게 눈부신 이름이 그처럼 잔인하고 어리석은 사람의 본명일 리는 없다고 생각했다. 은경이 그를 식탁에 앉게끔 했다.

"부영이랑 얘기를 해보니까 부영이가 오해를 좀 한 게 있더라구요."

"오해?"

"부영이 아니라 내 문젠데. 사정이 있어서 얘길 솔직히 못했는데요, 그러다보니까 일이 애먼 데서 꼬이고. 이렇게 서로 피곤하게 할 일이 아닌데."

"시끄럽고, 부영인 지금 어딨어?"

"자요."

"자?"

"잠이 안 와서 제가 요즘 먹고 있는 게 있는데, 그거 먹고 저 방에서 자요."

남자가 뜨악한 표정으로 자리에서 일어서서 은경이 턱짓으로 가리키는 방으로 갔다. 부영이 등을 보인 채 모로 누워 있는 걸 보고는 남자가 발로 부영의 몸을 흔들었다. 그러다 쭈그려 앉았다.

"야, 야, 야."

남자가 부영을 깨우려고 흔드는 걸 은경이 뒤에서 삽으로 내려쳤다. 남자는 머리를 맞고 잠깐 중심을 잃고 쓰러졌다가, 휘청거리며 다시 일어나려는 찰나 은경이 얼굴을 후려치자 기절했다.

은경이 화장대 위에서 부영의 휴대폰을 찾아들고 밖으로 나왔다. 식탁에 앉아 휴대폰 잠금을 해제하기 위해 비밀번호를 눌렀다. 1, 2, 3, 4를 차례로 누르자 화면이 열렸다.

"너도 머릿속 많이 복잡했네. 그래, 쉬운 게 몇개는 있어야지."

남자가 어제 두고 간 담배가 식탁 위에 놓여 있는 게 눈에 들어왔다. 은경은 담배 한대를 집어 불을 붙이고 한모금 들이마셨다.

은경은 그대로 자리에 앉아 있다가 비가 좀 잦아드는 것을 보고는 여행가방을 끌고 밖으로 나왔다. 차를 잡는 게 어려울 듯해 가방을 질질 끌고 대로로 나가려는데 운 좋게 택시 한대가 와서 섰다.

"공항 가세요?"

택시 기사가 여행가방을 트렁크에 실었다.

"아뇨. 세미나 가는데, 잠깐만요, 거기가 어디더라?"

"일단 빨리 타세요. 비 맞고 섰지 말고."

'이 검은 원피스는 언제나 정답이야. 언제 어디서나 적당히 적질

해 보이지.'

은경이 뒷좌석에 올라탔다.

'옷에 어울리는 말투와 몸짓은 노력해 만들어내는 것이 아니라, 내 몸이 그냥 저절로 해내는 거야.'

은경은 몸이 서 있는 데서, 몸이 입고 있는 삶을 살았다. 그 이상을 원한 적 없는데도 쉬웠던 적이 한번도 없었으니 올해의 불운이 특별하지는 않았다. 대체로 안 좋은 자리에서 안 좋은 패를 들고서 차례를 기다려야 하는 입장이었고, 상황이 악화될 때면 자진해 고개를 수그리고 뒤로 빠지는 역할이 주어졌고, 사랑하는 사람에게 용기 내서 솔직해졌을 때는 그게 헤어지게 되는 이유가 됐다.

은경은 아파트에서 나오기 전에 부영의 휴대폰에 음성메모를 남겼다. 이 메모 기능을 부영이 잘 사용하지 않는다면 영원히 확인되지 않은 채 중고시장에 내버려질 가능성도 있었지만, 그 여부는 운에 맡기기로 했다. 다행히 빠르게 발견된다면 부영은 오늘 날짜로 녹음된 '베티'라는 제목의 음성파일에서 은경이 남긴 목소리를 듣게 될 것이다.

"나는 내 부모가 누군지 몰라. 엄마에 대해서 내가 들은 이야기는 하나뿐이야. 언젠가 태풍 때문에 비가 굉장히 쏟아져서 사람이 많이 죽은 때가 있었다는데, 내 엄마가 그때 죽을 뻔했다 살아난 얘기를 자주 했다고 하더라. 그렇게 강한 사람이 왜 어린애를 버렸는지 모르겠지만, 어쨌든 태풍의 이름은 베티고, 그건 내 힘센 미신이야. 험한 세상 살면서 사람이 넘어졌을 때 붙잡고 일어날 거 하난 있어야 하니까.

또하나 더 말하고 싶은 건, 너랑 보낸 말도 안되는 시간을 내가 너무 아낀 건데, 난 이 바보 같은 약점이 어디서부터 온 것인지 몰라. 이게 내 힘센 슬픔이야. 난 힘들여 나에 대해 다 말했고, 넌 들은 걸 기억해야 할 필요가 있어. 행운을 빌어."

/ 이상한 정열 /

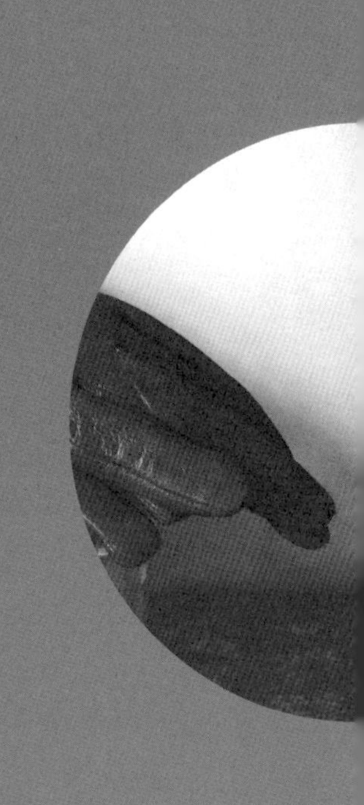

그녀에게 그는 스물일곱 생일에 소개받아 7개월을 사귄 남자였다. 서른살 그 남자는 이름이 무헌이었다. 그는 때로 아무 데서나 연인을 치켜세우며 자랑스러워했다. 있지, 넌 뭔가 신이 나서 말할 때 열살은 어려 보여. 그때 네 눈은 소녀처럼 반짝 빛이 나. 많이 먹어. 살 빼지 마. 그대로가 좋아. 주황색이 잘 어울려. 긴 머리칼 자르지 마. 샴푸도 채소도 내가 사주는 유기농 제품만 써. 내 예쁜 별님.

그녀의 본명은 말희였다. 어떤 여자들이 옷장 저 깊숙한 데다 한두벌쯤 처박아둔 유행 지난 주름치마 같은 이름. 물론 정감 어린 데가 없진 않았지만 그녀는 자기 이름을 소개해야 하는 자리에서 말희 대신 마리라고 발음을 적당히 흐리곤 했다.

무헌은 크리스마스를 어떻게 보낼 것인지에 대해 초가을부터 떠들어대기 시작했다. 말희는 좀처럼 입을 다물 줄 모르고 떠벌리며 들떠 있는 그가 신기해서 때로 손뼉을 쳐가면서 화답해줬다. 그래 그래, 그게 좋겠다. 그래, 그것도 좋겠다. 그는 일관되게 서툴렀다. 그와 키스할 때마다 말희는 그와 자도 좋겠다는 생각을 했지만 그는 그녀에게 자자고 하지 않았다. 지켜줄게, 했다. 그와 함께 있을 때 그녀는 때로 불타올랐다가 얼음창고에 갇히는 벌을 받곤 하는 인형 같았다.

그러다 그들은 그해 크리스마스를 함께 보내지 못하고 관계를 정리하게 된다. 늦가을 무렵이었다. 누구의 잘못이라고 꼭 집어 말할 필요가 있는가 모르겠지만 굳이 말하자면 내 탓이었다고 생각한다,라고 말희는 친구에게 털어놓은 적이 있다. 4월부터 9월까지 그녀는 그와 이것저것 함께했지만, 10월 중순으로 접어들자 만사에 시들해져서 맥없는 시선으로 그를 바라봤다. 11월이 되자 혼자 시간을 갖겠다며 화를 냈고, 간혹 슬픈 표정으로 자기를 가만히 내버려두라고 호소했다. 그는 그녀와 아직 해보지 못한 일들이 얼마나 많은지, 또 앞으로 어떻게 하면 그녀가 그를 다시 받아줄 수 있을지 묻고 되뇌며 괴로워했다. 그녀는 세련되고 성숙한 이별의 방식에 관한 책들을 서너권 찾아 읽었지만 실전에서는 아무짝에도 쓸모가 없었다. 그래서 최대한 비겁하게 행동하기로 했다. 전화를 받지 않았고, 어쩌다 연락이 닿게 되면 새로 만나는 사람이 있는 것처럼 꾸며댔다. 그 무렵 무헌은 프랑크푸르트 지사로 발령이 나 있었다. 최소한 1년 반 정도 해외로 나가 있게 된 마당에 결혼계획을 꺼내놓지 않아서 그녀가 마음을 정리한 것 아닌가 지레짐작하고 다급히 청혼을 해 마음을 돌려보려고 했지만, 그녀는 냉담했다.

이듬해 프랑크푸르트에서 무헌은 직속 상사와 몇차례 불화를 겪으면서 탈모가 진행됐다. 머리털이 일찌감치 하얗게 세기 시작한 건 어쩔 수 없다고 받아들였지만 머리가 벗어지기까지 하는 데는 초연하기 힘들었다. 식이요법, 두피 마사지, 바르는 약과 먹는 약을 가리지 않았으나 효과를 보지는 못했다. 그는 스스로 인내심이 많은 편이라고 생각해왔지만 그게 꼭 좋은 것만은 아니라고 반추하기도 했고, 예고 없이 일어난 사소한 일들에 과민해지며 괴팍하게 굴었다. 현지에 남을 것인지 한국으로 돌아갈 것인지를 고민해야 하는 시점이 왔을 때 그는 한국으로 돌아가 다른 일을 시작하는 쪽으로 마음을 정했다. 그리고 귀국하는 비행기에서 우연히 재회한 대학 동창과 2년을 사귀다 결혼했다.

결혼 5년차에 접어들면서, 무헌은 아담한 전원주택을 지었다. 좋은 시절이었다,라고 그의 아내는 회고했다. 그가 다니던 바이오산업체는 친환경농법으로 재배한 약초에서 추출한 성분으로 찜질팩과 한방화장품을 개발하여 매출 기록을 경신했고, 그가 사놓은 땅은 도로 개발로 값이 뛰었다. 무헌의 형은 그즈음 원목 수입과 인테리어 사업에 손대고 있던 친구와 어울려 다녔는데, 무헌이 집을 짓는 데 형의 친구가 이런저런 조언과 도움을 주었다. 지금은 폐간된 『행복을 부르는 집』이라는 월간지에 무헌의 전원주택이 사진과 함께 소개되기도 했다. 그때 집 안 이곳저곳에 카메라를 들이대던 사진기자는 안방 벽에 걸어놓은 커다란 결혼사진 속에서 웨딩드레스를 입은 신부의 배가 불룩한 것을 보았다. 무헌은 그때 신부의 배 속에 이미 6개월 된 아기가 있었다고 기자에게 이야기해주었다. 아기의 태명은 별님이었다. 무헌의 아버지가 곧 태어날 손녀를 위해 현서라는 이름을 지어주었으나, 부부는 딸아이가 여섯살이 되기까지 현서보다는 별님이라는 애칭으로 부르기를 즐겼다.

현서는 어릴 적에는 얌전하고 총명해서 부모의 행복이었다가 사춘기에 접어들자 공부에 별 뜻이 없는 사고뭉치로 변하면서 골칫거리가 되어갔다. 공부가 아니면 다른 재능이라도 키워주겠다며 이것저것 레슨을 받게 했는데, 간신히 첼로에 재미를 붙이는가 싶더니 이내 싫증을 냈다. 늘지 않는 실력을 툭하면 악기나 선생 탓으로 돌리며 자기 미래를 한탄했다. 대한민국에서는 숨이 막혀서 있기 싫다면서 뉴욕에 있는 막내이모한테나 가서 살려고 하니 보내달라고 떼를 쓰는가 하면, 아빠는 젊었을 때 왜 프랑크푸르트에, 아니면 빠리나 밀라노 같은 데 정착하지 못했는지 따져물었다. 자신이 진득하지 못한 것이 제 탓만은 아닌 것 같다고도 했다. 그럴 때마다 무헌의 아내는 네 이모도 타국에서 힘들게 공부하고 있는 것이다, 세상에 만만한 일이 하나라도 있는 줄 아느냐 하며 혼쭐을 내기도 하고, 비행기에서 운명의 상대를 만난 부부의 영화 같은 재회를 읊어대기도, 오래된 잡지를 펼쳐 보이며 집을 꾸미면서 품었던 꿈을 이야기해보기도 했다. 현서는 알아듣는 것처럼 잠잠해졌다가도 심사가 꼬이면 소리를 지르며 스트레스를 해소하거나 방안에 틀어박혀 음악을 크게 틀어놓고 입을 꾹 다물어버리는 방법으로 부모의 복장을 터지게 했다.

현서가 열여섯살 되던 해 여름에 무헌의 아버지가 뇌출혈로 쓰러졌다. 무헌의 형은 벌여놓은 사업이 수습되지 않자 여기저기 돈을 융통하러 다니며 수시로 자기 혈압을 체크했다. 여동생은 그해 겨울 아버지 장례식에나 얼굴을 들이밀었는데, 비쩍 마르고 퀭한 눈으로 그에게 대충 이렇게 조언해주었다. 현서를 그냥 몇달 내보내보지그래. 실제로 겪어보면 아이 생각이 달라질 수도 있어. 여동생은 친구들 두명과 출자해 가게를 하나 낼 생각으로 이것저것 알아보고 있는데 세상에 믿을 놈이 별로 없다고 했다. 장례식을 치르고 한달 후, 무헌은 이혼을 했다. 현서는 제 엄마가 키우기로 했다.

무헌은 진돗개 새끼 한마리를 분양받았다. 오랜만에 만난 고등학교 시절의 친구가 개보다는 낚시에 취미를 붙여보는 편이 어떻겠느냐고 하면서 커다란 참돔을 잡아올린 자기 사진을 휴대폰에서 찾아 보여주었다. 친구는 대구에 있는 무역회사에 다니고 있었는데, 일이 있어서 서울에 올라왔다가 재미있는 모임에 참석하게 됐다면서 거기서 만난 치과의사 부부가 마련한 저녁식사 자리에 동석하지 않겠느냐고 물었다. 무헌은 사람 두루 알고 지내서 나쁠 것 없다는 비즈니스 차원에서가 아니라 혼자 저녁을 먹는 일이 곤혹스러웠는데 잘되었다 싶은 생각에 친구를 따라나섰다. 그리고 거기서 말희를 만났다. 말희는 무릎까지 오는 회색 치마를 입고 그 집의 주방 한쪽에 앉아 있었다.

"어머, 이게 누구야?"

그녀가 먼저 말을 걸었다. 그래서 무헌은 그녀를 알아봤다.

"아, 너 여기서 뭐해?"

그도 마치 어제 헤어진 사람을 오늘 다시 만난 것처럼 그녀에게 되물었다. 그녀는 홀쭉하니 말랐고 머리칼도 머리통에 착 붙을 만큼 짧았다. 목소리는 약간 허스키해진 것 같았다. 회색 치마 위에는 하얀 앞치마를 둘렀다. 손가락은 여전히 가늘고 길었으나 마디에 굵은 주름이 졌고 피부는 윤기가 없이 거칠었다.

"남편은 어디 있어?"

"여기 없어."

"이 집 식구 아니야?"

"아니야."

무헌은 그럼 왜 여기서 앞치마를 두르고 있는가 묻고 싶었지만, 그때 안주인이 주방으로 들어와 말희에게 음식이 식지 않도록 주의하라고 말했기 때문에 질문할 기회를 놓쳤다. 안주인은 무헌에게 왜 주방에서 서성대고 있는지, 혹시 뭘 찾는 건 아닌지 물었다. 그는 다 괜찮다고 하면서 테이블 위에 있던 음료수를 들어 한모금 마셨다. 안주인이 거실로 나가자 그도 따라나서려 했다. 말희가 그때 테이블보 그늘에 가려져 있던 다리 한쪽을 드러내며 일어섰다.

다리에 세로로 길게 흉이 져 있었다.

"다쳤나봐."

그가 중얼거렸다.

"꽤 됐어, 뭐."

말희가 짧게 대꾸하면서 뒤돌아섰다.

무헌은 거실로 나와서 사람들 속에 다시 섞였다. 치과의사, 섬유산업 종사자, 변호사, 수입차 세일즈맨, 작가가 동석한 자리였다. 어느 대학의 경영자과정에서 만난 사람들이라 했다. 작가는 지난달에 두번 거기서 특강을 한 적 있는, 베스트셀러 『낙원의 저편』의 저자라고 전해 들었다. 무헌의 친구는 안주인이 자리를 잠시 떴을 때 무헌의 귀에 대고 안주인이 보기와는 다르게 남편보다 다섯살 연상이라고 넌지시 일러줬다. 그녀가 이번 모임을 자기 집에서 갖자고 했단다. 아주 샤프한 여자야. 친구가 말했다. 무헌은 중간에 잠깐 진돗개 이야기로 주목을 끌었으나 곧 사람들에게 잊혔다. 무헌이 다시 주방 쪽으로 걸어들어갔을 때 그에게 신경을 쓰는 사람은 아무도 없었다. 그는 말희에게 다가갔다. 그녀는 냉장고에 기대선 채 앞치마 어깨끈을 매만졌다.

"애는?"

그가 물었다.

"하나 있어."

그녀가 대답했다.

"너는?"

그녀가 물었다.

"난 혼자야."

그가 대답했다.

무헌은 이튿날 병가를 내고 쉬었다. 열이 나고 목구멍이 뜨거웠지만 한시간 정도는 개를 데리고 산책했다. 횡단보도에서 누군가 그에게 개가 크면 팔 거냐고 물었다. 그는 마당이 넓은 집으로 이사를 갈 것이라고 대답했다. 그러려면 집이 팔려야 될 텐데 하고 생각하면서 집으로 돌아왔다. 전원주택 주변의 전원은 사라진 지 오래고 집은 낡았으며 혼자 살기에는 휑하니 넓었다. 그는 진돗개의 발을 닦고 그릇에 물을 채워준 뒤 작은방에 들여넣었다. 그리고 자기는 바나나를 잘라넣은 시리얼에 우유를 부어 숟가락으로 떠먹으며 전원을 켜지 않은 채로 캄캄한 텔레비전 화면을 쳐다보았다. 잠깐 눈을 붙였다가 일어나서 진돗개에게 사료를 주었고, 자기도 해열제를 먹고 잠자리에 들었다.

다음날 아침에 그는 실내화에 두 발을 꿰며 몸이 가벼워진 것을 느꼈다. 체중을 재보았더니 하루 사이에 3킬로그램이나 줄어 있었다. 거울 앞에 섰다. 약간 구부정했던 자세가 펴지면서 키가 조금 커진 듯했고, 벗어진 정수리 부분에 검은 잔털들이 솟아나고 있는 것처럼 보였다. 이마를 만져보았다. 열은 그대로였다. 그는 회사로 나가서 휴가 신청서를 써 냈다.

"세상에, 무슨 일이 있었던 거야?"

화장실에서 마주친 다른 부서의 동료 하나가 그를 아래위로 훑어보면서 말했다.

“내 눈을 못 믿겠어. 뭘 한 거야?”

무헌은 어깨를 펴고 미소를 지어 보였다. 동료가 그의 등허리를 살짝 어루만지면서 말했다.

“너 너무 무리했어. 몰골이 이게 뭐야. 좀 쉬어가는 것도 필요해.”

무헌은 안 그래도 휴가를 신청했다고, 열흘간 쉴 것이라고 대답했다.

“어떡하냐.”

동료는 회사 분위기가 요즘처럼 침체되고 동종산업이 모두 악재를 타고 있는 때에 휴가가 떨어졌다는 건 다음에는 목이 떨어질 신호라고 했다.

“이런 말, 우리 사이엔 할 수 있는 거잖아. 쉬쉬할 일만은 아니잖아. 하지만 인간적으로다가……”

청소부 아주머니가 들어와서 그들 발밑을 걸레질하려 했으므로 그들은 입을 다물고 잰걸음으로 비켜섰다. 무헌의 동료는 화장실 문을 열고 나갔다. 무헌은 거울 앞에서 잠시 더 머물며 자기 모습을 살펴봤다. 몸매가 호리호리해 보이는 게 괜찮았다. 수척해졌다는 동료의 표현은 잘못됐다. 그는 화장실 밖으로 나가서 동료에게 너무 컴퓨터만 들여다보지 말라고, 눈을 혹사시키면 나중에 고생한다고 톤을 높여 말했다. 동료는 그를 힐끔 쳐다보더니 별다른 대꾸 없이 발걸음을 재촉해서 사무실로 들어갔다.

그는 회사에서 나와 곧장 집으로 돌아왔다. 그리고 지난 모임에서 건네받은 치과의사의 명함을 찾아내 전화를 걸었다. 간호사는 환자 한명이 오후 네시 예약을 취소해서 검진 정도면 받을 수 있겠다며 친절하게 찾아오는 길을 알려주었다. 그는 자꾸 따라나서려는 개와 실랑이를 벌이다가 결국 개를 차 뒷자리에 태우고 논현동에 있는 치과로 향했다.

그는 개를 데리고 병원에 들어섰다. 간호사가 개는 들일 수 없다고 정색하며 주의를 주어서 되돌아갈까도 싶었지만, 의사가 나와서 알은체를 하자 간단히 문제가 수습되었다. 그는 가지고 온 입마개를 개의 주둥이에 채운 뒤 검진대에 올랐다. 그가 누워 있는 동안 다른 간호사 한명이 개의 목줄을 잡고 그 옆에 서 있었다. 의사는 그의 입속을 이쪽저쪽 면밀히 들여다보았고, 여기저기 건드려보면서 아프거나 시리지 않은지 물었다. 그는 검진을 마친 뒤 입안을 헹구어내고서 될 수 있는 한 자신의 말이 자연스럽게 들리도록 신경 쓰며 물었다.

"그때 식사가 참 맛있었는데 어디서 그렇게 음식솜씨 좋은 사람을 구하시는지! 집안 행사 때마다 저희 집사람 스트레스가 이만저만이 아니거든요."

의사는 자기네는 일주일에 두번, 아마도 월요일과 목요일에 아주머니를 부르고 있는 것 같은데 그때 와서 음식 몇가지를 만들어놓고 간다고, 연락처는 부인이 알 거라고 했다. 의사는 친절하게도 부인에게 직접 전화를 걸어 알아낸 연락처를 무헌에게 전해주었다. 무헌은 개를 끌고 접수대로 가서 진료비를 냈다. 후속 조치로 병원에서 제시한 치료법을 모두 따르려면 예상보다 많은 비용을 치러야 했다. 치아 미백까지 포함하면 약간은 디스카운트가 가능하다면서 간호사가 탁상용 달력을 들췄다. 그는 스케줄을 확인한 뒤 전화로 다음 예약을 잡겠다고 하고 밖으로 나왔다.

무헌은 말희에게 세번 전화를 걸었다. 말희는 한번은 받더니 서둘러 끊었고, 이후 두번은 받지 않았다. 그러자 그는 편지를 쓰기 시작했다.

말희야.

그는 그 장을 찢어낸 뒤 다음 장에 다시 썼다.

마리야.

그는 거기까지 적고 더는 아무 말도 쓰지 못했다. 그러다 개를 데리고 산책을 나갔고, 나간 김에 다섯 정거장을 더 걸어서 서점을 찾아 들어갔다. 베스트셀러 『낙원의 저편』을 구입해서 집에 돌아와 30페이지까지 읽었는데 편지에 써먹을 만한 구절은 없었다. 사람들이 왜 이런 책을 사서 읽는지 알 수 없었다. 그리고 책을 집어던지고 다시 펜을 들었다. 그리고 두줄을 적고 난 뒤 이부자리를 펴고 잠이 들었다.

다음날 오전에 그는 헬스클럽 회원권을 끊었다. 젊은 남자 트레이너가 가벼운 스트레칭부터 하는 게 좋겠다고 권했지만 무헌은 아주 빠른 음악을 들으며 러닝머신 위를 달렸다. 빠져버려, 너의 매력. 정신 차려, 나의 한숨. 그대는 핫, 핫, 핫. 나는 ~~우후후후후~~.

"그만하세요."

트레이너가 그를 끌어내렸다. 그는 심장에 손을 얹고 벽에 기대섰다가 바닥으로 주르륵 미끄러져내렸고, 사람들이 그를 매트에 눕힌 뒤 팔다리를 주물렀다.

샤워를 하고 나니 몸속의 노폐물이 싹 빠져나간 것 같았다. 그는 트레이너에게 앞으로는 지시한 대로 따라야 운동효과가 있다는 설교조의 잔소리를 들었지만 아랑곳하지 않았다. 젊은 사람이 노파심이 많아, 귀엽군, 하고 생각하며 미소로 응대했다. 집으로 돌아온 그는 개도 씻겼다. 개에게 이름을 지어주지 못했다는 걸 그제야 깨달았다. 그는 '탄'이라는 이름을 붙였다. 탄, 이리 와. 탄, 가만있어. 그러다 그는 말희의 전화를 받았고, 두어시간 뒤에 자신의 차에 말희를 태워 드라이브를 했다. 목이 말라. 말희가 말해서 까페에 데려갔다. 말희는 배가 고프다는 말은 안했는데, 그도 밥 생각은 나지 않았다.

말희는 사고로 다리를 다쳐서 한동안 병원 신세를 졌다고 말해주었다. 그래도 미니스커트 입으면 각선미는 봐줄 만해서 아직 삼십대 같다는 농담도 했다. 말희는 명랑했다. 결혼하자마자 살림에만 매달려서 이제는 할 줄 아는 게 살림뿐이라고, 사는 게 참 웃기고도 단순하다며 미소 지었다. 그는 그 말, 참 웃기고 단순하다는 게 전혀 새로운 말이 아닌데도 듣기에 새롭고 좋았다.

그들은 무헌의 휴가기간에 두번 더 약속을 잡아 만났다. 한번은 탄을 데려갔다. 말희는 개를 좋아하지 않는 편이지만 탄이 영리한 것 같아 마음에 든다고 했다. 그는 그 다음번 만남에는 개를 데려가지 않았는데, 그날은 집을 나서기 전에 딸이 들이닥쳐 경황이 없었다. 딸은 무헌에게 엄마가 우울한 것 같다고, 아빠가 가서 위로를 하라고, 둘이 어떻게 좀 잘해보면 안되느냐고 하더니 바닥을 뒹굴며 엉엉 울었다. 탄이 짖으며 그 주위를 맴돌았다. 개와 사람의 혼돈과 소요가 공기를 덥혔다. 끝내는 한방에 있는 그들 모두가 질식할 것 같은 슬픔으로 가슴이 미어지는 중이었다. 그는 딸을 달래고 나서 창문을 모두 열고 환기를 했다. 현서야, 뭐 좀 시켜 먹고 있어. 개는 축 늘어져서 그의 발끝을 두어번 핥았다. 개랑도 좀 같이 있어주고. 이 녀석도 놀랐나보다. 물지 않아. 좀 안아줘봐. 그는 그래놓고 말희를 만나러 갔다. 말희는 이날 가슴과 허리의 선이 드러나는 원피스를 입고 나왔지만 그가 '너랑 하고 싶다'고 말했을 때 '그때 못한 건 지금도 못한다'며 거절했다. '뭘 하고 싶은지 묻지도 않냐?'고 그가 말하니 '말 안해도 안다'며 자기는 그 부분에 관해서라면 흥이 떨어졌다고 대답했다. 말희는 그에게 종교를 가져보라고 권유했다.

"너 너무 피곤하고 지쳐 보여. 불안하고 우울해 보여."

말희는 고개를 작게 저으며 말했다. 그러나 그가 너는 무엇을 믿고 있는가 물었을 때, 그녀는 자기에겐 종교가 없다고 대꾸했다.

"사고 당하고 나서 복잡한 생각들 다 버렸어. 인생에서 일곱달은 별게 아니야. 너도 참 너다. 우리 그만 만나는 게 좋을 거 같아."

그는 자신이 한 말과 그녀가 한 말을 되뇌고 곱씹어보았다. 그러다 딸의 전화를 받고 집으로 향했다. 딸은 전화로 엄마랑 대판 싸웠기 때문에 오늘은 아빠 집에서 자고 갈 거라고 통보하듯 말했다.

현관문을 열고 들어서자 딸이 닭튀김을 만져, 기름 묻은 손으로 탁자에 얼룩을 남기면서 텔레비전 뉴스를 보고 있는 게 눈에 들어왔다. 주요 보도는 끝나고 날씨 예보가 이어지는 중이었다. 하얀 원피스를 입은 기상캐스터가 무릎을 살짝 구부렸다 펴면서 내일은 화창하고 바람도 적당히 불어 나들이하기 좋은 날이라고 하더니 눈웃음을 지었다. 딸이 뒤를 한번 돌아보더니 중얼거렸다. 기분도 썩고 날씨도 썩었어. 그러고 물었다.

"내가 아빠 닮았어?"

밤새 딸은 쿵쿵 발소리를 내면서 방과 방 사이를 오갔다. 그는 어린아이가 잠자리에서 양을 헤아리듯이 절이나 교회의 입구, 화려하거나 고아한 신전들을 떠올리며 거기에 상상으로 자신을 세워

보았지만, 그때마다 딸의 발소리가 그 장면을 툭, 차듯이 밀고 들어왔고 이미지는 흩어졌다. 믿음,이라는 단어는 너무 오랫동안 사용해보지 못한 말이었기에 그는 무언가를 믿는다는 그 느낌을 불러일으키고 따라잡기 위해서 가능한 한 많은 것들을, 소리 없이 사그라져가는 많은 것들을 호명해보아야 했다. 손전등 불빛에 의지해 기억의 창고를 뒤지듯이 조심스럽게. 먼지 쌓인 바닥에서 빛바래고 해진 블라우스나 셔츠를 주워올리며 그걸 입었던 사람의 육체를 불러일으켜보듯이 집중력과 에너지를 한데 모으면서. 청춘의 어느 밤 헤맸던 거리, '다시는'이라는 단어로 시작되던 어떤 약속이나 맹세, 4절까지 욀 수 있었던 동요, 아버지의 발, 어머니의 배, 아이의 볼, 단내 나는 숨결, 입맞춤과 감탄, 한숨과 밀어(密語)들. 바깥의 소리들이 희미해지면서 내면의 소리가 부풀어오르기 시작했고, 그는 그것을 지속시켜보기 위해 몸을 뒤척였다. 입을 벌린 채 두 눈을 깜박이며 땀을 흘렸고, 그러다 선잠이 들었다. 그는 밤새 무언가를 쫓아다니는 꿈을 꾸었는데, 새벽녘에 눈을 뜨자 조금 열어뒀던 창문 틈으로 바람이 새어들어와 얇은 커튼 자락이 하늘거리는 게 보였다. 꿈의 이미지들이 빠르게 소멸되는 자리에서, 그는 알 만한 여자의 치맛자락을 떠올렸다.

아침이 되어 그는 주방으로 나와 식탁에 앉았다. 물 한잔을 천천히 한모금씩 아끼듯 우물거리다 목으로 넘겼다. 얼마 있다가 딸이 산발한 채 걸어나와 냉장고에서 막 꺼내온 차가운 풋사과를 한입 사각 베어물고는, 아작아작 소리 내 씹으며 그의 곁으로 다가섰다.

그는 비밀을 품은 사람처럼 표정을 내보이지 않았지만, 얼굴이 붉게 익은 과일처럼 달아올랐다. 딸이 그의 팔을 살살 건드렸다.

"아빠 오늘 집에 있게?"

주말이었지만 그는 딱히 갈 데가 없었다. 집은 딸과 딸의 친구들에게 잠시 내주기로 했다. 탄은 그가 데리고 나왔다. 딸과는 화해를 했다.

"그래도 아빠, 아빠 집도 있고 엄마 집도 있고 그러니까 좋은 거 같아. 친구들이 좋아할 거야. 요즘 기분이 되게 다 시시해져 있거든. 아빠도 기분 전환 하고 와. 내가 내일 아침에 해장국 끓여줄게, 술 먹고 늦게 와도 돼. 나 국 끓이는 거 잘해. 엄마보다 잘할걸."

그는 집을 나서면서 이상한 기분이 들었다. 엊저녁 딸의 서러움과 울분으로 집의 벽이 휜 것 같았다. 밖에서 보니까 집은 조금 부풀어오른 것처럼 보였다. 그리고 그 집의 주인은 자기가 아니라는 생각이 들었고, 자신이 딸 정도 나이의 소년이 된 듯한 기분이었다. 그는 영원히 돌아갈 데가 없는 사람의 슬픔을 생각하면서 점점 자유로워졌다. 그는 어린 날 보았던 만화영화의 주인공처럼 개와 함께 뛰었다.

"이봐요, 조심해요!"

그와 부딪친 행인이 뒤에서 욕을 해댔지만 그는 미안하지도 아프지도 않았다. 정말 아무렇지 않았다. 그의 동료가 그에게 전화를 걸어와 다음주에 회사에 나오면 분위기가 많이 달라져 있을 것이라고, 서로 몸조심들 하자고 했지만, 그는 숨이 차서 대꾸하지 못하고 헉헉 입바람만 불어댔다. 아직도 아픈 거야? 동료가 걱정했고, 그는 날씨가 정말 좋다고 숨을 몰아쉬며 대꾸했다. 동료는 뭐라고 말을 더 하려는 듯했지만 무헌은 전화를 끊었다. 소형차 한대가 길을 비켜달라며 클랙슨을 울렸기 때문이다.

무헌은 말희에게 전화를 걸었다. 말희는 받지 않았다. 그는 전화를 걸고, 걸고, 걸고, 또 걸었다. 음성메시지도 남겼다. 문자메시지도 보냈다. 그러자 얼마 후 말희에게서 전화가 왔다.

"누구세요?"

그는 휴대폰을 귀에서 떼고 발신자를 다시 확인했다. 말희가 맞았다. 그런데 말희의 목소리가 아니었다. 소년과 성년의 사이에 있는 듯한 목소리가 그에게 물었다.

"누군데요? 뭔데, 어딘데요?"

무헌의 휴가는 끝났다. 아픈 데는 딱히 없었는데, 열이 내리지 않았다. 어딘가 염증이 생긴 모양이라고 걱정하면서도 병원에 갈까 말까 고민만 했지 정작 가보지 못했다. 출근해서 몇군데 전화를 돌리고, 미팅을 잡고, 보고서를 검토했다. 회사는 새로운 산학협력 프로젝트를 추진 중이었고, 예산 일부를 지자체에서 지원받게 될 것이다. 신문지상에 향후 사업 전망에 관한 보도도 나갈 것이다. 동료들이 그에게 잘 쉬었느냐고, 좋은 타이밍에 에너지를 충전하고 온 것 같다며 부럽다고 인사했다. 그러더니 갑자기 무슨 일인가 돌아가는 분위기가 조성되고 있다고, 전반적으로 그렇지 않으냐고 그에게 물었다.

탄이 장염에 걸려서 동물병원에서 치료를 받았다. 현서가 친구들과 개를 보러 왔다. 다시 평범한 시절이 시작되고 있었다. 익숙해지는 시간. 숨 쉬어야 하는 시간.

이후 무헌은 어느 월요일에 말희를 만났다. 둘은 할 게 별로 없었다. 그는 슬퍼했고, 그 바보 같은 슬픔이 말희에게는 옛일의 향수를 불러일으켰다. 그들은 같이 잤다. 별일은 없었다. 뭘 했다고도 안했다고도 할 수 없이, 그는 서툴렀다. 너무 성급했고, 금세 낙담했다.

말희는 그때 그를 쓰다듬는 대신 잠이 깬 탄의 머리를 쓰다듬었다. 무헌이 텔레비전을 켜자, 첫사랑을 만나 불륜으로 빠진 남녀의 이야기가 흘러나왔다. 공교로운 일은 아니었다. 흔하게 재연되는 이야기가 그때도 그들 주변에서 재연되고 있을 뿐이었다. 세상 모든 사람들이 놀라는 척하지만 실은 그다지 놀라지는 않고 남들의 생은 어떠한지 쳐다보게 되는 그런 민낯의 이야기들. 무헌과 말희는 서로의 유일한, 유일했던 사랑은 아니었다. 두 사람 다 그걸 알고 있었다. 그리고 이제 막 다른 것도 확인했다. 텔레비전을 끄자 말희는 자리에서 일어섰다. 그리고 전에 그에게 했던 말을 다시 꺼냈다.

"기운 내. 말 안해도 알아. 종교를 가져봐. 너 너무 피곤하고 지쳐 보여."

그러자 그는 웃었다.

"너 말 참 웃기게 하네. 내가 너 때문에 웃네. 나 좀 웃고 싶네."

무헌은 말희의 아들을 만난 적이 있다. 그는 가끔 그날에 대해 생각했다. 말희가 그의 전화를 받지 않았던 날. 현서가 그의 집에 친구들을 불러들이고 신나게 놀아볼 요량으로 들떴던 그날. 그가 미친 듯 말희에게 끝까지 전화를 해보려고 했던 그 주말. 그는 어린 날 보았던 만화영화의 주인공처럼 개와 함께 뛰고 난 참이었고, 이봐요, 조심해요! 그와 부딪친 행인이 뒤에서 욕을 해댔고, 그래도 미안하지도 아프지도 않았던 그날. 정말 아무렇지 않았던 날. 누구세요? 뭔데, 어딘데요? 말희의 휴대폰으로 그에게 묻던 변성기의 소년은 이름이 군도라고 했다. 한강 고수부지에서 두 사람은 강을 보고 앉았다.

"그러니까."

군도가 먼저 운을 떼고는 잠시 사이를 두었다.

그러니까 아저씨가 엄마 친구라고요? 군도가 마저 말했다. 무헌은 군도에게서 말희와 닮은 점을 찾아냈다. 매끈하게 뻗은 콧날, 긴 손가락, 둥그런 얼굴형과 작은 입. 군도는 강바람을 느끼듯이 가슴을 펴면서 심호흡을 했다. 군도는 열다섯살이라고 했다. 외양만으로는 열세살로도 보였다. 아무튼 군도는 조심스럽게 그를 뚫어보듯 훑다가, 이내 이것저것 재지 않는 태도로 술술 말을 풀어놓았다.

"우리 엄마도 내 친구들 다 모르는데, 내가 엄마 친구를 어떻게 다 알겠어."

군도는 그 전전날 밤 엄마의 밍크코트를 몰래 내다 팔아먹을 생각으로 싸가지고 나왔다. 그건 외할머니가 엄마에게 물려준 거였지만 유행에 뒤처져서 입을 일 없이 옷장 안에서 자리만 차지하고 있던 물건이었다. 여기저기 수소문해서 괜찮은 가격에 팔아치울 데를 알아보고, 그 돈으로 친구들하고 기분을 좀 내려고 했을 뿐이다. 자전거 한대를 자기 몫으로 산 뒤에는 남은 돈을 모두 엄마에게 가져다주려 했는데 일이 죄다 꼬여버렸다. 군도의 옆에는 커다란 보라색 보따리가 있었는데, 군도는 그게 바로 밍크코트라고 말하고는 한숨을 내쉬었다. 좀 더럽혀져서 속상하지만 어쩔 수 없는 일이라고도 했다. 무헌의 옆에서는 탄이 목줄을 잡아당겼다. 무헌은 탄을 끌어와 옆에 앉히고는 쓰다듬었다. 그러다 강가에서 낚시를 하는 한 남자를 봤고, 어떤 물고기가 이곳에서 잡히는지, 잡히면 그걸로 뭘 할 건지 쓸데없는 궁금증을 품다 버렸다.

"그랬구나. 그래서?"

무헌이 중얼댔다.

"어제 엄마가 나 있는 데를 찾아내서 화를 내며 이런 걸 다 내던지고 갔어요. 내 친구들 보는 앞에서. 다 내 잘못이죠, 뭐."

군도가 보따리 속에 손을 집어넣고 휘젓더니 거기서 휴대폰과 작은 거울, 분첩, 립스틱, 손수건을 끄집어내 보여주었다. 말희가 던진 손가방에서 쏟아져나온 것들이라고 했다. 손가방과 지갑은 도로 말희가 챙겨갔다는 말도 덧붙였다. 밍크코트와 잡동사니들.

말희의 것이지만 지금 말희의 아들 손에서 보따리를 이룬 그것들. 무헌은 자신도 그 어떤 보따리에 속하는 물건 같다는 생각을 잠깐 했다.

"아저씨는 뭘 잘못했는데요?"

군도가 물었다.

"뭘 잘못해서 계속 전화하고 그런 거예요? 아님 우리 엄마가 아저씨한테 뭐 잘못했어요?"

무헌이 망설이니까 군도는 대답을 굳이 듣고 싶지는 않다는 듯이 자리를 털고 일어서서 다른 질문을 던졌다.

"내가 개 끌어봐도 돼요?"

보따리를 지키는 소년과 경계하는 개, 자기의 물질성을 헤아리는 초로의 남자가 있는 강가의 풍경.

군도가 탄을 끌었고, 무헌은 군도 대신 보따리를 들었다. 그러다 두 사람은 택시를 잡았고, 탄과 커다란 보따리를 불쾌해하지 않는 마음씨 좋은 운전기사를 만난 것을 함께 다행스러워했다.

전화벨이 울리자 군도가 전화를 받았다. 말희였다. 무헌은 군도의 옆자리에 다리를 모으고 앉은 채로 군도와 말희의 통화 내용을 엿들었다. 모자는 오래 대화하지는 않았지만, 무헌은 두 사람 모두 안도했다는 걸 느낄 수 있었다. 말희는 무헌을 바꿔달라고 하지 않았다. 무헌은 그들 모자에게 결정적인 인물은 아니었다.

"저기, 좀 기다렸다 엄마 보고 가세요."

제 집 앞에 내린 군도가 그렇게 인사한 것을 무헌이 위로의 말처럼 느낀 것은 그 때문인지 몰랐다. 그렇지만 무언가가 그때 가슴을 스치며 베고 간 것 같았고, 무헌은 그 말을 조심스럽게 받아안고 싶어졌다. 그는 그 집에 들어섰다. 오래된 연립주택 1층이었다. 안으로 들어서니 열린 방문 틈으로 부부의 침실이 보였다. 거실 벽에는 흔한 풍경 사진이 한장 걸려 있었다. 하늘, 산, 꽃, 바람. 탄은 문턱에서 힘을 주면서 들어오지 않으려고 버티더니 무헌이 줄을 놓아버리고 식탁으로 다가가 의자에 앉으니까 순순히 제 발로 다가와 그 밑에 쭈그리고 엎드렸다. 군도가 어디에선가 전단지 몇장을 찾아들고 와 그걸 바닥에 펼쳐놓고는 그 위에 보따리를 가만히 내려놓았다. 그러고는 냉장고에서 큰 우유팩을 꺼내 통째로 들고 마시다가 토해냈다.

"웨엑, 상해버렸네."

군도는 젖은 옷을 벗어들고 바닥에 엎드려 흘린 우유를 닦아냈다. 그리고 화장실로 들어가 옷을 내던지더니 문을 열어놓은 채 수도를 틀고 씻었다. 군도가 그 와중에 무헌에게 뭐라고 소리치고는 계속 중얼중얼댔다. 그러나 물소리에 묻혀 무슨 말인지 정확지 않았다. 잠시 후 찰칵 소리와 함께 현관문이 열리면서 머리칼이 희끗한 사내가 들어섰다.

"누구요?"

사내는 허벅지 통이 넓은 청바지를 입었고, 불룩 나온 배 밑을 허리띠로 조였다. 키가 컸고, 코도 컸고, 목소리는 굵고 낮았다.

"여기서 뭐 하는 겁니까?"

사내는 서둘지 않는 동작으로 바닥에 어질러진 전단지와 커다란 보따리를 주시하면서 그에게로 두걸음 다가왔다. 탄이 고개를 바짝 쳐들고 있다가 몸을 일으켜 길길이 뛰면서 짖어대기 시작했다. 무헌은 목줄을 잡아당기며 진땀을 흘렸고, 군도는 물에 젖은 채 팬티만 걸친 차림새로 화장실에서 뛰어나왔다. 사내는 멈칫했다. 세 사람이 이룬 구도 속에서 탄이 버둥거리며 짖었다. 종래엔 아픈 듯이 짖었다. 세 사람은 서로에게 침착하라는 표시로 허공을 다독다독했다. 마치 약한 날갯짓을 하듯이. 탄은 짖는 걸 멈추고는 다리가 풀린 듯 자리에 주저앉았다. 그 순간 무헌은 자기 생이 오래전에 뭔가를 건너뛰었음을, 건너뛴 그 부분에서 뭔가가 다시 시작되고 있는 듯한 기분을 느꼈다.

"선생 개가 상태가 좋지 않아 보이는데요. 병원에 좀 데려가지 그래요?"

소란스러운 첫 대면이 끝나고 이런저런 대화가 짧게 오간 뒤에 말희의 남편은 이렇게 말했다. 그는 지금은 가전제품 판매원이지만 과거에는 사냥개를 훈련시켰다고 했다. 그의 무용담이 시작되려는 찰나 말희가 현관문을 열고 안으로 들어왔다. 무헌이 서툴게 인사말을 떼자마자 군도가 털썩 무릎을 꿇었다.

"미안해요, 엄마."

무헌은 그 순간 저도 모르게 그 옆에 무릎을 꿇고 눈물을 쏟을 뻔했지만, 감정을 억누르며 숨을 골랐다. 군도는 고개를 수그린 채 어깨를 들썩이며 흐느끼기 시작했다. 무헌은 막막한 다음번을 기약하고는 개를 끌어안고 뒤돌아 밖으로 나왔다.

마리야.

무헌이 그런 애칭으로 시작해 겨우 두줄 적다 만 편지는 주어와 술어가 어긋난 채 마침표가 아닌 쉼표에서 멈추었고, 아직 어디에 가닿지 못했다. 그는 자신이나 자신을 둘러싼 세상이 끔찍하게 텅 빈 채로 소란스럽게 느껴질 때마다 말희의 집 앞으로 달려가고 싶은 욕구를 느꼈고, 실제로 그곳으로 달려가보기도 했다. 상처 입고 굶주리면서도 옛집을 찾아가는 그 어떤 혈통 좋은 진돗개들처럼 탄도 그를 따라 성실하게 뛰고 또 뛰었다. 그는 오랜 시간 서성이며 그 집의 불이 켜졌다 꺼졌다, 창문이 열렸다 닫혔다 하는 모습을 반복해서 보았다. 안에서 아무런 기척도 느껴지지 않던 어느 저녁 무렵에는 그 집 앞을 오가던 이웃들의 모습을 살폈다. 그는 턱없이 더 집요해질 때도 있었다. 보라색 꾸러미를 들고 그와 한 택시에 올라탔던 소년, 가전제품과 개에 정통한 사내, 다리에 흉이 진 채로 나타난 옛사랑이 살고 있는 저편, 아니 그가 부재한 자리에서 무언가를 통과해왔고 이제 여기 당도해서 서걱거리고 부딪치고 신음하고 비틀렸다가, 다시 환한 웃음이 되고 아무렇지도 않게 밝아오는 아침 해를 함께 맞는 것들에. 모든 것을 친애하고 싶은 그의 마음은 한순간 너무 뜨거워져 정염과 헷갈렸다. 그는 때로 열이 오르고 야윈 채로 갈팡질팡했다. 생이 덧없다는 말은 무용했다.

여행자들

비바람이 부는 5월의 마지막 금요일이었다. 상암동에 있는 영상자료원으로 영화를 보러 갔다. 핼 애슈비 감독의 1971년작 「해럴드와 모드」를 상영한다고 들었기 때문이다. 내가 하는 것은 무엇이건 함께하고 싶다던 여자친구는 이 영화에 관한 정보 없이 나를 따라나섰다가 공연히 신경질을 부리기 시작했다. 일단 상영관으로 내려가는 계단에서 발을 삐끗해 힐 굽이 부러진 게 문제였고, 계단을 내려가서는 상영 시각이 문제가 됐다. 우리는 오후 일곱시 상영을 다섯시로 착각하고 왔다는 걸 알았다. 영화를 보려면 앞으로 두시간 남짓을 근방에서 때워야 했다. 나는 티켓을 먼저 받은 뒤에 편한 신발을 사오기로 하고 티켓 부스 쪽으로 갔고, 여자친구는 그동안 의자에 앉아 팸플릿을 읽었다.

"이게 뭐야?"

내가 티켓을 받아들고 옆에 다가앉자마자 여자친구가 차가운 목소리로 물었다.

"맘에 들지 않아?"

"전혀."

이렇게까지 정색하고 싫어할 이유가 없는데 왜 그럴까. 무엇 때문인지 확인하려고 나도 팸플릿을 읽었다. 이상한 것은 없었다. '죽음에 집착해 온갖 자살소동을 벌이는 청년 해럴드는 어느날 한 장례식장에서 여든살 생일을 앞둔 모드를 만나 사랑하게 된다.'

"말이 되냐?"

"왜 그러는데?"

"어떤 남자가 자기 애인이랑 할머니 나오는 영화를 보러 오냐? 구질구질 비 오는 이런 날에 난 널 위해 꽃무늬 치마도 입었다. 넌 뭔데?"

아니. 아니. 내가 데려온 게 아니라 네가 무작정 따라왔다. 꽃무늬 옷은 내 취향이 아니다. 네가 이렇게 비 오는 날에 나를 젖은 치마 취급할 이유가 없다. 사람들이 너 소리치는 거 다 쳐다보며 가고 있다. 다들 나를 등신 같은 놈이라고 하는 것 같다. 하지만 내가 뭘 그렇게 잘못한 건데? 응?

나는 여자친구 뒤를 졸졸 따라 밖으로 나오면서 이런 말들을 계속 지껄였지만 속 시원한 대답을 듣지 못했다. 그래서 홧김에 티켓을 허공에 내던졌고, 그녀는 쌩하니 뒤돌아서 택시를 잡으러 갔다.

여자친구를 뒤따라가다보니 정말 바보 같은 기분이 들었다. 굽이 부러진 한쪽 구두를 벗어들고 빗속을 뛰어가는 여자친구는 어느 수렁에서라도 도망쳐가듯 필사적으로 보였다. 택시를 잡아타고 멀어지는 그녀의 모습을 보면서 한동안 그냥 제자리에서 비를 맞고 서 있었다. 내게 차가 없는 것이 가장 큰 문제일 수도 있다는 생각이 들었다. 하지만 엊그제는 내가 너무 좋다고, 나만 있으면 세상 끝이라도 가겠다고 한 너였는데.

비를 맞으며 터덜터덜 걸어서 방금 전까지 우리가 싸우던 자리에 되돌아와보니 티켓이 빗물에 젖은 채 바닥에 뒹굴고 있었다. 빗물이 아니라 눈물에 젖은 것처럼 보였다. 나는 두장 중 한장만 집어서 주머니에 넣고 근처에 있는 쌀국숫집으로 들어갔다. 엉망이 된 기분으로 그냥 집으로 들어가기 망설여지고, 혼자서 술집에 가는 것은 내키지 않고, 비도 오니까 따뜻한 게 몸속으로 들어가면 좀 나아질까 싶어서였다.

실내에 손님이라고는 나밖에 없었다. 카운터 쪽에서 내가 먹는 모습이 잘 보이지 않으면서도 개중 테이블이 깨끗이 닦여 있는 창가 자리를 골라 앉았다. 쌀국수와 맥주를 시켜놓고, 냅킨으로 젖은 가방과 팔뚝, 목덜미를 닦으며 창밖을 바라봤다. 그러다보니 맥주가 나왔고, 맥주를 반병쯤 비우고 나니 쌀국수가 나왔다. 나는 국물만 몇순갈 뜨다 말고 그대로 깜빡 잠이 들었다.

꿈에서 엄마를 봤다. 나는 엄마에 대한 기억이 없는데 엄마가 꿈에 나오다니, 하면서도 꿈길을 계속 따라가보려 했다.

"엄마."

내가 소리 내어 엄마를 부르는데, 누가 나를 흔들어 깨웠다.

"저기요."

나는 눈을 떴다. 입을 벌리고 자고 있었다는 걸 알아채고 얼굴이 붉어진 채로, 내게 말을 걸어온 여자를 올려다보았다.

"잠깐만 저 좀 도와주실래요?"

여자는 비 오는 날 어울릴 법하지 않은 치렁치렁한 검정 원피스를 입고 있었는데, 곧 무대에 올라가기라도 할 것처럼 진한 화장을 한 터라 나이를 가늠하기 어려웠다. 나보다 나이가 한참 많을 수도, 의외로 또래일 수도 있었다. 여자는 내게 원피스 지퍼를 끝까지 올려달라고 하면서 등을 돌렸다. 지퍼 윗부분이 7센티미터 정도 벌어져 있었다. 나는 얼결에 그걸 올려주었다.

"어떤 놈이 운전을 험하게 해서 옷을 다 버려놨어요. 가만있다가 이게 무슨 날벼락인지, 흙탕물을 다 뒤집어쓰고. 마침 새 옷을 사오던 길이라 요 앞 화장실에서 갈아입었는데, 지금 오른쪽 팔이 결려가지고 내가 끝까지 못 올려갖고요."

"아, 예."

"고마운데, 내가 커피 살까요?"

나는 대답하지 못했다. 너무 갑작스레 당한 일이라 지금 뭘 당하고 있는 건지도 파악하지 못했던 것 같다.

"누구 닮았는데."

"예?"

"그 사람 닮았어요, 최민식. 배우 있잖아요. 그런 말 못 들어봤어요?"

"그분은 나이 많잖아요."

나는 그만 말려들고 말았다.

"아니, 지금 최민식 말고 옛날 최민식 닮았어요. 옛날에 그분 연극 했어요. 몰라요?"

나는 몰랐다. 최민식은 특별히 좋아하는 배우는 아니었는데, 옛날 최민식의 모습이 지금의 내 모습하고 비슷하다니까 조금은 궁금해졌다. 그래서 커피 한잔 마시면서 그 얘기만 들어야겠다 싶었다. 시계를 보니까 아직 영화 상영까지 한시간 반이나 남아 있었다. 여자가 날 어떻게 할 것처럼 보이지는 않았고, 나도 여자와 어떻게 해야겠다는 생각이 없었다. 그래서 다 괜찮을 것 같았다.

쌀국숫집에서 나와 가까운 까페를 찾아 들어가려고 했는데, 여자가 갑자기 건물 앞에 멈춰 서더니 크게 숨을 들이쉬었다. 빗줄기가 우리 앞의 도로를 끝없이 적시고 있었다. 여자가 다시 길게 숨을 내쉬었다.

"비 와도 좋다, 그죠?"

"네?"

"우리 아버지가 영화배우 하고 싶어했고, 우리 엄마는 가수 하고 싶어했고, 그러다 다 잘 안됐거든요. 그래서 내가 멀쩡히 길 가다가 흙탕물 뒤집어써도 그냥 그런가보다 해요. 비 오면 그럴 수 있어."

그 말은 나중에는 이상하다고 생각됐는데, 그때는 전혀 이상하지가 않았다. 여자는 내 어깨를 툭툭 치더니 미소를 지었다. 나도 미소를 지었다.

여자는 말로만 커피를 사겠다고 하고 진짜로 사려 들지는 않았다. 그러자 나는 시간을 죽이는 방편으로 새로운 사람을 만나는 일처럼 근사한 일은 없는 것 같다는 쪽으로 생각이 미치기 시작했고, 결국에는 커피 같은 건 내가 사도 무방하지 않은가 싶었다. 여자는 안은 답답해서 싫다며 밖에서 마시자고 했다. 그리고 자기는 요새 잠이 잘 안 와서 커피는 싫으니 유자차를 한잔 부탁한다고 했다. 다행히 커피도 팔고 유자차도 파는 까페였다. 내가 우리를 위한 음료 두잔을 사들고 나오자 여자가 함빡 웃었다.

우리는 비가 조금씩 들이치는 커다란 파라솔 아래 자리 잡고 이야기를 나누었다. 비가 와서 발이 묶인 채로 뭔가를 기다리거나, 혹은 이 여자나 내 여자친구를 완전히 떠나가거나 떠나보내야 할지 모를 내 입장은 문득 서글픈 것도 같았다. 하지만 빗속에서 많은 상념들을 불러모으며 쉼표처럼 잠시 멈춰 있는 것은, 두개의 멈춰선 쉼표처럼 서로를 바라보는 일은 아름답다,고 생각했다. 그러니까 나는 아름답고 싶었고, 사방에 빗소리만이 가득한 이때 우리가 뭔가를 끝없이 말해보고 싶어하는 것이 신의 섭리에 어긋나는 일은 아니라고 거창하게 사고를 확장했다.

나는 최민식의 젊은 날을 기억하는 여자라면 나보다 나이가 많을 것이라는 짐작을 해보면서, 온몸의 에너지를 두 눈에 집중시켜 그 배우처럼 강렬한 인상을 심어주려 했다. 여자는 그런 나를 지그시 바라보면서, 자기는 인생이 일종의 여행이라는 식상한 이야기를 좋아한다고 했다. 나는 멋지게 보이고 싶고 빗속에서 그렇게 말하는 것은 어쩐지 운치도 있을 것 같아서, '그건 그렇게 보아야만 이해되는 삶의 뒷모습들이 있기 때문'이라고 맞장구를 쳤다. 그런데 말하고 보니 나는 거기 드러난 내 진심에 구애받았다.

어떤 도막난 기억들 속에서 나는 내 앞모습이 전혀 떠오르지 않는다. 내 앞에 펼쳐졌던 풍경과, 그걸 보고 있는 내 뒷모습을 동시에 보고 있는 듯한 기분에 사로잡히고 만다. 나는 그 이야기를 해보고 싶었으나 여자가 선수를 쳤다. 다음은 여자의 이야기다.

여자의 이름은 소리. 여자를 가졌을 때 여자의 엄마는 세상의 소리들이 자기 바구니에 담기는 꿈을 꿨다. 갑자기 하늘 문이 열리고 웃는 해가 나타나 모든 것이 괜찮아지리라고 속삭여주었단다. 여자의 아버지는 그 세대의 많은 젊은이들이 그러했듯 주변이 산과 논과 밭뿐인 고향을 떠나 무작정 상경한 케이스로, 이후 몇가지 좌절을 겪으며 야심이나 야망과는 무관한 삶을 살았다. 여자에게 아주 좋았던 기억은 아버지가 밤길을 함께 걷다가 '내 별은 어떤 거야?'라는 여자의 순정만화 같은 질문에 '가장 빛나는 게 네 별'이라고 답해주었다는 거였다. 여자는 어렸지만 그 말이 아마 당시 유행하던 멜로영화 대사였으리라고 추측하며 화려했을 아버지의 연애 편력을 상상해보았다고 한다.

여자는 짐작할 수 있는 한 여러 각도에서 일의 변수들을 생각하고 가장 최악의 사태까지 상상해보는 버릇이 있다고 했다. 이 버릇이 왜 생겨난 것인지 어렴풋이나마 지각하고 있긴 하지만, 그 말은 조금도 하고 싶지 않고 또 앞으로도 그럴 것 같지 않으니까 대신 다른 말을 해야겠다고 했다.

여자는 어렸을 적 친할아버지 댁이 있는 시골로 인사를 간 적이 있었다. 삶은 때로 여행 같다는 인식은 낭만적인 데가 있는데, 그건 도저히 되돌아올 길이 없는 끝에 다다른 것처럼 막막하고 아련한 기분을 기억하기 때문인지도 모른다고 했다. 나는 그 말이 약간은 과장된 것 아닌가 싶었지만, 이 대목에서 그걸 지적하는 것은 눈치 없는 짓이지 싶어서 그냥 고개를 끄덕여주었다. 우리 맞은편에 바라보이는 건물 벽면에는 커다란 개미가 커다란 잎사귀를 향해 다가가는 그림이 그려져 있었다. 나는 그걸 쳐다보다가 다시 여자를 향해 이번에는 우수 어린 눈빛을 만들어 보였다. 나는 아름다운 쉼표의 역할을 잊지 않으려 했다.

그때 여자는 여섯살이나 일곱살쯤 되었고, 부들부들한 천으로 된 새파란 원피스를 입고 있었다. 시골집에서는 새로 텔레비전을 들여놓았는데, 여자의 아버지는 안테나를 어떻게 조립하고 설치하는 것인지 생각이 나지 않는다고 하며 잠깐 고민에 잠겼다. 여자는 전원 속에서 새파란 원피스를 입고 있어서 그랬는지 모든 나무와 바람과 햇빛과 그 속에 숨 쉬는 전령들이 자기를 비추고 있다는 상상에 사로잡혔다. 그건 이전에 읽었던 책에서 마법의 순간 같은 걸 간접 체험한 느낌과 비슷했는데, 마치 은은한 감동이 푸른 수증기처럼 자기를 휘감으며 말을 거는 것 같았다고 한다. 그래서 두 손을 모으고 애원하듯이 사람들을 둘러보며 자기가 다른 집의 안테나가 어떤 모양새로 달렸는지 살펴보고 오겠다고, 허락해달라고 말했다. 아이의 말이라 누구도 거기서 어떤 뜻을 읽어내지 못했고, 그러려고 하지도 않았다. 어른들은 그저 허허 웃었다.

왜 그랬는지 모르지만, 여자는 허락을 받는 것은 사실 생각만큼 중요한 일이 아닐지 모른다고 여기며 무척 가벼워진 발걸음으로 길을 따라 걷다가 점점 길을 잃는 쪽으로 눈길이 갔다. 그래서 오르막길을 오르기 시작했다. 산에는 집이 드물다는 것, 그리고 집이 드물면 안테나를 발견할 확률도 낮아진다는 사실을 떠올리지 못했다. 여자는 인적이 없는 곳에서 귀가 점점 예민해지는 것을 느끼면서, 이제 비로소 새들은, 나무들은, 벌레들은 어떤 소리를 내며 이야기를 하는지 어쩌면 알아들을 수도 있는 시간이 왔다고, 그러면 숲 속에 그 비밀을 묻고 돌아가겠다고 하늘에 맹세를 했다. 당연히 하늘의 바람과 구름은 여자의 맹세와는 무관하게 언제나처럼 흘러가던 대로 흘러가는 중이었고, 해는 점점 기울고 있었다. 여자는 다리에 힘이 풀리고 등에 땀이 흘렀지만 그 와중에도 애써 잘 갖춰입은 자기의 품위를 잃지 않고자 노력했다. 나는 침략자가 아니에요. 조금 먼 데서 온 손님일 뿐이에요. 가야 하는 곳으로 가게 해주세요. 여자는 그런 말을 중얼거리면서, 마음속으로는 조금만 더 걸으면 집이 나올 거야, 조금만 더 걸으면 안테나를 높이 단 집이 나올 거야, 하고 자기암시를 했다. 여자는 그 생각 말고 다른 생각은 아무것도 하지 않았기에 인가에서 점점 멀어지고 있다는 사실이 무섭거나 두렵지 않았다. 그러다 집을 한채 발견했다. 소박한 아름다움이 느껴지는 집이었다. 아. 여자는 그제야 멈춰 서서 안테나가 어떤 모양새로 달려 있는지 찬찬히 살펴보고 그걸 마음속에 담았다. 이제 됐다. 여자는 돌아섰고, 그제야 빠른 속도로 어둠이 내려앉는 것을 온몸으로 실감했다. 발밑은 까마득했고, 해가 져버린 2월의 산은 추웠다. 비로소 추위를 느꼈다.

어디로도 돌아갈 수 없을지 모른다는 생각에 발이 바닥을 딛는 건지 허공을 딛는 건지 깨닫지 못하는 상태로 허정허정거렸다. 밀려드는 온갖 어두운 상상의 그림자들을 물리치느라 노래도 불렀다. 누구라도 있을 것이다. 우연히 이곳을 지나던 사람이 듣고 그도 노래를 불러 답해올 것이다. 사람이 아니면 다람쥐라도 있을 것이다. 귀신이라도 어쩌다보면 친구가 될 수 있다. 사정을 잘 말해볼 것이다. 죽은 사람들에게도 다 사정이 있을 테니까, 마음을 다하면 이해를 구할 수 있을 것이다. 안테나가 어떻게 생겼는지 다시 한번 떠올려봐야 한다. 아무것도 잊으면 안된다. 내가 나인 것을 잊지 않도록, 어둠이 나를 지우지 않도록 나에게도 말을 걸어보자.

여자는 치맛자락을 양손으로 움켜쥐고 더이상 걸을 수 없을 때까지, 사방이 너무 캄캄해서 아무것도 가늠할 수 없을 때까지 걸었다. 여기까지가 오늘 나의 최선이야. 여자는 작은 언덕을 발견하고 그런 생각이 들었는데, 그러자 그 언덕은 따뜻하고 친절한 누군가의 등처럼 느껴졌다. 여기 기대서 한잠 자고 날이 밝으면 모든 걸 다시 볼 수 있어. 그러면 눈이 전보다 환해지면서 지난밤의 일이 아무것도 아닌 것처럼 기억되고 나는 다시 길을 찾아 내려갈 수 있겠지.

여자는 언덕에 기대 눈을 깜박여보았다. 좋은 것들을 떠올려보자. 좋은 꿈을 꾸면 춥다는 생각에서 멀어질 수 있겠지. 여자는 밤하늘의 별들을 올려다봤고, 별들이 쏟아진다고 생각했고, 그러자 괜찮아졌다. 그러다 어느 순간 여자는 사람들의 목소리를 들었다. 목소리는 먼 데서부터 시작되어 점차 가까워졌다. 사람들의 행렬이 저 아래서 물결처럼, 빛의 물결처럼 이어지며 다가오고 있었다. 사람들이 부르는 건 여자의 이름이기도 했고, '서울 아기야'이기도 했다. 여자는 울음을 터뜨렸다. 목청을 높여 외쳤다. 여기 있어요!

여자는 사람들과 함께 산길을 내려왔다. 누군가 여자를 업어줬고, 또 누군가는 안아줬다. 여자는 집에 도착해 따뜻한 물로 씻었다. 자려고 누웠지만 쉽게 잠이 오지 않았다. 두려움이 가시자 얼굴로 쏟아질 것만 같았던 별들이 기억났다. 안테나를 달았던 산중의 먼 집에서 누가 살고 있는 건지 궁금했다. 그러다 문밖에서 사람들이 수런수런 이야기하는 소리를 들었다. 거기서 밤을 넘겼다면 아이는 얼어 죽었을지도 모른다. 사람들은 말하고 또 말했다. 죽은 자가 아이를 부른 거 아니겠냐. 거기가 무덤 아니냐. 무덤 옆에서 자고 내려가려고 했다더라.

나는 여자의 손을 잡아볼까 하다가 그게 여자의 이야기에 내 마음을 얻는 행동이 되기에는 내가 보여준 젊은 활기가 너무 부족하지 않은가 하는 생각이 들었고, 잘못하면 오해를 살 수도 있겠다 싶어서 이번에도 그냥 고개를 끄덕이기만 했다. 비는 잠시 잦아들었다. 봄비가 그치면 여름이 오고, 그리고 겨울까지는 아직 멀었으니까, 나는 우리의 만남을 기념하는 데는 어떤 겨울날이 적당하다고 생각했다. 봄의 끝과 여름의 문턱에 잠시 머물면서 서로 다른 두 겨울의 이야기를 둥그렇게 이어보는 것은 다가올 어느 가을날에 주는 선물이 될지도 모른다. 가을에 사람들은 모두가 조금씩은 더 고독해지니까. 사색의 계절이라고들 부르니까. 나는 다르게 시작하려고 했다. 내가 기억하는 다른 겨울로 여자를 데려가야겠다. 나는 작년 겨울을 떠올렸고, 그러자 그 기억은 여자에게 말해주기에 적합하지 않은 것이었음에도 한동안 마음에 머물러 쉽게 물리칠 수 없었다. 그래서 조금은 음미해보아야 했다. 작년 겨울에는 굉장히 들떠 있었고, 아무 데도 떠날 수 없는 상태였다. 그 겨울 나는 여자친구를 처음 만나 그녀의 아버지 마음에 들기 위해 꽤나 노력했다. 그는 외동딸의 사소한 일상에 다 관심을 쏟는 홀아비로, 언제나 깨끗이 빨래한 옷을 말끔히 다려입는 것에 자부심을 가졌다. 외동딸이 사별한 아내의 젊은 시절과 많이 닮았다고 하면서, 딸의 눈에서 눈물 쏟아지게 만드는 놈이 있다면 언제든 그놈 손모가지를 부러뜨릴 것이라며 내게 은근히 압력을 넣기도 했다. 하지만 나는 그가 우악스러운 사내가 아니라는 것을 곧 알아차렸다. 그는 나보다 한뼘 정도는 키가 작고 체구도 자그마했고 일부러 무서운 표정을 만들어낼 때조차 부드러운 눈가에 물기가 어리는 게 인상적이었다. 무엇보다 아직 학생인 여자친구와 나의 관계에 신경을 곤두세우고 노심초사하며 뭐든 참견하고 싶어하는 면모가 늙은 소년 같은 데가 있었다. 나는 미안해하는 여자친구에게 괜찮다고 하면서, 정말 괜찮은 기분을 느꼈다. 여자친구와 단둘이 있을 때와 그녀 아버지와 단둘이 있을 때 모두 가슴이 뛰었다. 두 감정은 달랐지만 때로 나는 세 사람이 연애를 하고 있는 것처럼 생각되기도 했다. 세상은 불안과 싸우며 지속되고 있는 내 청춘의 열기를 감지하는 듯했고, 그래서 흰 눈을 내려주는 듯했고, 우리가 서로를 껴안게 하기 위해 얼어붙는 것 같았다.

그러나, 그렇더라도, 내 아버지와 어머니가 어떻게 해서 헤어지게 되었는지를 그들에게 털어놓는 것은 내게는 퍽 어렵고 혼란스러운 일이었다. 나로서는 아버지의 입장밖에는 전해 듣지 못했기 때문이다. 마침내 내가 약간 뜸을 들이며 용기를 내서 그 말을 입밖으로 꺼내놓았을 때, 우려했던 대로 상황은 되돌릴 수 없는 흔한 불행의 패턴 속에 갇혔다. 여자친구의 아버지는 그건 정말 안된 일이라고, 남자 혼자 아이를 키우는 것은 여자 혼자 아이를 키우는 것과 마찬가지로 힘든 일이겠지만, 그보다 훨씬 처량한 노릇이라며 나를 위로하고자 했다. 그 점이, 여자친구와 나의 그 공통된 부재가 우리를 가깝게 했는지도 모를 일이라며 어렵사리 말을 늘어놓았다. 답답하고 불편한 감정 때문에 내 몸은 저절로 꼬였다. 내 아버지는 재혼을 하지 않은 한편 많은 여자들을 알고 지냈고, 나는 아마도 아버지의 성향을 조금은 물려받았을 것이었다. 어쨌든 나는 여자친구 아버지의 취미생활을 함께하고자 바둑에 관한 책도 구입하고 동영상도 찾아보면서 애를 써보았지만, 그런 일은 다 소용없게 되어버렸다. 그는 점점 나를 마뜩하지 않은 눈으로 바라보더니, 말 섞을 일이 없도록 멀리하는 한편 기회가 닿을 때마다 별 것 아닌 일로도 내게 무안을 주곤 했다. 그는 자기 딸의 이상형은 아버지와 어머니의 사랑을 한껏 받고 자란 온전한 가정의 든든한 사내라고 조심스럽게 피력했다. '온전한'과 '든든한'을 한 뿌리에서 파생된 미덕으로 규정하는 것이 못내 나를 어리둥절하게 했다. 이해 가능한 지점들은 오해의 변곡점들로 바뀌었다. 연인 사이보다 더 빠르게 주변이 변화하고 있다는 것을 나는 어렴풋이, 그러나 분명히 아프게 느꼈다. 여자친구는 이따금 짜증을 내기 시작했고, 기온은 점점 상승하고 있었다. 봄이 왔고, 봄날은 변덕스러워서 때로 여름날 같기도 했다. 나는 지난겨울로부터 무언가 깨달은 것이 있지만, 아직 그것을 뭐라고 불러야 할지 모른다. 오늘은 어쩌면 여자친구와 내가 세상의 어머니들이나 아버지들이 찾아올 수 없는 그런 멀고 먼 끝의 끝까지 함께하는 걸 상상해보기 좋은 날이었는지도 모르고, 또 내가 무의식적으로 그걸 바랐는지도 모르지만, 결국은 이렇게 다른 여자와 함께 빗속에 있게 되었다. 빗길에 주르륵 미끄러지면서 사람들이 다른 길로 틀어지고 있다는 것을 가능한 한 염두에 두어야 했다. 가능성들은, 불가능한 것들로부터 샛길이 흘러나오듯 흘러나와 다른 문으로 통하고 그렇게 스며드는 가능성들은 다행히도 아직 나를 두근거리게 한다. 나는 이제껏 내게 아무런 연락도 해오지 않는 여자친구에게 먼저 사과의 전화를 걸고 싶은 기분이 아직은 아니었으므로, 그리고 지난겨울도 나름대로는 아름다웠다고 조금은 더 품어보고 싶은 소박한 마음의 발로에서, 휴대폰의 전원을 때마침 껐다.

나는 마치 기도를 하듯이 숙연히 빗줄기를 바라보다가, 희미해진 빗줄기가 무언가를 허공에 쓰면서 내려오고 있기라도 한 듯이 잠잠히 바라보다가, 도로 여자를 향해 고개를 돌리고 미소를 지었다. 지난겨울의 이야기는 건너뛰기로 하고, 일본에 가본 적이 있는지 여자에게 물어보았다. 여자는 가본 적이 없다고 했다. 아, 그러세요. 나는 그럼 재작년 일본의 겨울날로 그녀를 데려가야겠다고 마음먹었다. 빗속에서 처음 만난 여자가 아직 내게서 기대할 만한 것들을 찾아내려고 귀를 기울이며 곁을 떠나지 않고 있고, 우리 사이에는 쓸데없는 자존심이나 마음의 저울질은 아무런 소용이 없다는 것, 내 주머니 속 티켓은 우리의 헤어짐을 잠깐 유예하는 것처럼 다음 장소와 시각을 명시한 채 구겨져 있다는 것, 거기서 안정감과 모험심을 동시에 느꼈다. 나는 재작년 겨울의 문을 열고 거기다 여행가방을 내려놓는다. 여자에게 우리가 지금 빗속에 있지만 이제부터는 눈길을 상상해야 한다고 말한다. 여자는 내 바람만큼 흥미로운 표정은 아니었지만, 인생이 일종의 여행이라는 식상한 비유를 좋아한다고 했던 것을 번복하지는 않았다. 진한 립스틱을 바른 입술을 스르르 벌려 새하얀 치아를 드러내고, 빗물이 튄 자기 팔뚝을 한번 쓰윽 훑어내리며 그래요? 계속해요, 하고 반응했다. 가방은 커요? 얼마나 커요? 어떤 색인가요? 검정? 바퀴는? 둘? 넷? 넷이면 좋을 텐데. 그럼 바닥에 끌릴 때 소리가 훨씬 부드러울 거니까요. 들려요. 들을게요.

재작년 2월 토오꾜오에 갔다. 시나가와 역에 내렸을 때 진눈깨비를 만났다. 나는 폴리에스테르 소재의 검정색 점퍼를 입고 있었다. 칼라 부분의 지퍼를 열면 거기서 방수모자를 끄집어내 쓸 수 있도록 디자인된 거였다. 통상 토오꾜오에서 계속 눈을 만날 확률은 그다지 높지 않았다. 나는 모자를 뒤집어쓰고 그냥 길을 건널까 하다가, 이내 편의점으로 들어가 투명한 장우산을 하나 골라 들었다.

간단히 요기를 한 후 호텔 방에 짐을 풀고 샤워를 했다. 가지고 간 노트북으로 이메일을 열어봤고, 별다른 소식이 없는 걸 확인하고는 지도를 펼쳐 지하철 환승역들과 역 주변 정보를 파악했다. 침대에 자리 잡고 앉아 창 너머로 진눈깨비가 짙어지는 밤 풍경을 바라보다가, 금색 실로 자수가 놓인 이불을 덮고 잠이 들었다. 그 밤, 굉장히 많은 눈이 내렸다.

호텔 가까이에 '아트'란 이름의 커피숍이 있었다. 며칠간 그곳에서 커피와 샌드위치로 아침식사를 했다. 모리 미술관에서 일본 작가 오다니 모또히꼬의 전시를 봤고, 긴자에 있는 이또야라는 문구점에서 지인들에게 줄 선물로 가죽으로 만든 코끼리 모양의 열쇠고리를 몇개 골랐다. 카마꾸라에 도착해 카마꾸라 문학관을 둘러본 다음 에노덴을 타고 에노시마 해변으로 갔다. 저녁 무렵이었다.

누군가 바다를 보며 우쿨렐레를 연주하고 있었다. 훌륭한 연주라고는 할 수 없었지만 감상에 젖었다. 울고 싶은 기분은 아니었지만 울어도 좋은 분위기였다. 사진은 찍지 않았다. 연주가 좀처럼 나아지지 않아서 결국에는 웃음이 터졌다. 많이 걸어 피곤했는데, 그 웃음 때문에 마음이 청량해졌다.

다음날은 시부야의 한 경사 가파른 골목길 구석에 자리 잡은 까페 라이온에서 한국 여자를 만났다. 테이블 위에 한글로 된 관광 안내책자를 올려놓고 있는 게 눈에 들어와서 내가 먼저 말을 걸었다. 조용히 음악을 감상하는 곳이었으므로 거의 귓속말처럼 속삭여야 했다. 서울에서 하던 일들이 죄다 잘 안되어서 일단 모든 걸 내려놓고 도망치듯 여행을 왔다는 말을 대답으로 들었다. 1926년부터 한자리를 지켜왔다는 까페 라이온에서는 클래식 음악만을 틀어줬다. 옛날 다방 같은 느낌의 소파에 한시간쯤 앉아 있다가 그 여자와 밖으로 나와 까페를 배경으로 사진을 찍기로 했다. 주변에는 러브호텔들이 늘어서 있었다. 우리가 그 호텔 중 어느 한군데서 팔짱을 끼고 나왔던 것도 아니고, 그랬더라도 굳이 거기서 같이 사진을 찍을 이유는 없었기에 따로따로 서로를 찍어주었다. 그러고 나서 타워레코드점에 들러 음반들을 구경하면서 이야기를 나눴다. 그때는 밤이었고 많이 지쳐 있어서 눈으로 음반 코너들을 훑으며 힘들이지 않고서 가볍게 맞장구칠 만한 이야기들을 꺼냈다. 우리는 조금 웃었고, 음반 표지에 대한 감상들을 나누었고, 둘 다 아무것도 사지 않았다.

나는 전날 바닷가에서 우쿨렐레를 연주하던 여자를 봤다고 했다. 그때 그 여자가 바다를 향해 앉아 있었고 나는 그 뒤에서 바다를 보고 있었기 때문에, 여자의 앞모습이 어떠한지는 묘사할 수 없다며 아쉬워했다. 주변에 사람이 거의 없었던 것, 자판기에서 사과 맛이 나는 캔음료를 하나 뽑아 마신 일, 그래서 사과즙이 몸속에 흘러드는 듯한 감각을 즐기며 서툰 고백 같은 선율을 들은 것이 벌써 꿈같이 느껴진다고 했다. 여자는 이왕 이렇게 좋은 정보를 접한 김에 날 밝으면 에노덴을 타고 바닷가에 가겠다고, 가서 우쿨렐레를 연주하는 여자를 만나면 자기가 앞모습을 봐두겠노라고 하며 웃었다. 여자는 돌아갈 날짜를 정해놓지 않았다. 서울로 서둘러 가야만 하는 이유를 헤아려보려고도 했지만 어쩐 일인지 거기 두고 온 다정한 사람들과 소중했던 일들이 이제는 모두 자신에게서 멀리 있는 것처럼만 느껴지니 이상하다고 했다. 우리는 헤어지면서 목례나 손을 흔드는 인사치레 대신 서로에게 악수를 청했다. 여자의 손은 두꺼웠고, 약간 찼다.

그 여행길에서 되돌아오면서, 나는 새로이 무언가를 결심했다. 하던 일이 다 잘 안되어 일본행 비행기에 올랐다는 이를 만나 잠시나마 어울려 다닌 것은 내 정황도 비슷했기 때문이었을 것이다. 나는 잘 설명할 수 없는 방식으로 무언가를 잃었다. 그러니까 당신이 아마도 안테나가 어떻게 생겼는지 다시 한번 떠올려봐야 한다고, 아무것도 잊으면 안된다고, 내가 나인 것을 잊지 않도록, 어둠이 나를 지우지 않도록 자신에게도 말을 걸어보자고 한 그 비슷한 마음으로 쉬어갈, 머물러야 할 곳들을 찾았던 것이다. 사람들 속에 섞여 익명으로 어딘가를 돌아다니다 누군가와 한 기차에 올라타고 또 내리며 부딪혔고, 가끔 어떤 섬세한 영혼들이 건네는 말을 듣기 위해서 까페에서 느릿느릿 아침식사를 하거나 전시관의 오후 속으로 걸어들어갔다. 패기 넘치는 작품들, 만든 사람의 집념과 야심이 느껴지는 작품들을 만나면 한동안 그 앞에서 시간을 흘려보냈다. 사람의 머리칼을 엮어 만든 드레스, 회전하는 거대한 해골 조형물, 손을 빨갛게 물들인 소녀가 백색 옷을 입고 무심한 표정으로 누워 있는 이미지들을 감상했고, 내가 아직 읽어본 적 없는 문장들을 남긴 작가들이 생전에 머물렀던 책상과 손때 묻힌 만년필과 원고들을 눈으로, 마음으로 더듬어보았다. 세상에 내가 감당해보지 못한 뜨거운 시작들이 있다는 것을 상기하며, 어느 밤 꾸었던 꿈과 내 신체의 일부, 혹은 어떤 물체를 엮어 이름을 붙인다면 무엇일 수 있을까 허황한 상상을 했다. 그러는 동안 여행은 정확히 예정해뒀던 날, 미리 끊어뒀던 비행기표에 적힌 그날에 끝이 났고, 여비는 적당한 만큼만 남았으며, 마지막으로 일본에서 먹은 식사는 특별할 것 없는 라멘이었다. 일본에 도착한 첫날 구입한 투명한 장우산을 호텔 구석에 세워둔 채 체크아웃했다. 말을 건네보지 못한 여자의 뒷모습을 말을 건네본 여자와 공유하고는 내 생활로 돌아왔다. 그게 지지난해 2월의 일이었다. 나는 거기서 망설이며 말을 멈췄다. 그러자 기침이 났다. 기침이 멈추자 희미한 슬픔이 깃들었다.

여자는 내 표정을 살피며 짐짓 걱정스러워하는 체했다. 나는 괜찮다고, 고맙다고 하면서 슬쩍 손목시계를 내려다보았다. 아까부터 행인들이 혼자, 때로는 둘이나 셋이서 상영관이 있는 건물 쪽으로 걸어가는 것을 보았기 때문이다. 이제 상영 시각까지는 15분 정도가 남았다. 나는 사람들이 가고 있는 쪽을 손가락으로 가리키며 다른 일정이 없다면 나와 저곳에서 영화를 같이 보는 것은 어떠한지 물었다. 여자는 그럴 수 없다고, 남편이 돌아올 시간이 되었다고 하면서 검은 머리칼 속으로 두 손을 넣어 길고 하얀 손가락으로 빗어내렸다.

"여기서 이제껏 기다렸으니까 이 모습 그대로 보는 게 좋을 것 같아요. 그이가 놀라며 날 안아주겠지. 내가 바라던 바예요."

그리고 여자는 자기 가방에서 우산을 꺼내 내게 주었다.

"쓰고 가세요."

나는 얼결에 원피스 지퍼를 올려주었던 것처럼 어느새 그 우산을 또 받아들고 있었다. 우산도 있고, 남편도 있는 여자였다니.

여자에게 악수를 청할까 하다가 눈인사로 대신하기로 했다. 눈이 마주치자 여자가 말했다.

"옛날 최민식 닮았어요, 정말."

나는 이제는 아무래도 좋았기에 고개를 끄덕이며 웃어 보였다.

여자가 준 우산을 쓰고 1971년도 영화를 보기 위해 천천히 걸어나갔다. 일본 여행에서 집으로 돌아온 한달 후, 일본의 대지진 뉴스를 접했다. 나는 그 이야기는 하지 않았다.

빗줄기가 다시 굵어지면서 바람에 실려 우산 속으로 들이쳤다.

여자친구의 구두 굽이 부러졌던 바로 그 계단에 다다라 뒤를 돌아보자 내가 좀 전까지 앉아 있던 파라솔이 눈에 들어왔다. 이제 그 자리는 비어 있었다. 검정 원피스를 입은 여자는 어떤 남자와 한 우산을 쓰고 저만치로 멀어져가는 중이었다. 남자는 힐을 신은 여자와 키가 비슷했고, 흰 점퍼에 청바지 차림이었다. 그들의 실루엣이 빗속에 지워졌다 나타났다 하며 꿈속의 빛처럼 흔들렸다.

어떤 도막난 기억들 속에서 나는 내 앞모습이 전혀 떠오르지 않는다. 그리고 내가 보고 있던 내 앞의 풍경과, 실제로는 볼 수 없었을 내 뒷모습을 동시에 보고 있는 듯한 기분에 사로잡히고 만다. 그러니 어쩌면 내 엄마의 뒷모습을 상상하면서, 그 앞의 풍경을 마음으로 그려볼 수도 있을 것이다. 안쓰러운 마음의 주인인 내 여자친구의 아버지를 위해서라도 이 상상에서 몸을 일으키는 이야기가 있다고 믿어보기로 한다. 그게 아니라면, 믿어도 좋을 만한 것들을 꾸며내어 일으켜보기로 한다. 이를테면……

내 아버지는 젊어 영화배우가 꿈이었고, 어머니는 가수가 꿈이었지만, 둘 다 뜻대로 잘 안되었다. 어느 비 오는 날에 그들은 우산을 나눠 쓰고 데이트를 했다. 아버지는 어머니가 어린 날 산에서 길을 잃은 이야기를 훗날 내게 들려주었다. 많은 사람들이 살면서 더러 길을 잃기도 하므로, 이 이야기는 당신에 관한 이야기이기도 하다.

또 어떤 사람들은 혼자 어둠이나 빗속, 눈부신 햇살 속에 있을 때 자기 가슴이나 배, 목구멍에서 꿈틀대면서 새로 태어나기를 바라는 희망을 발견하기도 하는데, 그건 때로 묵직한 덩어리처럼 느껴지기도 한다. 내 어머니는 내 아버지의 인생을 통째로 나눠 갖기를 원하지 않았던 여자였으므로 나를 가졌을 때 많은 고민을 했다. 또 여느 어머니들처럼 그것 말고도 해결을 봐야 할 근심거리들도 안고 있었다. 살아야 하는지, 죽어야 하는지, 걸어야 하는지, 뛰어야 하는지, 울어야 하는지, 웃어야 하는지. 어머니는 중대한 결심을 해야만 하는 날에 상심을 가리기 위해 붉은색 외투를 골라 입고 밖으로 나섰다. 그리고 잠시 쉬어갈 만한 곳을 찾다 어느 휴게소 밖의 하얀 파라솔 밑, 하얀 플라스틱 의자에 앉았다. 눈앞이 온통 뿌옜던, 안개가 짙게 낀 2월의 아침 무렵이었다. 그때 어머니는 새빨간 외투를 입고 광막한 안개를 마주하고 앉은 자신의 뒷모습은 어떻게 보일까를 생각해보았고, 동시에 이렇게 중얼거렸다. 살면서 저렇게 굉장한 안개를 또 만날 확률이 얼마나 될까. 지금은 확실한 것이나 모호한 것이나 다 저 안갯속처럼 느껴져서 한치 앞을 모르겠다.

그렇지만 어느 끝의 끝에 다다른 것 같은 막막하고 아련한 기분은 때로 생의 감각을 고취하기도 해서, 어머니는 그 순간 벅차오르는 다른 생각들을 좇기 시작했다. 아니, 다른 생각들로 벅차오르기 위해서 내 존재를 호명하기로 했다. 그러니까 배 속의 내게 이렇게 말을 걸게 된 것이다.

"얘, 들리니? 너 듣고 있니?"

나는 작고 미약한 생명. 그래서 온몸을 움찔하며 간신히 신호를 보내려 했다. 어머니는 희미하게 나와 함께 떨었다. 네, 엄마. 들려요. 들을게요.

"누군가는 저 안개를 뚫고 걸어들어올 거야. 그러니 발이 묶여 있을 때라도 눈을 감지는 마. 운이 좋을 때나 나쁠 때나, 만나지는 것들을 다 만나봐라. 그게 지금 내가 해줄 수 있는 말이고, 여기까지가 오늘 나의 최선이야."

어머니는 마지막 여행가방을 내려놓은 사람처럼 그 순간 평화로워졌다. 그리고 이내 담담해졌다. 세상이 둥글게 나를 감싸안는 듯했고, 어머니와 내가 그 속에서 노래를 부르고 있는 것만 같았고, 그리고 먼 데서부터 내 이름을 노래처럼 부르며 오는 빛이 있으리라 생각했다.

상영관의 입구가 활짝 열리고 사람들이 입장하기 시작했다. 사람들이 나를 스치며 계단을 내려갔다. 나는 어떤 맹세들을 기억해보려는 남자처럼 가슴께에 손을 얹었다 내리고는 내 앞에 입을 벌린 다른 시간의 문을 향해 다가갔다. 만나고 스쳤던 여자들, 그리고 아직 사귀어보지 못한 다른 여자들을 다 사랑하고 그리워할 수 있을 것만 같던 5월의 마지막 금요일이었다.

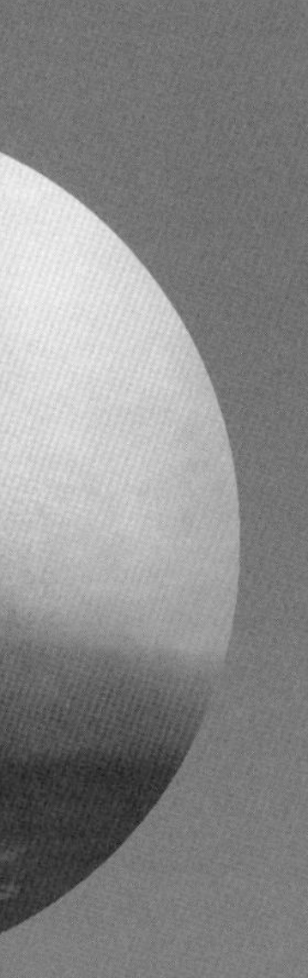

에테르처럼

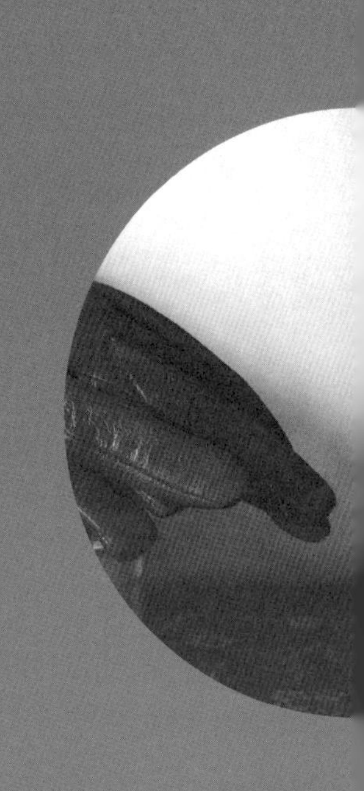

열다섯 생일날 아침에 문득 그는 대식이라는 자기 이름이 무척 부끄러워졌다. 늘 챙겨들고 다니던 검은색 신주머니도 겸연쩍어졌고, 평발도 창피했다. 뻣뻣한 머리털과 덧니, 가느다란 종아리도 감추고 싶어졌다. 그래서 매력적인 목소리를 지녔음에도 일시에 말수가 줄었고, 그런 상태로 열여섯 생일을 맞았다. 그는 무슨 일에건 도표 만들기를 좋아하는 담임선생의 노트에 속을 알 수 없는 조용한 남자아이로 분류되었다. 담임선생은 항상 정장을 챙겨 입는 사십대 남자로 한 주에 세번 정도 넥타이를 바꾸어 하고 다녔는데, 빛나는 노란색과 어두운 자주색, 하얀 빗금이 쳐진 청색이 희거나 푸르스름한 셔츠 깃 아래 얌전히 매듭지어져 있곤 했다.

"대식아."

그해 9월 셋째주 월요일 오후에 담임은 대식을 상담실로 불러 가까이 앉히고는 나직이 이름을 불렀다.

"네."

대식은 공연히 얼굴이 빨개졌다. 담임은 빈 종이에다 뜻없이 두 개의 동그라미를 겹쳐 그렸는데, 하나는 컸고 다른 하나는 그보다 조금 작았다. 두 동그라미가 겹쳐진 부분은 가늘고 긴 볼록렌즈처럼 보였다. 대식은 "네, 선생님" 하고 다시 조그만 소리로 대답하면서, 담임이 자기를 렌즈로 들여다보듯 하려는 참인가 싶어 위축되었다. 대식은 두 다리를 오므려 양 무릎을 가지런히 붙였다. 그는 담임과 눈을 맞추게 되는 일을 회피하기 위해서라도 다른 무언가를 바라보아야만 했는데, 그래서 자기 무릎이 그리는 완만한 곡선이 숫자 3을 닮았구나, 하고 딴생각을 하다가 몸을 흠칫했다. 담임이 가까이 다가오자 노란색 넥타이 끝이 그 3자를 스치며 흔들리기 시작했다.

"그래, 너 요즘은 지내기가 어떠냐?"

이 평범한 질문만큼 대꾸하기 어려운 것도 없었다.

"아, 예에. 그냥 뭐, 잘……"

대식은 학교생활이 어떤지, 아픈 데는 없는지, 무슨 고민이 있는 건 아닌지 묻는 담임의 질문에 단답형으로 대답했다. 별일 없는데요. 네? 그랬어요? 제가요? 아닌데, 아닌데요. 그건 맞지만, 아닌데요.

"아버지는 어떻게, 여쭤봤어?"

"네."

"뭐라고 하시니?"

"그냥 공부에 전념하면 좋겠다고요."

"그러셨니?"

"네, 그러시던데요."

"네 생각은 어떠니?"

"제 생각은……"

대식은 그렇게 말하고는 머릿속이 하얘졌다. 담임은 아주 침착하게, 조심스러운 태도로 대식의 대답을 기다렸다. 늦은 오후의 상담실 창으로 해가 기울었다. 회색 바닥과 대식의 왼쪽 팔, 두 다리에 투명하고 얇은 노란빛이 드리워졌다. 대식은 그렇게 환하게 드러난 자기 몸의 일부가 제 몸의 일부가 아니라 자연의 일부인 것처럼 상상하면서 다음 말을 끌어내보려 했다. 하지만 이내 "저도 잘 모르겠습니다"라고 내뱉고는 고개를 가로 흔들었다. 짧게 두번. 그의 마음이 몸 바깥으로 떨어져나와 빛 속으로 흡수되는 것처럼 느껴졌다. 머리가 가벼워질 수 있다면. 이대로 목이 길어지고 입이 뾰족해지면서 공중으로 날아오를 수 있다면.

"마음 바뀌면 일요일에 우리 집으로 와라. 알겠지?"

"예에."

대식은 말꼬리를 길게 잡아빼듯이 끌고는 자리에서 일어났다. 담임이 그를 향해 몸을 틀었다. 햇빛은 이제 담임의 가슴께로 옮겨가 있었다. 대식은 담임이 뭔가를 말하면서 손끝으로 자기 가슴을 두번 두드리는 것을 보았으나 그게 무슨 의미인지 알아챌 수가 없었다. 갑자기 현기증이 일면서 귀가 먹먹해졌기 때문이다.

"예에."

알 수 없는 그 제스처에 그는 막연하게 긍정의 뜻을 보탰다. 담임이 잠시 고개를 수그렸다가 들더니 옅은 미소를 지어 보였고, 그래서 대식은 다행스럽다 싶은 기분으로 상담실 밖으로 빠져나왔다. 문밖에서 다음 차례를 기다리고 있던 경만이 대식을 흘끔 올려다보며 "뭐냐?" 물었다. 대식은 어지럼증에서 벗어났으나 반쯤 넋나간 듯한 얼굴로 "그냥. 그냥 형식이지" 하고 대꾸하고는 약간의 죄책감을 느꼈다. 경만이 자기 어깨로 대식의 어깨를 툭 치면서 상담실 안으로 들어갔고, 문이 살며시 닫혔다. 대식은 닫힌 문에다 귀를 댔다. 담임의 목소리와 경만의 목소리가 번갈아 들려왔지만 내용은 잘 잡히지 않았다. 아하하하. 경만이 웃는 소리가 높아졌다가 다시 담임의 말소리가 들려왔다. 뭐라면서 저렇게 웃는 건가. 난 좀 전에 웃었던가? 조금도 안 웃었던가?

토요일은 후덥지근하더니 일요일에는 아침부터 비가 내렸다. 대식은 빗소리를 들으며 침대에 드러누운 채로 반나절을 낭비했다. 지난 3년 사이에 일어났던 일들이 단편적으로 떠올랐다 사라졌다. 하나가 다른 하나를 몰아내면 또다른 하나가 얼굴을 들이밀어서 모로 누워도 바로 누워도 편치가 않았고, 혼자이면서도 완전히 혼자가 아닌 시간들이 이어졌다. 열어놓은 창문으로 빗물이 들이치는 걸 그대로 방치해두고서, 그는 어둑한 천장에 펼쳐지는 마음의 지형을 따라가야 했다. 아버지가 사업의 규모와 내용을 이렇게 저렇게 바꾸고 다시 계획하는 동안 집안 형편이 들쭉날쭉해졌다. 아버지는 손님들 여럿을 집으로 초대해서 식사를 같이하고 어머니에게 값비싼 목걸이와 팔찌를 사주었다. 차를 세번 바꿨고, 할아버지 집에서 금으로 장식된 식기 세트와 장식장을 가져오기도 했으며, 또 그것들 대다수를 팔아넘기고는 인부들을 불러들여 집의 앞뒤를 트는 공사를 벌이기도 했다. 모든 일이 순조롭게 진행되는 것처럼 보이다가도 한꺼번에 무너져내리는 순간들이 찾아왔다. 밀물과 썰물처럼 행복과 불안이 교차하며 서로가 서로의 전조가 되었다. 하루는 굉장히 기분이 들떠서 아버지와 대학 캠퍼스로 나가 테니스를 쳤다. 다른 하루는 엄청난 두려움 속에서 수전증을 일으키는 아버지의 손을 붙잡고 엉거주춤 선 채로 아버지의 가슴을 쓸어내려주었다. 이러다 괜찮아져. 술 좀 가져와. 네 엄마 몰래 가져와. 그리고 정말 괜찮아지는 하루가 찾아오고, 어머니는 휴가를 맞은 아버지를 위해 아침 일찍부터 요리를 시작하며 콧노래를 부르지만, 아버지는 말린 과일만 몇조각 집어삼키고서 곧바로 가방을 싸고는 예정에 없이 닷새나 엿새 동안 일상에서 사라져버리고 마는 일을 생의 중대한 알리바이로 택한다. 안되겠어. 일본에 다녀와야겠어. 오회장이 큰 건을 얘기하는데, 만나봐야 월척인지 피라미 새끼인지, 아님 그냥 그물만 던져놓고 설레발치는 건지를 알지. 그러면 어머니는 황망히 거실과 방과 주방 사이를 오가며 이것저것

집었다 내려놓았다 하기를 반복하다가는 기도할게요, 했다. 대식에게 그 '아님 그냥'과 '기도할게요'란 말은 여기저기를 따로 흘러다니다가 어느 사이 엉켜버린 빈 그물에 함께 딸려 올라오는 죽은 불가사리 같았다. 대수롭지 않고도 징그러웠다. 그럼에도 아버지의 '그냥'은 그의 마음 한구석에 잠들어 있다가 한순간 그의 언어가 되어 입 밖으로 새어나오기도 했다. 아, 네, 그냥요, 그냥. 그렇게 어떤 호불호도 아닌, 혹은 아니고자 하는 고집 센 단답형의 대답이 많은 것들을 갈무리해버린다. 그는 때로 자신의 발밑이나 머리맡에서 그럭저럭한 안녕들이 이어져 '한동안'이란 시간이 되어 굴러간다고 느낀다. 그러다 덜커덩 끽끽, 소음을 내며 멈춰버린다는 걸 받아들인다. 드릴 소리가 한창 요란한 집 안의 크고 작은 구멍들로 잔뜩 성이 난 사람들이 머리통과 구둣발을 들이밀게 되는 어느 아침이나 저녁 무렵과 반드시 맞닥뜨리고 마는 것이다. 이런 일의 놀라움과 성가심이 그에게 가장 친숙한 동시다발적 감정이 되었다. 불시에 벌어지는 일들은 일정한 패턴이 되어갔다. 이를테면 인부들은 일을 멈추고, 들이닥친 사람들은 그 사이를 마구잡이로 헤집고 다니면서 침을 튀겨가며 아버지를 찾는다. 김사장. 개새끼. 사기꾼. 협잡꾼. 이웃 사람들도 오다가다 발돋움을 하고 한마디씩 한다. 동네 시끄러워 살 수가 있나. 집이 흔들리는 배이고, 베란다가 커다란 갑판이고, 발밑이 출렁이는 물결이고, 사람들의 아우성이 살기 위한 몸부림 같은 것이라면, 그렇다면, 대식은 기꺼이 폼나게 뛰어내리는 일을 택했을 것이다. 누가 날 기다려요, 로렐라이 언덕에서.

여러분을 위해 기도할게요. 그러나 그런 상상은 다만 그 시간의 여파를 견디기 위한 소소한 노력일 뿐이어서 폭풍이 잠잠해진 뒤에 지난 공포를 되새김하는 과정에서만 희미한 유머가 되어 떠올랐다. 그때 정말 죽는 줄 알았지. 오싹했지만 지나갔지. 놀랍지.

대식의 어머니는 호리호리한 몸매에 계란형의 맑은 얼굴, 오목조목한 이목구비를 지닌 삼십대 여성으로, 집 안으로 갑자기 쳐들어온 난폭하고 소란스러운 무리 중에서도 한두명 정도는 자신이 직접 교화할 수 있다는 이상한 자긍심을 불태우기도 했는데, 실제로 그들 중 한명과 봄소풍을 떠나기도 했다. 좋은 공기 마시고 좋은 경치 보면서 좋은 생각 하다보면 하늘 아래 모두가 친구지. 아버지 하나님은 우리 모두를 굽어보신다. 대식은 그것이 어머니의 능력인지 기질인지 신의 축복인지 알지 못했지만, 어느정도 어머니와 아버지의 그 좋고 싫은 성격 일부, 그리고 그 좋고 싫은 성격의 어떤 부분을 닮고 싶지 않다는 저항감에서 생겨난 자신의 첨예한 다른 일부들이 복잡한 데이터처럼 얽혀 세포에 저장되어 있으리란 생각을 했다. 그런 생각들은 그의 방 사면 벽과 천장에 그림처럼 펼쳐지면서 망상이 되기도 했는데, '질풍노도의 시기'라는 널리 알려진 표현을 자기 마음의 어지러운 배경에 합당한 플래카드처럼 붙여둘 수 있다는 것이, 그 와중에도 가끔씩은 진심으로 다행스러웠다. 그는 전에 살던 집이 어떻게 되었는지 알지 못하고 묻지도 못하는 채로 부모를 따라 이전 집의 반 평수에 못 미치는 셋집으로 이사하면서 새로운 취향을 계발하기도 했다. 밤에 자리에 누운 채로 그룹 2NE1의 「살아봤으면 해」를 넘치게 반복해 들으며 손으로 가슴을 부여잡았다가 천장을 향해 내뻗었다가 하다 잠이 들곤 했던 것이다. 네가 나로 살아봤으면 해. 내가 너로 살아봤으면 해. 단 하루라도 느껴봤으면 해. 너의 마음. 나의 마음.

오후 세시를 넘기며 빗소리가 잠깐 잦아들었다. 대식은 늦은 점심으로 냉장고에서 굳은 식빵과 달걀을 꺼냈다. 달걀은 깨뜨려 생으로 삼키고 식빵은 차갑고 딱딱하게 굳은 그대로 우적우적 씹은 뒤에 수돗물을 삼키고는 대충 입을 헹궜다.

"어째야 쓰까."

그가 중얼거리자 입가에서 새나온 물줄기가 턱을 타고 흘러내렸다. 그 말은 언젠가 본 텔레비전 연속극에서 머리칼이 온통 하얗게 센 어떤 청년이 거의 죽다 살아나 내뱉은 첫마디였는데, 위험한 고비를 넘기고 난 마당에 한 말이라 묘하게 들렸고, 기억에 남았다. 어째야 쓰까. 그러고 보니 사무라이 이름 같기도 했다. 어째야쓰까. 긴 칼로 허공을 긋는 남자. 머리를 묶어올린, 입을 앙다문, 바람 속에 선, 옷자락을 휘날리는.

전화벨이 울리는 바람에 상상이 흩어졌다. 세진이었다.

"별일 없으면 오지? 비 그친 거 같은데."

"여긴 아직 오는데."

"칫, 거기서 여기가 얼마나 된다고."

"……"

"와."

전화를 끊고 대식은 창밖을 넘겨다보며 옷을 주워 입었다. 검은색 옷을 꺼내서 입었다가, 도로 벗고 푸른색으로 갈아입었다. 하지만 이번에는 푸른색 면티에 달린 반달 모양의 회색 주머니가 괜히 유치해 보여서 또다시 흰색 티로 바꾸어 입고서 거기 빈티지 청바지를 받쳐 입었고, 카키색 점퍼와 야구모자를 골라들었다.

세진은 대식보다 한살이 많았고, 대식과 동갑내기인 여동생을 두었다. 연년생의 이 남매는 상체와 하체의 비율, 눈매와 입매, 옆모습이 엇비슷해 나란히 서면 일란성쌍둥이처럼 보이기도 했다. 여동생의 이름은 세경이었다. 세진은 자기를 친구처럼 대하는 여동생에게 특별히 다정했고, 그 정감을 세경의 친구인 대식에게도 나눠주었다. 편하게 말 놔. 동생 친구면 내 친구지. 말이 안되는 듯 말이 되는 말. 대식은 세진이 훗날 어떤 중년 남자가 될 것인가에 대해 생각해본 적이 있었다. 퍼뜩 떠오른 모습은 담임과 닮아 있었다. 세진의 아버지가 바로 대식의 담임이었기 때문이다. 담임처럼 조용한 방의 커튼자락 뒤에서 숨을 고르는 신중하고 고요한 남자. 그러나 연상은 거기서 한걸음도 더 나아가지 못했다. 그는 익숙한 삶의 그림들이 해지고 옅어진 뒤에 다가올 다음 풍경들이 무엇일지 가늠할 수 없었다. 어떻게 알겠는가? 요사이 분명해 보이는 것이 하나도 없었다. 원칙주의자처럼 보이는 대식의 담임은 학업능력이 떨어지거나 품행에 문제가 있는 학생들을 놓고 학년 초부터 고군분투하고 있었는데도 불구하고, 주변의 평판은 그다지 우호적이지 않았다. 담임의 노력은 동료들에게 더러 안타까운 헛수고 정도로 편하되었다. 애쓴다, 안됐다는 식이었다. 학생들 역시 선생이 자처하고 나서서 하는 그런 노고가 부담스럽고 어색하다며 철부지들답게 저희끼리 좋을 대로 시시덕거리곤 했다. 시시콜콜한 걸 다 적어둔다더라, 계집애처럼. 누구누구 쳐다보는 눈빛이 장난 아니더라. 야, 네 마누라 저기 걸어간다. 모두에게 만만한 느낌을 주는 이 아련한 눈빛의 단정한 교사는 수학을 전공했지만 세속의 셈에는 어두운 듯했다. 어떤 상황에서도 밀고 당기는 인간관계의 기술을 구사하며 북 치고 장구 치며 팡파르도 불 수 있는 군악대 출신인 대식의 아버지에게 돈으로 절대 환원되지 않을 주식 정보를 굉장한 보물지도인 것처럼 건네받고 감사를 표했던 것이다. 알고 보니 너희 아버님이 내 고등학교 후배님이시더라고. 대식은 담임의 말에 섞여 들어온 그 '후배님'이라는 단어가 불편했다. 그리고 그 말을 하던 때의 담임의 미소가 약간 얼치기 같아 보였다는 것도 잊지 못했다. 자식 문제를 의논하러 갔다가 선생과 정분이 난 어떤 어머니에 대해서 사람들이 무슨 평가를 내리는지는 인터넷으로 접해본 일 있지만, 거창한 쓰레기를 중개한 자기 아버지에 대해서는 어떠할지 감이 잡히지 않았다. 아버지가 담임의 후배라는 사실의 진위 역시 아버지만이 알고 있을 것이라 추정되므로, 두 사람의 정황이나 본심 같은 것 헤아릴 적당한 근거가 그에게 있는 것도 아니었다.

대식이 집을 나서고 얼마 안 있어 도로 비가 쏟아지기 시작했다. 대식은 들고 나온 투명한 비닐우산을 펼쳐들고 담임의 집까지 15분 정도 뛰었다. 도착했을 때는 가슴팍만 빼고 거의 다 빗물에 젖어 있었다. 그는 비닐우산을 바닥에 내려놓고 초인종을 눌렀다.

문을 열어준 사람은 담임이었다. 담임은 대식에게 인사 대신 새 타월을 건넸다. 대식은 옷의 물기를 털고 닦아낸 후 신발과 양말을 벗었다. 누군가가 보는 앞에서 발을 벗고 나서는 것, 남의 새 타월에 대고 자기의 젖은 맨발을 문질러야 한다는 게 모두 마음 편치 않았지만, 시선을 더 끌 법한 행동을 하고 싶지 않았기에 얼른 발의 물기도 닦아냈다. 타월에 프린트된 라보라호텔 상호가 그의 평평한 발바닥 아래서 뭉그러졌다 펴졌다 했다. 세진이 뒤늦게 어슬렁거리며 제 방에서 나오다 그 모양을 보고는 피식 웃었다. 그래 놓고는 미안했던지 축축해진 타월을 채서 화장실 쪽으로 뛰는 시늉을 했다. 대식은 세진의 손안에 구겨져 있는 자기의 젖은 흔적이 민망해서 엉뚱한 방향으로 생각을 돌렸다. 이곳이 라보라호텔이고, 담임이 라보라호텔의 비밀 장부를 품고 있는 벨보이이고, 세진과 세경이 부부로 위장한 스파이이고, 내가 저격자라면. 그러려면 내게 암호가 있어야 하는데……

"이리 와 앉아."

담임이 대식을 이끌었다. 대식은 안으로 들어서서 식탁 앞에 앉았다.

담임의 집은 여느 가정집들과 비슷한 구조로 되어 있어 무심히 보면 특별한 점이 눈에 뜨이지 않는다. 그러나 식탁에 다가가 앉으면 누구라도 이 집만의 색깔이랄까, 고유한 향이랄까 그런 것에 압

도되고 말 것이다. 일단 이 식탁은 식구가 함께 모여 밥을 먹는 자리라기보다는, 한때 그런 용도로 만들어진 물건이긴 했다는 것을 상징하는 공간처럼 꾸며져 있었다. 보통의 가정집에서 깨끗한 식탁보 위에 꽃병 정도를 올려놓는 데 비해 이 식탁 위에는 잡다하게 올라와 있는 것이 많았다. 그 물건들 때문에 식탁이라기보다는 널찍한 진열대 같다는 느낌을 자아낼 정도였다. 세진과 세경의 어렸을 때 사진들과 담임의 젊은 날의 모습, 그 부인의 젊은 시절 사진들이 식탁 유리 아래 여덟장이나 깔려 있었다. 또 이런저런 메모와 화살표, 동그라미, 별표로 얼룩덜룩하게 표시가 되어 있는 탁상달력, 앤티크 탁상시계, 조명등이 늘어서 있었다. 앤티크 시계의 초침이 다소 크게 틱 틱 틱 소리를 내며 돌아갔기 때문에, 여기 앉은 손님이 만일 적당한 화젯거리를 찾지 못하고 헤맨다면, 그 틱 틱 소리가 재촉하듯 끝없이 귓가에서 튀고 있는 듯한 느낌을 견뎌야 할 것이다. 대식이 앉은 자리 가까이에는 이전에는 그 자리에 없었던 유리병도 두개 놓여 있었다. 색을 입힌 작은 돌들을 담은 투명한 병이었는데, 표면에 손자국이나 얼룩 하나 없이 깨끗해 보이는 것으로 미루어 최근에 누군가 잘 닦아 세워놓은 것 같았다. 담임이 대식의 시선을 따라잡고는 입을 열었다.

"거피들 있었지, 전에 저기 창가에."

"예?"

"열대어, 그 왜 작은 거."

담임이 오른손 엄지와 검지로 뭔가를 꼬집는 듯한 제스처를 쓰면서 그 크기를 표현했다.

"아…… 다 어디 있어요?"

대식은 질문거리가 생겨서 마음이 좀 놓였고, 그런 만큼 더 집중했다. 담임의 말에 따르면 그 조그만 열대어들은 처음 세마리였던 것이 불어나 한때 스물여덟마리까지 되었지만, 전부 다 먹이를 너무 많이 먹거나 너무 먹지 않아서, 또는 큰 것이 작은 것을 잡아먹어서, 아니면 물 갈아주는 데 적응을 못해서 죽었다. 숫자가 점점 줄다가 지난주에 두병 모두 빈 병이 됐다. 대식의 기억으로 거피는 꼬리가 보라색인 것도, 빛나는 하늘색인 것도, 주황색인 것, 검은색인 것도 있었다. 그러나 죽었을 때는 모두 색을 잃고 그대로 음식물 쓰레기봉지 속에 버려졌다는 것이다. 담임은 어쩔 수 없는 일이었다고 하며 힘없이 웃었다. 정말 웃음이 나서 웃는다기보다는 너도 웃으라는 서투른 권유 같았다. 대식은 자기도 고양이를 키웠던 적이 있다고 말하려다 말았다. 그러면 고양이가 어떻게 됐는지, 왜 이제는 기르지 않는지 말해야 할 텐데, 그러다보면 필연적으로 거짓말을 하게 될 것 같았기 때문이다. 고양이는 이사를 하면서 다른 집에 입양을 보냈다. 누군가에게 선물로 받아온 것을 대식이 1년을 키웠는데, 대식의 아버지가 그걸 선물한 사람을 증오하게 되면서 내다버리라고 한바탕 난리가 났었다. 대식이 간신히 고양이를 빼돌려 어머니 친구의 딸의 친구에게 넘겼다. 그 과정이 너무 지난했다. 고양이가 사람을 선택할 수 있다면 얼마나 좋겠나 하는 생각을 하며 떠나보냈고, 그 기억이 싫었던 나머지 그로부터 3개월이 지나자 고양이 이름이 기억나지 않게 됐다. 그런데 이렇게 지난 시간들을 고스란히 밥상머리에 늘어놓을 수 있는 사람은 더 슬픈 사람일까, 덜 슬픈 사람일까. 어리석음과 아름다움을 함께 두고 볼 수 있는 사람은 축복받은 사람일까, 그저 나약한, 안타까운 사람일까.

"왔어?"

세경이 대식 가까이로 다가와 대식의 어깨에 한 손을 가볍게 짚었다 떼고는 "여전하다, 너" 하더니 화장실로 들어갔다. 그리고 곧 치약 묻힌 칫솔을 들고 나와 대식의 근처에서 왔다 갔다 하면서 이를 닦았다.

대식은 2년 전에 약 1년 동안 세경과 같은 학원에 다녔다. 학원 버스에서 늘 떨어져 앉았지만, 세경의 인기가 좋은 편이어서 이런 저런 정보들이 그에게도 흘러들었다. 그때는 세경의 키가 대식보다 컸지만 이제는 대식이 조금 더 컸다. 그런데도 볼 때마다 '여전하다'고 말하는 세경의 인사를 어떻게 받아들여야 할지 대식은 알 수 없었다. 양치질 소리가 시계 초침 소리를 지워내서, 그는 그냥 그것에 잠시 고마웠다.

세경이 주방 개수대에서 입을 헹궈냈다. 담임은 그런 것 저런 것 다 아무렇지 않다는 듯이 식탁 유리를 손가락으로 문질러대고만 있었다. 세진이 손가방을 들고 나와 식탁에 다가앉자 세경도 그제야 의자를 빼고 자리에 앉았다.

"미안해, 정말."

담임이 말을 꺼내자마자 세진과 세경이 고개를 조금 수그렸다.

대식도 눈치껏 얼른 고개를 수그렸다.

"더 노력할게."

그러자 세진이 "네" 하고 대답했다.

"너희 엄마 일은 다 나한테 책임이 있어."

그러자 세경이 양손으로 제 이마를 짚어 얼굴 표정을 가렸다. 담임이 주머니에서 구겨진 휴지조각을 꺼내 코를 풀었다.

"내가 애쓰고는 있어."

담임은 코 푼 휴지를 도로 주머니에 넣었고, 세경은 양손을 식탁 위에 가지런히 내려놓았다. 대식은 세진과 세경의 표정을 번갈아 가며 살폈지만, 입가를 움찔거리는 남매의 닮은 얼굴에서 뭔가를 읽어내지는 못했다.

담임의 말은 20여분 더 이어졌다. 이야기의 골자는 오늘 성악 레슨이 끝난 뒤에 담임이 부인을 설득해서 집으로 데려올 것이며, 아무래도 전처럼 아무렇지 않은 생활로 돌아갈 수는 없겠지만 그래도 어쨌든 조금씩 나아지게 되리라는 것이었다.

"두달 전 이날처럼 보냈으면 좋겠어. 그때 못한 거 다 같이 하면서."

"네."

세진이 그렇게 대답했고, 이어 세경이 고개를 끄덕였다.

"대식이."

담임이 대식의 이름을 불렀다.

"대식이도."

"예에."

이어 그들은 모두 일어서서 밖으로 나갔다.

그들은 한쪽 문짝이 살짝 찌그러진 흰색 중형차에 올라 다들 말없이 교통방송을 들었다. 와이퍼가 빗물을 지워내고, 또 지워내는 동안 어떤 구간에서는 차들이 정체되었고, 그러다 다시 원활한 흐름을 타기 시작했다. 세진은 조수석에, 뒷자리 왼편에는 세경이, 오른편에는 대식이 앉아 있었다. 교통상황 중계가 끝나고 음악이 흘러나오자 세경이 오른손 손등으로 대식의 왼쪽 허벅지를 툭툭 건드리면서 박자를 탔다. 대식이 가만히 있다가 그 손을 낚아채 힘을 꽉 주었다 놓았다.

담임이 문화센터 건물 앞에다 차를 대려고 유턴을 할 때, 오토바이 한대가 어디선가 미끄러져들어와 그들 가까이에서 넘어졌다. 세진이 놀라 소리를 질렀다. 대식이 먼저, 그리고 세진과 세경이 차례로 내려 우산을 펼쳐들고는 지하 강당에서 가까운 입구 쪽으로 함께 걸었다. 건물로 들어서기 직전에 대식은 뒤를 한번 돌아다보았는데, 담임의 차는 그때까지 빗속에서 와이퍼를 부지런히 움직이며 떠나지 않고 있었다. 오토바이 주변에는 사람들이 몇명 모여들었다. 오토바이 운전자가 바닥을 짚고 일어나 헬멧을 벗어들고 얼굴을 훔치더니, 다시 오토바이에 올랐다. 비는 멈추지 않을 모양이었다.

문화센터의 지하 소강당은 다목적 공간이었다. 수요일과 금요일은 아침과 저녁에 한차례씩 지역 주민들을 위한 필라테스 수업이 진행된다. 화요일과 목요일 두시와 세시 대에는 어린이들을 위한 미술 수업이, 다섯시 대와 일곱시 대에는 각각 초급 중국어와 생활 영어 수업이 있다. 세미나 공간으로도 사용되고 주부 가요교실로도 활용되는데, 시시때때로 목적에 따라 의자와 책상을 뒤로 밀어두고 매트를 깔기도, 강단에 마이크를 설치하기도, 간단한 다과를 세팅해놓기도 했다. 언제나 변함없이 같은 위치에 놓여 있는 것은 두가지 정도였다. 하나는 수강생들이 만든 어설픈 수공예품들로 한쪽 벽면의 수납함 위에 늘어서 있었다. 또하나는 그 맞은편에 놓인 조율이 잘된 야마하 피아노였다.

대식이 소강당의 문을 열고 들어가자, 피아노 뒤쪽에서 오십대 남자가 일어섰다. 머리에 구름을 얹어놓은 듯한 헤어스타일에 목에 연회색 스카프를 두른 그는 전직 테너 가수로, 얼핏 보면 희한한 패션감각을 갖고 있는 것처럼 보였지만, 실은 곱슬머리는 유전이고 스카프는 목에 난 상처를 가리기 위한 것이었다. 그는 첫 레슨 때에 대식과 세진, 세경을 앞에 세워두고 한 사람씩 '아' 하고 길게 발성하도록 시킨 뒤에 이렇게 자기소개를 했다.

"나는 4월생, 이름은 윤성환이라고 한다. 목을 다치고선 무대엔 오래 못 섰다. 그러니까 너희가 그냥저냥 배워보는 거라도, 내 앞에서 성한 목으로 흐지부지 허투루 하지는 말았으면 한다. 난 속이 상하면 다친 데가 많이 붓고 아프다. 너희가 나 아프게 할 거냐?"

"네? 아니, 아닙니다."

세진이 긴장하며 퍼뜩 대답했고, 대식과 세경이 얼결에 "아니요" 하고 뒤따라 읊조렸다.

"그래, 그럼 신청곡 하나만 받아보겠다. 너희도 가르쳐줄 사람이 뭘 어떻게 부르는지는 알고 시작해야지."

대식과 세진이 주뼛거리며 나서지를 않자, 세경이 사랑 노래를 신청해도 되느냐고 물었다. 테너 가수는 「나의 다정한 연인」이라는 이딸리아 가곡을 불렀다. '까로 미오 벤 끄레디미 알멘'이라는 발음으로 시작되어 '쎈짜 디 떼 란귀셰 일 꼬르'라는 좀더 어려운 발음으로 이어지는 노래였다. 대식은 특히 그 '란귀셰 일 꼬르' 하는 대목이 듣기에 미묘하다고 느꼈는데, 잠시 후에 테너 가수가 자기를 지목해 한번 따라 불러보라고 하면 어떡하나 하고 미리 걱정하느라 양손에 땀을 쥐었다. 테너 가수는 노래를 마치고서 과연 대식을 향해 손을 내뻗기는 했으나, 예상과는 다른 질문을 던졌다.

"지금 이 노래는 오, 내 사랑 오, 내 기쁨 이 내 말 믿어주오, 이러면서 시작됐다. 그런 거 느껴졌냐?"

대식은 얼굴을 붉히며 머뭇거리다가 대답했다.

"예, 그 비슷한 느낌 났던 거 같습니다."

그러자 이번에는 모두에게 다른 질문이 돌아왔다.

"너희가 사랑을 아냐?"

대식은 그 첫 레슨에서 할 수 있는 만큼 애를 써보았지만, 끝내 목소리가 쪼그라든 마음을 뚫고 나와주지 않아 낙담했다. 세진은 이마에 땀이 송송 맺히고 얼굴이 발개진 채로 호흡을 조절했고, 어느정도는 잘 해냈다. 세경은 예쁘게만 하려 한다는 지적을 받고는, 자기는 목소리가 원래 그렇다고 맞서고 나서서 모두를 긴장 속으로 몰아넣었다. 테너 가수는 자신이 다혈질이라 열이 뻗친다면서, 그런 변명은 집어치우라고 호통을 쳤다. 그러나 시간이 지나면서 분위기는 차츰 누그러졌다. 세경이 악보를 금세 읽고서 곧바로 피아노 반주를 할 줄 알았기 때문이다.

"다 무지렁이들인 줄 알았는데, 최소한 그건 아니구나."

테너 가수는 그나마 다행스럽다는 듯이 고개를 주억거리더니, 세경에게 앞으로 노래는 하지 말고 반주만 하는 게 좋겠다고 충고했다. 세경은 자기도 그러는 게 낫겠다고 생각한다며 수긍했다. 레슨은 세명이 받았지만, 레슨비는 사람 수만큼이 아니라 시간당으로 책정이 되어 있었다. 테너 가수는 누가 얼마만큼 잘하느냐가 아니라 다 함께 어떤 시간을 만들어가느냐가 중요하다고, 그 부분에 관해서는 이미 담임과 협의를 봤다고 못을 박았다. 약속, 태도, 공감, 집중 같은 단어들이 몇차례 강조되었다. 그러나 이 레슨은 겨우 두차례 이어졌고, 이후 두달간 중단됐다. 그리고 이제 오랜만에 빗길을 뚫고 와 함께 마주 선 이들은 상견례를 했던 첫날보다도 좀더 서먹했다.

"뭐가 되겠냐?"

테너 가수가 먼저 입을 떼었다.

"어디 가서 배웠다고 아는 척들은 하고 싶겠지. 그런데 한곡도 제대로 부를 수 있는 게 없다면, 나는 뭐가 되고, 너희는 또 뭐가 되냐?"

그러더니 그는 피아노 의자 위에 놓인 프린트물을 한부씩 가져가라고 시키고는 세경을 따로 지목해 피아노 앞에 앉게 했다.

"악보를 잘 봐라. 하고 싶을 때 하고 말고 싶을 때 말고 하면서 부르고 싶은 노랜지, 그럴 수 있겠는지 곰곰이 새겨봐. 끝까지 해보겠다는 마음이 들거든 그때 다시 시작한다. 오늘은 그때가 아니다."

오, 내 사랑. 오, 내 기쁨. 한숨짓는 참된 나를 그대 너무 멸시 마오.

대식과 세진은 이딸리아어 가사 밑에 적힌 한국어 번역문을 읽었고, 세경은 같은 곡을 피아노로 쳤다. 테너 가수는 그들 앞에 팔짱을 끼고 앉아 두 다리를 벌린 채 눈을 감고 있었다. 퉁명한 말투에서 성마르고 차가운 성격이 묻어나긴 했지만, 전체적으로는 경계심보다는 호기심을 불러일으키는 인상이었다. 그가 전에 어떤 무대에 섰는지, 잘나가던 시절이 실제로 있었는지, 스카프 안쪽의 상처는 얼마나 심각한 것인지, 그로부터 얼마나 어떻게 변화를 겪어왔는지 알려진 바는 없었다. 그는 아마도 추락한 스타는 아닐 것이었다.

대식의 휴대폰이 주머니 속에서 짧은 간격으로 계속 진동했다. 어머니나 아버지의 난감한 사정들로부터 날아드는 급박한 호출 메시지일 것이었다. 집중력이 흐려져서인지, 대식은 오, 하는 찬탄 뒤에서 무언가가 끝없이 부서지고 흩어지고 있다는 느낌이 들었다. 그는 그것들을 뭉뚱그린 하나의 원이 있다고, 또 그 원과 절반쯤 겹쳐지는 데가 있는 다른 둥그스름한 풍경이 있다고 가정해보았다. 그러자 허리가 잘록하고 폭이 풍성한 치마를 입은 여자와 썩은 나무 기둥에 앉아 궂은 날씨를 탓하는 그녀의 늙은 아버지, 눈이 빨간 쥐들과 올이 풀린 푸른 스웨터 같은 것들이 떠올랐다. 유리문을 긁는 큰 쥐는 사람을 물고, 나머지 작은 쥐들은 발톱을 간다.

또 항상 같은 자리를 오가는 키 작은 남자에 대해서도 떠올렸다. 해진 코트 깃을 세워 자기 목을 가린 남자. 남자의 침대에는 절반쯤만 손때가 묻은 하드커버의 책이 놓여 있다. 구겨진 슬리퍼, 삐걱대는 의자. 날씨는 나쁘고, 촛불은 타다 꺼진다. 성냥은 물에 젖었고, 밤은 길다.

지난 7월의 마지막 일요일에 대식이 담임의 집 거실에 있었던 것은 세번째 레슨 때문이었다. 그러나 성악을 배우는 게 좋아서라기보다는 다른 것들이 훨씬 나빠서, 그러니까 어수선한 집보다는 노래가 울리는 소강당이, 이것저것 벌여놓고 수습하지 못하는 아버지보다는 정돈된 도표라도 그릴 줄 아는 담임 곁이 그나마 나을 것 같아서였다.

하늘은 맑았고 햇볕은 좋았다. 담임은 자동차 내부를 진공청소기로 청소하고 있었다. 세진은 그 일이 자기 아버지가 다림질 다음으로 신경 쓰는 집안일이라고 알려주었다. 세경은 세진이 안경을 쓰기 싫다는 이유로 시력검사표를 다 외워서 신체검사를 받은 걸 대식은 이해할 수 있겠는지 궁금해했고, 또 전직 테너 가수의 그 전직 시절에 관해서 떠도는 기사나 동영상 하나 없는 이유가 무엇인지 알아내고 싶다고도 했다. 대식은 어느 대목에서는 웃었고, 또 어느 대목에서는 고개만 끄덕였으며, 자기도 무언가를 말해야 할 것 같은 느낌이 들었을 때 일어서서 화장실로 갔다. 화장실의 타일들은 물때 하나 없이 깨끗한 흰색이었다. 비누에서는 풀 냄새가 났다. 손바닥을 찬물로 적셔 두 눈두덩 위에 올려놓았을 때 노크 소리가 들려왔다. 대식은 문을 열고 밖으로 나서면서 담임의 부인과 잠시 눈이 마주쳤다. 부인은 대식에게 괜찮다고 말하고는 화장실 안으로 들어갔다. 대식은 자기 움직임과 표정의 어느 부분이 그 대답에 합당한 질문이 되었는지 알지 못했다.

담임의 부인은 항상 입술을 내밀고 있는 듯이 보이는 사십대 여성이었다. 빈 초콜릿 상자를 활용해 어린 아들에게 장난감 병정을 만들어준 적 있는 어머니. 식탁 유리 안쪽에 그 초콜릿 병정을 손에 들고 있는 어린 세진과 분홍색 타이츠를 신은 어린 세경의 사진이 끼여 있었다. 대식은 담임의 부인이 화장실에서 나와 식탁 의자를 양손으로 붙잡고 미간을 찌푸리며 땀을 흘리고 서 있는 모습을 보았을 때도, 또 그 의자와 함께 바닥으로 쓰러지는 모습을 보았을 때도 크게 놀라지 않았다. 혹은 놀라지 못했다. 이러다 괜찮아져. 그는 마음속으로 되뇌었다. 막 청소를 마친 하얀 중형차는 그날 대식과 세진, 세경을 레슨 장소로 데려가는 대신 부인을 병원으로 실어갔다. 부인은 유산을 했다. 대식은 그때까지 부인의 배 속에 4개월 된 태아가 있었다는 사실을 들어본 적 없었고, 들어야 할 이유 역시 없었다. 그런데 이제 알게 된 마당에는, 아직 태어나지도 않은 4개월 된 태아가 왜 그보다 많은 걸 겪으며 오래 살아온 사람들의 새로운 희망이 되어야 했던 건지 알 수가 없어 혼란스러웠다.

상담실은 두개의 열쇠로 열리는 공간이었고, 거기서는 지는 해의 끝자락이 스며들어 시간이 다른 차원의 옷을 갈아입는 것 같은 마술 같은 순간도 있었다. 그렇더라도 그에게는 여전히 슬픔이나 기쁨이나 미움이나 안타까움 같은 이름을 붙일 수 없는 감정들이 부유했다. 그는 어떻게 무슨 말을 해야 할지 모르는 채 고개를 숙이고 앉아 있곤 했다.

"대식아."

담임은 그렇게 불러놓고, 노트에 부질없이 길고 짧은 빗금들을 그었다. 담임은 대식이 혹시 그날 일로 충격을 받았는지, 이상한 생각을 하는 건 아닌지 알고 싶어했다.

"우리는 굉장히 많이 노력했어."

담임은 부인의 지난 삶과 현재 상태에 대해서 할 수 있는 최소한의 이야기를 했다. 그리고 모든 관계들은 변하기 마련이지만 결코 변하지 않는 극단이 사람마다 다 다르게 있고, 때로 그것을 함께 껴안는 방법들을 놓고 아주 많은 시행착오를 겪기도 한다고 이야기했다. 대식은 그 말을 이해할 수 있는 척하지는 않았다. 다만 자신이 담임의 후배의 아들이어서가 아니라, 아버지에 비해 지나치게 과묵한 아들이기 때문에 이런 이야기를 듣게 되었는지도 모르겠다는 생각을 했다. 그는 그날의 일을 누구에게도 아무렇게나 흘려보내지 않는 것으로써 자신이 할 수 있는 최대한의 대답을 했다.

세번째 레슨은 정확히 한시간 만에 끝이 났다. 테너 가수는 다음을 기약하지 않은 채 자리에서 일어섰지만, 「나의 다정한 연인」을 콧노래로 흥얼거리며 문을 활짝 열었고, 적어도 그건 모두에게 나쁜 신호 같지는 않았다. 세경이 피아노 의자에서 내려왔다. 세진이 악보를 가방에 집어넣었다. 대식은 그제야 휴대폰을 꺼내 들여다보았다.

테너 가수는 커다란 검은색 우산을 펴들고 성큼성큼 먼저 빗길로 나섰다. 대식은 세진, 세경과 함께 담임의 차를 기다렸다. 한쪽 문짝이 살짝 찌그러진 담임의 중형차는 조수석에 부인을 태우고서 여느 때보다 훨씬 천천히 움직여 그들 앞으로 다가왔다. 대식은 세진, 세경과 나란히 앉아 담임과 부인의 뒤통수를 바라보았다. 뒷좌석 맨 좌측에 세진이, 가운데에 세경이, 그 오른편에 대식이 앉았다. 와이퍼는 쉼 없이 빗물을 쓸어내렸다. 담임은 교통방송을 틀었다. 세경은 왼손을 세진의 허벅지에, 오른손을 대식의 허벅지 위에 올려놓고 건반을 치듯이 손가락을 움직거리다 그만두었다. 세경이 손을 거두어갔는데도 대식의 마음속에서는 다음 멜로디가 계속되었다.

대식은 차에서 내리기 전에 스스로 대답해야 할 것들이 있는 것만 같았다. 아버지는 언제나 누군가에게, 심지어 당신 자신에게조차 쫓기고 있고, 그래서 자기는 낯선 사람들 앞에서 영문도 모른 채 무릎을 꿇고 빌어야 하는 갑작스러운 일들을 당할 때조차도 부당함보다는 항상 조금 더 먼저 분명해지는 패배감을 느꼈다고. 세진과 나란히 서서 배에 힘을 주고 '아' 소리를 몸 밖으로 길게 뽑아내는 일은 그보다는 견딜 만한 단련 같았지만, 다음 레슨에도 꼭 오겠다는 약속은 당장은 하지 못하겠다고. 오늘은 두달 전의 마지막 일요일과 전혀 같지도 않지만, 그 때문에 드리는 말씀은 아니라고. 하지만 그는 실제로 그 말을 밖으로 꺼내놓지는 않았다. 이대로 공중으로 떠오를 수 있다면. 날아갈 수 있다면. 소리 없이 흩어질 수 있다면. 뿌옇게 흔들리는 풍경 속을 하얀 차가 미끄러져가고, 대식은 집을 떠나와 또다른 먼 집을 향하는 자의 마음 그 어딘가에 자신의 오랜 연인이 살고 있다고, 그건 무척 다정한 일이라고 상상해보았다. 그것이 아직 부를 수 없는, 언젠가 다시 부르게 될 노래이길 바랐다.

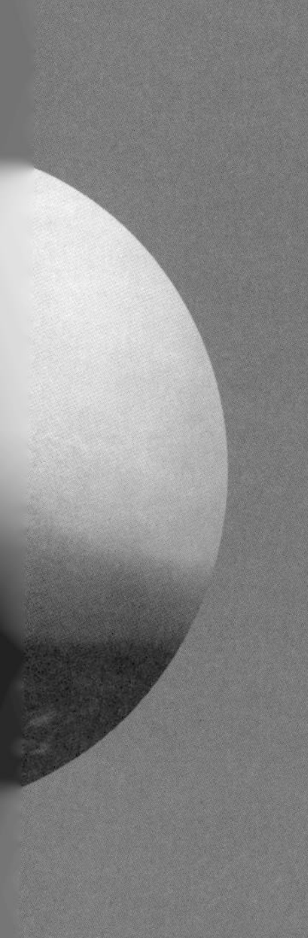

/ 조이 /

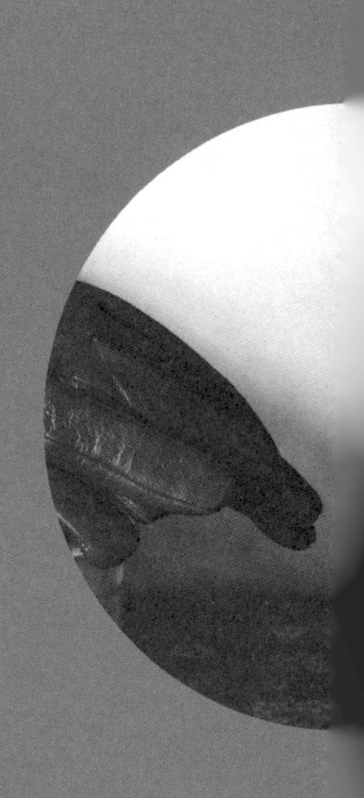

윤재는 그 밤에 문정과 무슨 얘기를 나눠야 좋을지 몰라 걱정이 됐다. 자매끼리 얼굴을 마주 보는 것도, 한집에서 크리스마스를 보내는 것도 모두 7년 만의 일이었다. 할 만한 말들을 메모해보는 게 좋을 것 같았다.

우선, 조카들 선물을 고르는 데 고민이 됐다는 얘기는 무난할 듯했다. 지난여름 처음으로 자취방을 구했다는 사실 정도는 웃으면서 전할 만했고, 엄마와는 가끔씩 연락해 얼굴을 보고 지낸다는 말은 할 수도, 안할 수도 있었다. 어렸을 적 추억을 화제 삼는 건 문정에게는 별로 내키지 않는 일일지도 모르니 당일 분위기를 봐야 할 터였다. 아빠가 작년에 많이 아팠다는 얘기는 꺼낼 수 없을 것이었다. 그리고 무엇을 물을 수 있을 것인가에 대해서는, 막막해졌다.

부모의 이혼 후에 윤재는 아빠를 따라가 살게 됐고, 문정은 애인과 함께 해남으로 떠난 뒤 가족들과 연을 끊었다. 윤재의 나이 열셋, 문정의 나이 스무살 때의 일이었다. 윤재는 문정이 아빠의 문자메시지에 어쩌다 한번씩 답을 보내왔다는 건 알았다. 하지만 윤재가 알기로 부녀가 주고받은 그 메시지들은 그리움이나 슬픔을 자아내는 감정의 교신 같은 게 아니었다. 아빠는 어색하게 다정한 인사를, 문정은 분명하게 건조한 대답을 보내며 관계의 한계를 확인하는 절차를 밟았을 뿐인데다, 그마저도 오래가지 않았다. 삶은 각자의 자리에 따로 놓여 있었다. 중요한 선택의 순간들은 이미 지나가버린 뒤였다.

윤재는 혼란스러운 마음을 추스르고자 이후 몇년간에 걸쳐 나름대로 할 수 있는 노력들을 찾았다. 그중 하나는 문정을 어렸을 적 함께 지내다 헤어진 성숙한 친구의 자리에 두는 것이었다. 멀리 전학을 가서 볼 수 없게 된 연상의 친구. 마음의 먼 자리로 물러난 친구에게는 적어도 원망이나 큰 기대감 없이 소식을 선별해 전할 수는 있었기 때문이다.

'우리 반에서 나랑 제일 친한 친구는 정이야. 지난주에 걔가 기르던 햄스터가 죽어서 같이 산책로에 묻었어. 정이가 가끔 햄스터 이름 토리 앞에 내 이름을 붙여서 윤재토리라고 불렀는데, 이제 그런 장난은 칠 수가 없게 됐어.'

개중에 이 정도가 다소나마 마음을 담아본 경우였다. 답신으로는 문자 대신 이모티콘을 받았다. 우는 얼굴 하나와 하트 하나.

지난 7년간 문정이 윤재에게 제 소식을 전해준 경우는 한 손에 꼽을 수 있을 만큼 적었다. 혼인신고를 했다, 시누이가 대장부다, 쌍둥이를 낳았다, 전화번호가 바뀌었다는 사실 정보들을 공지나 통보 식의 단문으로 보낸 거였다. 거기에는 윤재가 '아!'나 '어!' 이상으로 개입할 수 있는 구석은 없어 보였다. 사실 뭘 해야 할지 잘 알지도 못했다. 그러니 2주 전의 통화는 아주 이례적인 것이었는데, 문정은 윤재에게 직접 전화를 걸어와 자기가 지금 서울에 있다면서 처음으로 정확한 주소를 윤재에게 전해주었다.

"크리스마스엔 뭐 해? 서울엔 안 오니?"

윤재는 멍하니 서서 문정의 그 명랑한 목소리를 낯설게 '경험'했다. 어떻게 지냈는가를 묻지도 답하지도 않은 채, 마치 가능하면 그냥 들러나 가라는 식으로 말하는 그 목소리에는 대답을 기원하는 간절함이나 오해를 두려워하는 망설임 같은 게 없었다. 거기에 대고 크리스마스 따위가 특별했던 적 없지 않느냐고 되묻는 건 덜 자란 아이의 수틀린 반항밖에 되지 않을 듯했다. 윤재는 "갈게"라고 대답했다.

전화를 끊고 생각해보니 이전 통화는 3년 전쯤에 있었다. 그때 문정은 불쑥 새엄마가 잘해주느냐고 물었고, 윤재는 특별히 그러고 말고 할 것도 없다고 대답했다. 그다음 질문은 새엄마가 미인이냐는 것이었다. 이번에는 그 말에 농담기가 섞여 있다는 걸 알아챌 만큼은 정신이 들었기에 윤재는 그렇다고 대꾸하며 어색하게 웃었다. 새엄마는 친엄마보다는 객관적으로 보아 미인이었다. 아빠와

선을 본 후 얼마 지나지 않아 살림을 합친 경우로, 아빠한테 살가운 사람이었다. 누구나의 인생에 저마다 복이 하나씩은 있다는 걸 그런대로 긍정할 수 있게 돼 다행스럽다고 생각했다.

윤재는 줄곧 대전에서 십대를 보냈다. '지나간 것은 지나간 대로 그런 의미가 있죠'라는 가요 후렴구에 심취한 아빠를 뒀다. 그녀는 지나간 것은 지나간 대로 어떤 의미가 있는지 없는지를 나중에 곱씹지 않도록 올해 크리스마스를 되도록 잘 보내고 싶었다. 실수라도 저질러 나중에 그 회상 전체를 물리치려는 것처럼 도리질치게 되면 어떡하나 근심스러웠다. 하지만 이 만남에 스스로 계획할 수 있는 일이 거의 없다는 사실 앞에서 낙담했고, 그래서 고민하던 밤의 한순간 실제보다 아주 작은 사람이 됐다. 스무살의 극장 매표원. 그외에는 자신을 문정에게 무어라고 소개할 수 있을지 감감했다.

윤재는 문정과 통화를 한 그 주에 바로 극장 운영자에게 양해를 구해 23일부터 5일간의 휴가를 얻어놓았다. 약속일인 크리스마스 이브를 전후해 며칠간은 조용히 혼자 보내고 싶다는 생각에서였다. 운영자는 난감하다면서도 윤재에게 굳이 사정을 따져묻지는 않았다. 연중무휴에 현금 거래를 원칙으로 하는 이 단관 극장에서 윤재는 성실하고 꼼꼼한 직원이었다.

극장은 200석 규모의 상영관과 라운지로 구성된 공간으로 번화가에서 살짝 비켜나 있는 4층짜리 건물의 2층에 자리 잡고 있었다. 오래된 건물이라 사람들이 상영관까지 오르는 방법은 계단을 이용

하는 것뿐이었고, 극장의 간판은 1층에 자리한 제화점 간판보다 작고 단순했다. 안으로 들어서면 외관과는 달리 깔끔하고 아늑한 분위기의 라운지에 아기자기한 테이블과 소품들이 배치돼 있는 게 한눈에 들어왔고, 각종 영화 포스터와 리플릿을 전시하고 있는 공간도 따로 마련돼 있어 관객들에게 의외의 발견을 했다는 기분을 안겨주는 곳이었다. 이곳에서는 흥행성 위주가 아닌 나름의 기준들로 상영작들을 안배했다. 우연히, 순전한 호기심 때문에 들렀던 사람들이더라도 언젠가는 빗길이나 눈길을 뚫고 열혈 관객이 되어 다시 찾아오거나, 새 프로그램을 알리는 극장의 메일링 서비스를 기다리는 회원이 될 수 있었다.

윤재는 과거와 현재가 공존하는 듯한 이 작은 세계의 한귀퉁이에서 지난 9개월간 아무런 미래도 그리지 않으며 보냈다. 집에서 나와 방을 얻어 시작한 새 생활이 그럭저럭 나쁘지 않아 한동안 다른 시름 없이, 단순한 습관을 이어붙인 나날을 살고 싶었다. 그럼에도 한해가 저물어갈 때면 누구라도 그러하듯이 이달은 그녀에게도 다가올 날에 대한 질문처럼 남았다. 22일 마지막 상영작의 마지막 관객을 상영관 안으로 들여보내며, 그녀는 극장에 불이 난다면 어떻게 될까를 상상했다. 계단을 타고 올라오는 시뻘건 불길을 바라보며 눈을 동그랗게 뜨고 서 있는 자신의 모습이 떠올랐다. 극단적인 상상은 항상 제 몫이 아니라고 생각했기에, 그녀는 다른 사람의 옷, 다른 사람의 기분을 입고 서 있는 것 같았다. 그 다른 사람은 엄마였다가, 문정이었다가, 약물중독으로 죽은 미국의 여가수가 됐다. 상영관에서는 그 여가수에 대한 다큐멘터리를 상영 중이었다. 그녀는 상영관 안으로 조용히 발을 들여놓고 한동안 벽면에 기대서서 살아 있을 적에 젊고 생기 있던 그 가수의 말하는 모습, 노래하는 모습을 지켜보다가 도로 밖으로 나왔다.

"지금 입장 안되나요?"

뒤늦게 도착한 남녀 커플이 난감해하는 표정으로 윤재에게 다가왔다. 평소라면 그녀는 친절한 목소리와 미안한 듯한 웃음을 지어냈을 것이었다. 하지만 지금은 익숙한 동작과 표정을 상상의 불길이 모두 앗아간 듯했다. 그녀는 건조한 목소리로 대답했다.

"안돼요."

그리고 그들을 스치듯 지나쳐 제자리로 돌아와 다음날 서울행에 챙겨갈 소지품들 목록을 적어내리면서, 남녀 커플이 라운지를 서성이도록 한동안 그냥 두었다.

*

윤재는 약속일에 하루 앞선 23일 오후 세시경 대전역에서 서울행 기차에 올랐다. 하루 여유 있게 도착해서 한숨 돌리는 게 아무래도 마음 편할 듯했기 때문이다. 그녀는 간밤에 떠올린 아이디어들이 너무나 완벽하고 아름답다는 확신에 차서 활력이 솟았다. 모든 게 흐트러짐 없이 진행되었고, 앞으로도 그러리라는 예감이 들었다. 아침 일찍 그녀는 은행에 들러 현금을 넉넉히 뽑아 지갑에 채워넣었고, 지금은 운 좋게 옆자리를 비워둔 채로 서울행 기차의 순방향, 창가 좌석에 앉아 조카들에게 줄 선물을 그러안고서 음미하듯 바라보고 있었다.

그녀는 쌍둥이의 선물로 장난감 기차와 털목도리를 골랐다. 기차를 타는 일과 목을 따뜻하게 하는 일을 동시에 떠올리는 건 다정한 연상 같아 제 선택에 스스로 흡족했다. 다섯살 남자 조카들의 이름은 동준과 경준이었다. 쌍둥이의 모습은 문정이 휴대폰으로 찍어 보낸 한장의 사진으로밖에는 접해본 적이 없었다. 그마저도 갓난애일 때의 모습인데다 사진 속에서 두 아이는 모두 눈을 감은 채였다. 이제 다섯살이면 한창 말썽을 부리며 짓궂은 장난을 칠 것이다. 윤재는 자기에게 그 무렵의 기억이 있는지 떠올려보았다. 화단에 핀 꽃을 호기심에 따 먹었다가 토한 일이 눈앞에 그려졌다. 희미한 기억이었지만, 그때 입속을 살피고 물을 떠다준 사람이 문정이었던 것 같았다. 문정은 화가 나 있었고, 그 화난 표정 뒤로 해가 눈부셨다. 어린 자신의 표정은 떠올릴 수 없었지만, 아마도 무안해서 눈물이 고인 눈을 하고 웃었으리라 짐작됐다. 손등으로 입을 닦았을 때 붉은 꽃물이 묻어났던 장면이 선명해졌고, 손등의 그 붉은 얼룩에서 다른 장면들이 딸려왔다. 엄마가 많이 아팠을 때 병상에서 무릎을 꿇고 두 손을 모아 기도하던 자매의 모습이 떠올랐다. 엄마를 낫게 해주신다면,이라고 시작되던 그 기도에 걸었던 맹세들은 엉뚱하리만큼 비장했다. 제가 벙어리가 되어 들판을 헤매고 다녀도 좋아요. 윤재는 그렇게 중얼거렸고, 문정은 그 말을 받아

뭐라고 더 제 말을 보탠 뒤에 '지옥불에서 구하옵소서'라고 기도를 맺었다. 엄마는 회복된 뒤 말수가 줄었고 종종 딴생각에 빠져 가스레인지나 다리미의 전원을 켜둔 걸 잊거나 별것 아닌 일에 신경을 곤두세우며 화를 냈다. 윤재는 엄마의 눈치를 살피며 그 옆을 졸졸 쫓아다녔다. 문정은 밤마다 몰래 집 밖으로 빠져나가 남자를 만났다. 자매는 점점 멀어져갔고, 집 안은 늘 한바탕 회오리가 휩쓸고 간 것처럼 어수선하게 어질러져 있었다.

"아아."

윤재는 지난 시절로부터 고개를 들어 차창 밖으로 무심코 시선을 주었다가 깜짝 놀란 듯 짐을 챙겨들었다. 그녀는 통로 쪽으로 빠져나와 섰다.

윤재는 인터넷으로 미리 예약해둔 서울역 근처의 게스트하우스에 짐을 풀었다. 그리고 바로 밖으로 나와 상가들을 돌아다니며 겨울 스웨터와 양말, 코트를 샀다. 까페에 앉아 샌드위치로 끼니를 해결하고 있을 때 아빠에게 전화가 왔다. 밤에 집에 들렀다 가라는 것이었다. 할 말이 있다면서. 전화기 저편에서 새엄마가 소리쳤다.

"여보, 어서 와 이것 좀!"

아마 높거나 깊은 어딘가에 손을 뻗어 무언가를 끄집어내달라는 듯했다.

"정말이지 시간이 안돼요."

윤재는 그렇게 말하고 먼저 전화를 끊었다. 아빠는 항상 마지막 인사를 너무 길게 했다. 그녀는 단호한 표정을 지으며 일어섰다. 쇼윈도에 비친 자기 모습이 낯설어 발걸음을 잠시 멈춰 섰다. 헤어스타일을 바꾼다면 더 좋을 것이란 생각이 들었다. 그녀는 그대로 눈을 들어 미용실 간판을 찾았다. 그리고 비닐 쇼핑백을 양손에 그러쥐고서 밖으로 나와 횡단보도 앞에 섰다. 바람이 불어와 머리칼이 헝클어지며 시야를 자꾸 가렸지만 짐 때문에 손을 쓸 수가 없었다. 그녀는 신호가 바뀌자마자 맞은편 미용실을 향해 나아갔다. 어느 상점에서인가 캐럴이 흘러나왔다. 코끝과 손가락이 모두 얼어붙는 듯했다. 노래와 찬바람이 볼과 귓가에서 뒤엉켰다. 미용실 출입구 가까이 다가서자 마침 쇼윈도를 통해 미용실 안에 있던 한 여자가 밖으로 나설 채비를 하는 것이 보였다. 그녀는 그 사람이 나올 때까지 기다렸다가 문이 열린 틈을 타 재빠르게 한 발을 안쪽으로 밀어넣었다. 미용사가 그 모양을 보고는 다가와 문을 활짝 열어주며 물었다.

"여기 처음이세요?"

윤재는 안으로 들어서며 대답했다.

"네."

미용사는 윤재의 외투와 짐을 받아 개인 물품 보관함에 집어넣고는 다시 물었다.

"어떻게 하고 싶으세요?"

"다르게요."

"스타일을 완전히 바꾸시게요?"

"……"

"전체적으로 웨이브를 넣으면 좋을 거 같네요. 조금만 기다리세요."

미용사는 윤재를 소파로 안내하고는 과월호 잡지를 안겨주었다. 윤재는 여성잡지에 얼굴을 묻고 페이지를 뒤적이다 '당신은 어떤 유형?'이라는 심리테스트를 골똘히 들여다보기 시작했다. 예, 아니오, 예, 예, 예. 그녀는 각 문항을 읽고 선택한 답에 딸린 화살표를 따라 다음 문항이 들어 있는 사각형 속으로 시선을 미끄러뜨렸다. 화살표는 아래로, 아래로 이어지다가 페이지의 바닥에 닿았고, 마지막 화살표는 엉뚱한 결과와 맞물려 있었다. 그녀는 믿을 수 없다고 생각했다.

'단순하고 악의가 없는 당신의 태도는 주위 사람들을 즐겁게 하며, 특유의 천진함 때문에 간혹 세상 물정을 모른다는 오해를 사기도 하지만……'

윤재는 자리에서 일어서서 미용사를 따라 세면대가 있는 공간으로 들어갔다. 그리고 머리를 뒤로 젖히며 생각했다. 정식으로 전문가의 테스트를 받는다면 다른 결과가 나왔을 것이라고. 굳이 유형을 나누는 게 필요하다면 자기는 아마도 '늙은 보안관 유형' 같은 게 어울릴지 모른다고.

'단순하고 악의가 없는 보안관은 없어. 별의별 꼴을 다 보고 사는 게 늙은 보안관일 거야.'

미용사는 윤재의 머리칼에 거품을 내고, 더운물과 찬물로 번갈아 헹군 뒤 젖은 머리칼을 타월로 감쌌다. 윤재는 전신거울 앞에 놓인 새빨간 의자 쪽으로 안내되었다. 그리고 거기 가만히 앉은 채로 자기 자신의 방관자가 됐다. 거울 속의 여자애는 앳된 얼굴에서 약간 피곤하고 나른해 보이는 여인의 모습으로 변해갔다.

*

"안녕하세요?"

윤재가 인사를 건네자, 왼쪽 팔에 깁스를 한 키 크고 마른 여자가 아파트 현관문을 반쯤 열고 서서 윤재를 내려다보았다. 문정의 시누이인 듯했다. 여자가 흐뭇한 미소를 띠며 물었다.

"찾아오느라 고생 많았죠?"

"아뇨, 택시를 탔어요."

"어서 들어와요."

여자는 안쪽으로 두어걸음 물러나며 윤재에게 자리를 내주었다.

"언니는 어디 있나요?"

"케이크랑 건전지를 사러 갔어요. 뭐 사러 나갈 때마다 애들 데리고 나가서 한바퀴 돌고 와요. 동네도 익힐 겸."

"네."

"마중을 못 나갔네요."

"제가 필요 없다고 한걸요."

윤재는 사방을 빠르게 둘러보고는 자리에 앉았다.

"대장부라고, 언니가 그렇게 말했는데. 그래서 막연히 키가 크신 분일 거라고 생각했어요. 맞네요."

"우리 쪽은 다 커요. 친척들은 모두 서울에 살아요. 우린 여기로 온 지 3주 됐어요."

"네."

윤재는 거실 한쪽에 절반쯤 만들다 만 크리스마스트리가 있는 것을 쳐다봤다. 플라스틱으로 만들어진 크리스마스트리 위에는 희고 반짝이는 가짜 눈이 뿌려져 있었다. 뚜껑이 열린 쿠키상자와 산타클로스의 빨간 모자, 장난감 공룡과 기차가 바닥에 놓여 있었다. 기차는 윤재가 사온 것보다는 작은 사이즈였다.

"우리가 이전보다 상황이 괜찮아요. 문정이가 동생도 이 근처로 와서 가까이 지내면 좋겠다고 그러던데요."

윤재는 자기 무릎께로 시선을 떨어뜨렸다. 아이 둘과 문정, 문정의 남편과 시누이가 지내는 공간은 예전에 가족이 같이 모여 살던 집과 그리 차이가 없어 보였지만 그보다 더 아담했고, 서먹하게 따뜻했다. 여자가 말했다.

"많이 아팠어요."

"아! 팔은 어쩌다 그러신 거예요?"

"아니, 나 말고 문정이요."

처음 마주하는 사람에게서 자연스럽게 흘러나오는 그 멀어진 이름은 마음을 놓이게도, 초조하게도 했다.

"그런 말 없었는데."

"한참 전 일이에요."

"네, 몰랐어요."

"아프면 아프다고 내색을 해야 하는데, 그걸 엄살처럼 생각해서 쓰러질 때까지 참다 병을 더 키웠어요."

윤재는 자주 드러누워 앓는 소리를 했던 엄마, 엄마가 누워 있던 병상과 병원 냄새, 눈물 어린 기도가 얼룩진 자리들을 떠올렸다. 발밑과 자기를 둘러싼 공기가 축축해지는 것처럼 느껴졌다. 무언가를 좋아해서, 또는 무언가를 싫어해서 나아간 곳이 새 지표가 된 듯했다. 지난 슬픔이 차가운 망또처럼 그녀 어깨를 감싸고 내려앉았다. 그녀는 쇼핑백을 만지작거리다가 그 안으로 손을 넣어 작은 복주머니를 끄집어냈다.

"제가 만들었어요. 보세요. 선물이에요."

윤재는 복주머니 안에서 팔찌를 꺼냈다. 푸르고 흰 구슬들을 꿰어 만든 거였는데, 여자에게 어울릴 것 같지 않아 망설이면서도 깁스를 한 여자 대신 여자의 오른팔에 끼워주었다.

"어이구야, 잘 만들었네요!"

여자가 웃었다. 여자는 자기 남동생, 그러니까 문정의 남편이 최근에 회계사무실에 취직했다고 했다. 규모는 크지 않지만 앞으로 자격증을 몇개 따면 괜찮은 데로 옮길 수 있으리라고. 그리고 문정은 아이들이 좀더 크면 다시 공부를 할 수도 있을 것이라고 했다. 이 모든 일은 자기의 지원이 있어서 가능할 것이고, 다들 아직 젊으니까 못할 게 없다고도.

"네."

윤재는 뒤쪽에서 사람들의 기척을 느꼈지만 돌아보지 않았다. 아이들이 투덕거리는 소리와 그걸 말리는 문정의 목소리가 들렸다. 처음 듣는 미성의 성인 남자 목소리는 아마도 문정의 남편인 듯했다.

"어머, 윤재야!"

문정이 소리쳤다. 윤재는 홀린 사람처럼 맹한 얼굴로 스르륵 바닥에 목도리를 떨어뜨리며 일어섰다. 얼결에 그녀는 문정을 껴안았다.

"몰라보겠다, 정말."

문정이 미소를 머금고, 그러나 눈으로는 놀라운 무언가를 탐색하듯 윤재의 모습을 훑으며 말했다. 문정의 얼굴에는 붉은 기운이 돌았다. 윤재는 자기 손을 맞잡은 문정의 손이 원래 이랬던가 싶게 두툼하게 느껴졌다. 쌍둥이들이 윤재에게 다가와 질문을 퍼부었다. 누구예요? 왜 왔어요? 언제 가요? 이건 뭐예요? 누나, 누나, 누나. 아이들은 이모라는 호칭 대신 윤재를 누나라고 불러댔다. 아무도 그걸 정정해주려 하지 않았다. 묘하게도 그게 윤재의 숨통을 틔워주었다. 짓궂은 남자아이들의 눈에 예쁘장하고 새로운 누나, 그건 그녀에게 어려운 역할이 아니었다.

"이리들 와봐."

윤재는 쇼핑백에서 준비해온 선물들을 꺼냈다. 쌍둥이들이 윤재의 목을 끌어안고 괴성을 지르며 좋아했다. 윤재는 아이들의 목에

목도리를 하나씩 둘러주고 장난감 기차를 내주었다. 아이들은 리모컨으로 기차를 작동시키는 법을 익히느라 온통 정신을 쏟았다. 윤재는 그제야 문정의 남편을 돌아보며 미소 지었다.

"안녕하세요, 형부?"

윤재가 기억하기로 아마도 문정의 남편은 지금 삼십대 초반일 것이었다. 그만한 나이의 남자가 친숙하게 느껴졌던 적은 윤재에게 없었다. 밥을 한번 사겠다고, 커피를 마시자고, 드라이브를 함께 하면 좋겠다고 함부로 팔을 잡아끌던 남자들에 관한 인상밖에는 남아 있지 않았다. 윤재는 자기에게 집적거리던 그 삼십대 남자들 모두의 친구가 이 눈앞의 사람, 형부인 듯했다. 하지만 그런 부정적인 생각은 종종 너무나 금세 얼굴에 드러나기 마련이라는 걸 상기하고는 목소리 톤을 높였다.

"인상이 좋으시네요."

사실 그가 동그스름한 얼굴형에 귀염성 있는 오목조목한 이목구비를 지니고 있긴 했다. 문정이 쾌활하게 덧붙였다.

"그걸로 반은 먹고 들어가는걸. 어디서나 그걸로 반 이상은 해."

문정은 명랑하게 웃었다. 윤재는 그 웃음소리가 왠지 감당하지 못할 만큼 커다랗게 느껴져서 이리저리로 시선을 돌려 아까 이미 훑어보았던 집 안의 물건들을 새롭게 다시 보는 시늉을 했다.

"음식솜씨를 좀 보여줘야지."

문정의 시누이가 문정을 채근하듯이 주방 쪽으로 몰고 갔다. 문정의 남편도 일어나 주방으로 갔다. 거실에서는 쌍둥이들이 목도리를 풀어헤쳐 바닥에 던져놓고는 기차를 이리저리로 몰아갔다. 칙칙폭폭, 칙칙폭폭……

문정이 미리 준비해놓은 요리들을 식탁 위로 날라 늘어놓았다. 모두 제 앞의 의자를 끌어내 식탁에 둘러앉았다. 윤재는 음식들의 맛을 구분하기 어려웠다. 어떤 음식은 무르고, 또다른 음식은 사각사각 씹히고, 전체적으로 색깔이 알록달록한 밥상이었다. 무엇이 무엇인지 구분되지 않는 상태로 이것저것 젓가락질해서 입속에 넣었다. 쌍둥이들이 장난감 기차를 가지고 거실 바닥을 뒹굴다가 가끔씩 식탁으로 와 밥을 한술씩 뜨고 또 거실로 달려갔다.

"둘이서 웃을 때 눈이 좀 닮은 거 같은데?"

문정의 남편이 윤재와 문정이 어디가 닮고 또 어디는 전혀 닮지 않았는지, 문정이 얼마나 고집이 센지, 쌍둥이를 낳을 때 예정일보다 늦어져서 얼마나 고생을 했는지를 늘어놓더니 쌍둥이들이 갑자기 한밤에 열이 나서 자기가 문이 열린 약국을 찾아 캄캄한 밤길을 뛰어다니다 오토바이에 치였던 일을 생생히 묘사했다. 윤재와 문정은 그의 말 사이에서 두번쯤 서로 눈을 마주쳤다. 문정의 시누이가 말을 이어받았다.

"낼 한번 봐봐요. 애들은 하루가 다르다니까. 한밤 자고 나면 다른 얼굴이 돼 있어. 어제는 아빠 얼굴이었다가, 오늘은 엄마 얼굴이었다가 하거든요. 내일은 또 모르지. 금세 내 허리까지 자랄걸. 아이쿠, 재 넘어졌네. 경준아, 이리로 와."

"팔은 어쩌다 다치셨어요?"

윤재는 아까 듣지 못한 대답을 상기하고는 마침내 할 만한 질문을 찾아낸 듯해 입을 뗐으나, 대답이 정말로 궁금하지는 않았다.

"싸움이 좀 났거든요."

"누난 성질을 좀 죽여야 돼."

윤재를 빼고 모두가 왁자하게 웃었다. 쌍둥이마저 키득대며 웃었다. 윤재는 미간을 약간 찡그린 채로 입을 벌려 웃는 소리를 냈다. 집중할 수 없는 영화를 보면서 딱딱한 의자에 앉아 있을 때, 오줌이 마려운 걸 참으면서 마지막 수업을 듣던 교실에서의 한때, 수영장에서 처음으로 제 키를 넘는 물속에 몸을 담그고 허우적거렸을 때 이런 멍멍한 상태를 경험했던 것 같았다. 발이 바닥에 닿지 않는 걸 막 깨달은 물속의 아이처럼 윤재는 순간 아득한 공포감이 밀려와 몸을 떨었지만 곧 허공에서 뭔가를 잡아챈 느낌이었다. 그녀는 말했다.

"모든 게 좋아요, 너무나."

그 말을 듣고는 문정이 잠깐 멈칫거렸다. 윤재는 휴대폰을 꺼내러 거실로 가서 가방을 뒤적였다. 문정이 소리쳤다.

"뭐 하니?"

"크리스마스 분위기 내려면 음악이 있어야 할 거 같아서."

"우리 오디오는 낡고 짐만 돼서 버렸어. 새로 사야 돼."

"알았어. 잠깐, 잠깐만."

윤재는 휴대폰으로 캐럴을 검색하고는 볼륨을 키웠다. 「고요한 밤 거룩한 밤」이 흘러나오기 시작했다. 아이들과 어른들이 한데 부르는 그 밤, 어둠에 묻힌 밤에 관한 노래. 윤재는 크리스마스 밤의 문이 조심스럽게 열리며 성스러운 것과 세속적인 것이 뒤엉키는 걸 느꼈다. 마치 무대 위의 비로드 커튼이 막 걷힌 것처럼, 그녀는 단상에 올라 자기 최대치를 뽑아내야만 하는 어느 쇼의 사회자처럼 가슴이 두근거리는 걸 느꼈다. 흥분감에 얼굴이 약간 상기됐다.

"영화관 매표소에서 일하는 중이에요. 전에는 레스토랑에서 서빙을 했는데, 그거 빼곤 제일 오래 해본 일이에요. 9개월 됐어요. 아직 일이 지루하진 않아요. 극장에서 티켓을 자체 제작하거든요. 그거 모으는 사람들이 있어요. 저도 모아요. 가져왔어요. 왜냐면……"

윤재는 자기가 문정이 없던 자리에서 잠들어 있다가 깨어나 소용돌이치는 순간들의 합이라고, 그로써 여기 초대되었다고 여겼으며, 그 생각을 믿었다. 아무런 신앙이 없는 채로. 자신이 이 집과 이 시간에 찾아든 의외의 축복이고 선물이라고. 그러니 모든 게 가능하다고.

*

"이건 옛날에 사랑했던 여자가 남자 주인공의 옆집으로 이사 오는 얘기예요. 둘이 창밖을 내다보며 각기 자기 남편과 부인 몰래 전화 다이얼을 돌려요. 옛날 영화니까 손가락으로 다이얼을 돌리는 거죠. 이렇게, 이렇게요."

윤재가 책갈피 모양의 티켓을 꺼내 줄거리를 얘기하고 나면 그걸 건네받은 사람이 거기 구멍을 뚫어 크리스마스트리에 리본으로 묶어 매달았다. 영화 스틸들이 인쇄돼 있는 티켓들은 각각 다 색깔이 달랐다. 분홍색, 금색 반짝이, 코발트색과 하늘색, 회색과 자주색.

"이건 정육점 하는 중년 남자가 작은 새를 한마리 키우면서 벌어지는 일이에요. 새가 병이 들어서 동물병원에 갔다가 멋진 노신사를 만나거든요. 두 사람이 오래 대화하다보니 공통점이 많은 거예요. 그래서 친구가 돼요. 기차여행을 약속하는데, 마지막은 바다에서 끝나요."

티켓 일곱장을 크리스마스트리에 매달고 나자 문정의 남편이 장식용 꼬마전구들을 가져와 크리스마스트리 위에 조심스레 얹고 집 안의 불을 껐다. 전구를 밝히는 스위치를 누르는 건 쌍둥이 몫이었다.

"와아!"

쌍둥이들이 손뼉을 치며 깔깔거렸다. 문정이 케이크에 초를 꽂아 불을 붙였고, 모두들 각자 소원을 빌었다.

"뭐 빌었어? 소원 뭐예요?"

윤재가 손을 동그랗게 말아 무형의 마이크를 만들어 건네는 시늉을 하면서 쌍둥이에게 묻자 쌍둥이들이 우물쭈물 우왕좌왕했다. 그러다 그중에 좀더 키가 큰 아이가 소리쳤다.

"트랜스 붐붐!"

두 아이 모두가 제자리에서 양팔을 벌리고 바람을 일으키며 돌고 돌다가 한 아이가 중심을 잃고 휘청하며 다른 아이 발을 밟는 바람에 둘 다 바닥으로 쿵 소리를 내며 넘어졌다. 발을 밟히고 넘어졌던 아이가 놀라고 아팠는지 신경질을 부리며 울음을 터뜨렸다. 문정의 시누이가 둘을 떼어놓고서 우는 아이를 달랬고, 문정이 거실의 불을 켜고 바닥에 늘어놓여 있던 장난감들을 정리했다.

"이렇다니까. 애들은 하루가 다른 게 아니라 이렇게 시시때때 달라요. 알죠, 둘이도? 둘은 터울이 져서 투덕거릴 일이 없었겠다, 참."

울던 아이가 제풀에 지쳐 눈물바람을 멈추고는 바닥에 드러누웠다. 다른 아이가 소파에 올라 팔짝팔짝 뛰면서 괜히 기합 소리를 지르다가는 돌연 시무룩해져서 바닥으로 내려와 저도 누웠다. 문정의 남편이 담요를 가져와 두 아이에게 덮어주자 아이들이 잠들도록 문정이 거실의 불을 도로 껐다. 크리스마스트리가 반짝거리면서 아이들 얼굴에도 작은 빛들이 옮겨다녔다.

문정의 시누이가 자기와 남동생은 네살 터울이라면서, 자랄 때 자기는 남자처럼 하고 다녀서 남들이 남매가 아니라 형제로 봤다는 얘기를 윤재에게 들려줬다.

"내 동생이 문정이하고 결혼을 하겠다고 했을 때 아버지 설득한 사람이 나였잖아. 울 아버지는 혼자 살다 작년에 돌아가셨는데, 문정이하고 내 동생하고 결혼하기에 이른 나이인 걸 걱정했지, 다른 건 눈감고 그냥 넘어간 분이야. 문정이 집안 사정 모르는 체하고 입을 싹 닫으셨어. 아버지한테 물려받은 재산으로 서울에서 새 출발할 수 있었으니 마지막까지 복 주고 가신 거지 뭐야. 참, 사진 있는데 보여줄까?"

윤재는 그 말들을 흘려들으며 고개만 끄덕끄덕하고 앉아 있었다. 문정의 시누이는 손으로 케이크를 집어 먹으며 말하느라 성한 손가락과 입가에 생크림이 묻은 채였다. 윤재는 왜 그녀가 아직 친근해지지도 않았는데 반말을 시작한 것인지와, 또 왜 동생 내외에게 자기가 절대적으로 필요한 사람인 것처럼 강조하고 있는지를 알 수 없었고 그걸 신경 쓰느라 두통이 일었다. 문정이 윤재의 손을 잡아 이끌었다.

"피곤하지? 씻고 옷 갈아입어."

윤재는 자리에서 일어나 잠옷을 챙겨들고 화장실로 갔다. 다 씻고 나왔을 때 거실에 모여 있는 사람은 없었다. 크리스마스트리 홀로 빛났다. 문정이 맞은편 방문을 열고 고개를 빼꼼 내밀고는 윤재에게 손짓을 했다. 윤재는 그 방으로 들어갔다.

"애들은?"

윤재가 묻자 문정이 대답했다.

"시누이가 데리고 잘 거야."

"좋은 분인 거 같은데, 편하지는 않더라."

"그냥 편하기만 한 사람이 어디 있니. 다 맞춰가는 거지."

"그렇게 말하니까 언니는 편한 사람 같다."

"좋아, 지금이."

"나도…… 작년에 아빠 수술했었어. 심장이 안 좋아서."

윤재는 꺼내지 못할 것 같았던 말을 제일 먼저 꺼내놓았다. 그러고는 왜일까, 자신에 대해서 생각했다. 문정이 잠깐 눈을 감고서 한숨을 옅게 내쉬고는 다시 눈을 떴다.

“엄마는 가끔 봐. 엄만 요새 되게 건강해. 댄스를 배우고 있대. 사람들이랑 떼로 줄 맞춰 추는 춤이래. 주에 두번. 옛날에 했던 안경사 일 다시 알아보고 있다고 했어. 지금은 마트에서 일하고.”

“그러니?”

“응.”

“예전으로 돌아갈 순 없을 거야.”

“알아. 그래도 좋아. 좋지 않아?”

윤재는 그렇게 물어놓고 스스로가 동생이 아니라 언니인 것처럼 느껴져 웃음을 흘렸다.

“왜 웃니?”

“나 자취하는데, 언니 놀러 와도 재워줄 수가 없어. 둘이 누우면 좁아서 숨 막힐 거다.”

윤재와 문정은 킥킥 웃다가 눈이 마주치자 동시에 무언가 같은 것을 떠올린 듯 입을 틀어막고 컥컥 웃어대기 시작했다.

“언니 주려고 팔찌를 만들어왔는데, 언니 시누이한테 줘버렸어. 언니 건 나중에 만들어 보내줄게.”

“안 그래도 돼.”

“그 말 너무 서운하다.”

“오, 미안. 그래, 알았어. 기다릴게, 보내줘.”

윤재와 문정은 못 보고 지낸 동안 가장 힘들었던 순간에 대해 얘기하면서 가장 씩씩한 표정을 서로에게 보여주었다. 윤재에게 있어 그날은 비가 퍼붓는 어느 오후였다. 특별한 이유는 없었다. 교복을 입은 채로 수업 중에 그대로 교정 밖으로 나가 버스 정류장에서 시간을 보냈다. 버스 한대가 오면 그다음 버스를 기다리는 사람처럼, 그다음 버스가 오면 또 그다음 버스를 기다리는 사람처럼. 그리고 해가 저물 때 콜록거리며 집으로 들어갔고, 그 밤 내내 뒤척이며 울다가 간신히 잠이 들었다. 그리고 문정을 만나 함께 조그마해져서 초등학교 교실로 들어가는 꿈을 꾸고는 깨어났다.

문정은 한달 동안 실어 상태로 보냈던 여름 얘기를 했다. 세상이 물에 잠긴 것처럼 고요하게 느껴졌고, 자주 어지러웠고, 마음이 불에 덴 것처럼 아팠다가 어느 아침 씻은 듯 괜찮아졌다. 문정은 그 말끝에 퀴즈를 내듯 덧붙였다.

"나, 집 나올 때 가지고 나온 게 하나 있어. 뭔지 맞혀봐."

"몰라."

윤재가 고개를 가로저었다.

"리코더."

"뭐라고?"

"리코더."

"왜?"

"몰라."

자매는 이번에는 눈물을 흘리며 웃었다. 문정은 웃음 끝에 말했다. 혼자서 이불을 덮어쓰고 리코더를 불었던 밤이 있노라고. 그리고 이렇게 덧붙였다.

"그만큼 내 거인 게 없더라고. 거의 아무것도 없었던 거지. 없는 채로 여기까지 왔어."

밤이 깊어갈 무렵 윤재는 선잠이 들었다가 눈을 떴다. 문정이 창가에 서 있는 걸 어렴풋이 알아보았고, 그 모양을 바라보다 다시 잠이 들었다.

새벽녘 윤재가 자리에서 일어났을 때, 사방은 고요했다. 문정은 윤재 옆자리에 모로 누워 깊이 잠들어 있었다. 윤재는 간밤에 문정이 서 있던 창가로 가 섰다. 어느새 눈이 내렸는지 창밖 풍경이 온통 새하얬다. 윤재는 잠옷 위에 문정의 외투를 걸쳐 입고 발소리를 죽여 조심조심 거실로 나섰다. 크리스마스트리에는 불이 나가 있었다. 누군가 어느 사이에 전원을 꺼둔 모양이었다. 윤재는 미명 속에 홀로 서 있는 그 크리스마스트리를 바라보면서 마치 이 순간을 호명하는 제 목소리를 시험해보려는 사람처럼 '불 꺼진 크리스마스트리'라고 발음해보았다. 그러고는 신발을 신고서 바깥으로 나왔다.

눈 쌓인 서울의 변두리 주택가 풍경은 특이할 것이 없었다. 그러나 윤재는 이 낯선 장소에서 아직 아무도 밟지 않은 새하얀 눈을 마주하고 있다는 데 감동을 느꼈다. 그녀는 그 풍경 앞에 잠시 우두커니 서서 '고맙다'고 읊조렸다. 고개를 들어 하늘을 한번 바라보고는 또 '고마워요'라고 인사했다. 순간 까마득히 잊고 있던 어린 날의 기억 하나가 떠올랐다. 깊은 겨울밤, 손님들이 북적이는 집에서 몰래 빠져나온 자매는 아무것도 살 것이 없으면서도 멀리 있는 상점까지 걸어가기로 했다. 눈이 내리는 밤이었다. 말없이 문정의 뒤를 따라 걷던 윤재가 갑자기 뛰기 시작했다. 그러자 문정이 따라 뛰었다. 둘은 눈을 맞으며 서로의 이름을 불렀고, 앞서거니 뒤서거니 밤길을 달려나갔다. 그러다 문정이 갑자기 엉뚱하게 소리쳤다.

"컷!"

자매는 마치 눈 내리는 밤을 배경으로 한 영화 속 주인공이라도 된 것처럼 그 외침과 동시에 우뚝 멈춰 섰다. 세상의 시간이 마법에라도 걸린 듯 일시에 정지한 것처럼 느껴졌다. 자매는 시선이 부딪치자 까르르 웃었다. 해묵은 그 겨울의 여운이 다시금 이어지고 있다는 기분이 들었다.

무언가 부서져버릴까봐 조마조마해하며 때로 어두운 낮과 환한 밤을 견뎌온 듯도 했는데, 어젯밤에는 비로소 무언가를 조용히 묻어버린 듯했다. 붙잡을 수 없는 것들은 마음에서도 떠나보낼 것이다. 뛰고, 멈추고, 울고, 웃다가, 만나질 때가 되면 다시 만날 것이다. 윤재는 옷 속으로 파고드는 한기를 두 팔을 벌려 기꺼이 받아들이며, 새벽의 눈길 위에 조용히 제 발자국을 남겨보았다. 내일은 전혀 다른 날이 될 것이란 예감이 들었다. 정답고도 차갑고, 냉엄하면서도 따스한 감각이었다.

네 맞은편 사람

고해

여행지의 숙소 근처에는 거위들이 산다. 아주 위풍당당한 거위들이다. 거위들의 서식처인 좌측 연못과 우측 연못 사이에는 찻길이 나 있고, 횡단보도가 하나 가로놓여 있다. 신호등은 없다. 거위들은 때로 이 횡단보도로 길을 건넌다. 만일을 대비해 차들은 항시 서행해야 한다. 이곳의 규칙이다.

또 이곳에는 깨끗한 까치들도 산다. 까치들은 아침 일찍 일어난다. 내가 인사를 건네자마자 푸드덕 날아가버리는 새침한 것들이다.

나는 숙소에서 나오면 걷기 좋은 길을 따라 30분 정도 걷는다. 분위기 좋은 까페들을 몇군데 알아놓았지만, 같은 곳에 네번 이상은 가지 않는다. 세차례 넘게 방문하면 알은체하며 말을 걸어오는 점원들을 만나게 되기 때문이다. 이곳의 정서이다.

"오늘은 늦으셨네요."

그러면 나는 미소를 짓는 한편, 내일은 차를 타고 더 멀리 나가 새로운 장소를 탐색해보겠다고 마음먹는다. 까치들이 나를 지켜보았다면 저보다 새침한 것이라고 생각했을 것이다.

그러거나 저러거나 속수무책이 되는 이런 목요일의 풍광도 있다.

저녁 무렵, 나는 극장으로 들어서서 내게 배정된 자리가 무대 바로 앞자리라는 것을 확인하고는 약간 당황한다. 배우들의 숨결을 느낄 수 있긴 하지만 연극이 썩 좋지 않다면 억지로 호응하는 표정을 지어주어야 한다는 부담감 때문에 괴로울 것 같다. 나는 뒤돌아서서 옮겨앉을 자리가 있는지 둘러본다. 여의치는 않을 것 같다. 오늘 공연에는 고등학생 단체 관람객들도 잔뜩 와 있다. 하는 수 없이 지정된 좌석에 앉는다. 마음씨 좋게 생긴 젊은 남자 선생이 무대로 나와 학생들에게 극장 매너를 지키자며 당부한다. 이 유명한 희곡이 비극으로 끝난다는 것을 나는 안다. 학생들 중에서도 몇몇은 이미 알고 있을 것이다. 교복을 입은 얼굴들이 해맑다. 심드렁한 이들도 있지만, 기대감으로 들뜬 얼굴도 보인다.

"어머, 이 친구들이 이런 극을 이해할까 모르겠네!"

내 오른편 자리로 나보다 열살 정도 어려 보이는 여자가 다가와 앉으며 말한다. 그녀는 내게 동조를 구한다.

"그렇지 않아요?"

"애들이 다 예뻐요."

나는 딴소리의 달인이다. 이번에는 내 좌측으로 다른 여자가 다가와 말을 건넨다.

"실례지만 저, 사진 한장 찍어주시겠어요?"

여자는 가방을 바닥에 내려놓고는 손에 들고 있던 휴대폰을 내게로 준다. 나보다 대여섯살 정도 많아 보인다. 가수 한영애를 닮은 것 같기도 하다. 나는 무대를 배경으로 사진을 찍는다. 여자가 나를 향해 방긋 웃어 보이자, 사진작가처럼 주문도 한다.

"이쪽으로요. 팔을 이렇게 해보세요. 아, 이쪽 얼굴이 더 좋은데요. 몸을 좀 트세요. 무대 저쪽 배경으로 서보실래요? 그쪽이 좀더 밝아서요. 네네, 그렇게 한번 더요."

나는 이런 내가 낯설다. 최선을 다해 더 낯설어진다.

공연이 시작되기까지 10분 남짓 남았다. 여자들은 이제 내 양옆에 앉는다.

"여기 자주 오세요?"

내게서 휴대폰을 돌려받으며, 여자가 묻는다.

"네번째예요."

나는 거짓말을 한다. 내게 셋 다음은 다시 하나다. 네번째 같은 것은 없다. 내 우측 자리의 여자가 말을 받는다.

"전 오늘 다른 일 때문에 왔거든요. 그런데 우연히도……"

나를 사이에 두고서, 두 여자가 달뜬 대화를 나누기 시작한다. 내 좌측의 여자는 내 우측의 여자를 바라보며 말을 하고 있으면서도 내 팔을 은근히 한번 잡았다 놓는다. 마치 그 느낌 그대로를 옆자리에도 전달해달라는 것처럼. 무슨 마술이 일어난 것인지 모르겠지만, 그들은 통성명도 하지 않고, 직업이나 나이를 미루어 짐작할 만한 형식적인 질문이나 그 비슷한 절차도 건너뛰고서, 자기들의 작은 기쁨과 욕망, 초라한 단점, 비틀리는 괴로움에 대해서 털어놓는다. 내게는 이 여자들이 벌거벗고 있는 것처럼 보인다. 마치 옷을 하나씩 벗어서 내 무릎 위로 던져놓는 것 같다. 오늘 이곳에는 관객이 나 혼자인 무대가 하나 더 있다. 10분은 짧고도 유구한 시간이다. 나는 내 양옆의 여자들이 공연 말미에 울 것이라는 사실을 알아차린다. 공연 시작을 알리는 벨이 울린다.

암전.

운명적인 순간들

L과 말다툼을 하고 얼마 지나지 않아, 나는 금세 그 사실을 잊어버리고 만다. 왜냐하면 우리가 들른 고속도로 휴게소에서 내가 손금을 읽는 기계를 발견했기 때문이다.

"L, 천원짜리 한장 있어?"

"왜?"

"나 손금 볼 거야."

L은 어이가 없다는 듯 콧방귀를 뀌더니 지갑에서 천원을 꺼내준

다. 그리고 화를 낸다.

“너는 왜 금세 이랬다 저랬다 하는 거야? 네가 지금 손금 보게 생겼어? 나하고 이야기하느니 돌멩이하고 말을 하겠다더니만, 그래, 이제 기계랑 삶을 논해라. 넌 정말 어떻게 된 애가……”

L은 떠들지만, 나는 잠자코 선 채다. 기계에 이미 천원을 지불했고, 손도 쫙 펴서 안으로 집어넣은 상태다. 움직이면 기계가 내 손을 제대로 읽을 수 없다.

“이런 거 다 무작위로 아무거나 나오는 거야. 기계가 손금 같은 거 읽어낼 리 없어. 그렇게 대단한 물건이라면 여기 이런 데 세워놓을 리 없어. 넌 내 기분 같은 거 아랑곳 않고 영판 다른 데서늘……”

한장짜리 손금 설명서가 나오기를 기다리는데, 생각보다 시간이 오래 걸린다. 아니면 내 운명에 뭔가 복잡한 마가 끼어서 기계가 읽어내지 못하고 헤매고 있거나.

“돈을 그냥 먹었나보네.”

L은 그렇게 말하고는 물을 사오겠다며 편의점으로 들어가버린다. 다행히도 기계에 손을 집어넣고 선 나를 구경하고 싶어하는 행인들은 없는 것 같다. 그냥 갈까?

그때 가죽점퍼를 입은 청년이 다가와 손바닥으로 기계의 옆구리를 팍팍 두번 친다. 나는 조금 놀랐지만 기계에서 프린트물이 나오는 것을 발견하고는 마치 물이 쏟아져나오는 수도꼭지에 손을 얌전히 갖다대듯이 양손으로 그것을 받는다. 내용을 읽어보니 내 성향과 맞는 것도, 다른 것도 있다. 가죽점퍼 청년과 내 운명이 섞인 것인가.

L이 생수 한병과 커피 한잔을 사서 내게로 온다.

“커피 마실 거지? 앗, 그거 나왔네. 넌 너무 네 멋대로라고 나왔을 거야. 이따 운전할 때 읽어줘봐.”

나는 커피를 받아들고 L과 차로 돌아가면서 L의 등이 넓다고 느낀다. 그 느낌이 따뜻해서 거짓말을 한다.

“네가 내 운명이래.”

“웃기지 좀 마.”

“웃기면 웃어. 난 유머가 많대.”

L이 웃는다. 유쾌하게 소리 내서 웃는다.

두시간 후 비가 쏟아지면서, 우리의 계획은 틀어진다. L의 어머니 집으로 가는 길에 L의 아버지 묘소에 먼저 들르려고 했는데, 그냥 곧장 L의 어머니 집으로 가기로 한 것이다. 그런데 L의 어머니 집에 도착하고 보니 그곳에는 L의 어머니 말고도 비슷한 연령대로 보이는 네명의 여자 손님들이 더 있다. 그들은 우리가 오기 전에 자리를 뜨려고 했으나, 그러지 못했다. 비가 잦아들기를 기다렸던 것이다. 또 L과 나는 동선을 변경한데다 길이 막힐까봐 서두르기도 했던 터라 약속 시각보다 훨씬 일찍 도착해버렸다.

나는 L의 어머니까지 모두 다섯명의 나이 지긋한 여인들에게 둘러싸인다. 그들은 오늘 오전 근방의 한 공방에 모여 진흙으로 머그컵을 하나씩 만들어 가졌다고 한다. 나는 L의 어머니의 지인들과 더불어 그들이 손수 주물러 만든 컵들까지 모두 소개받는다. 내게로 질문세례가 쏟아질 차례라는 것을 예감하자마자 엄청난 피로감이 몰려오지만, 밖에는 비가 오고 안에는 별다른 재미가 없으니까, 별수 없이 재미있는 사람이 되어야 한다. 나는 난처한 표정을 하고 있는 L을 외면하면서, 만인을 위한 운명자판기로 변신하기로 한다. 윷을 던지듯 내 운을 던져본다.

"제가 손금을 좀 볼 줄 알아요."

"어머나! 정말로?"

다행히도 두 사람이 관심을 보이며 손바닥을 내밀 준비를 한다. L의 어머니 표정이 순간 살짝 일그러진 듯도 하지만, 나 때문은 아닐 것이다. 나는 멋대로 그렇게 생각해본다. 최대한 유머러스한 현대인으로서 운명적인 기계 연기에 도전해본다.

 # 오렌지 모양의 회전문 안쪽

창문들이 모조리 꽁꽁 얼어붙어서 밖이 내다보이지 않는다. 천장에 매달린 확성기를 통해 끝없이 혹한에 대한 이야기가 흘러나오는 것으로 보아 지금 거리의 한파는 어마어마할 것이다. 체감온도가 모스끄바에서보다 낮다고, 수도관 동파에 대비해야 한다고, 기상 캐스터가 예보한다.

나는 텅 빈 사무공간에서 H와 마주 보고 서 있는 참이다. H는 내 오랜 친구인데 우리는 그동안 서로에게 너무 소원했다. 나는 우리가 예전에 즐겨 듣던 LP를 H에게 건네주고 싶어한다. 하지만 이 도시에서는 음악이 전부 금지되어 있어서, 나는 내 고전적인 취미조차 숨기지 않으면 안된다. 왼손에 들고 있는 하얀 비닐봉지 속에 무엇이 들어 있는지를 털어놓기 전에, 일단 감시카메라를 등지고 서서 주변을 살펴야 한다. 그래서 짐짓 길고양이들에 대해서 먼저 이야기를 꺼낸다. 밥을 챙겨준 사람에게 보은을 하려고 그 집 앞에 쥐를 물어다 놓곤 하는 길고양이도 있다면서.

"우리가 어렸을 적엔 그 길고양이처럼 다정했는데."

나는 H의 눈을 들여다보며 웃는다. H는 웃지 않는다.

H는 아이에 대해서 이야기한다. 얼마 전부터 이웃집 아이를 맡아 돌보는 중인데, 그 아이는 H가 주는 것들은 절대로 먹으려 들지 않는다고 한다. 보다 못한 H가 아이를 혼냈더니 아이는 이제는 시위라도 하는 것처럼 삼켰던 것을 죄다 토해놓고 있단다. 우리 사이에는 어쩔 수 없이 고양이가 물어다 놓은 쥐와 아이의 토사물이 쌓인다.

뒤쪽에서 누군가 우리의 어깨를 붙잡는다. 돌아보니 눈이 부리부리하고 하관이 발달한 남자다. 양손에는 가죽장갑을 끼고 있다. 장갑의 가죽이 팽팽하게 당겨져 있는 것으로 보아 손이 두껍고 큰 것 같다. 위압감을 느낀 나는 LP가 든 비닐봉지를 놓치고 만다. 그러자 봉지에서 뭔가 빠져나온다. 작은 금속성의 물질이 남자의 발끝에 부딪치고는 튕겨서 저만치로 날아가 톡 떨어진다. H와 남자는 건물이 곧 폭발할 것이라고 비명을 지르더니 허둥지둥 도망쳐 버린다. 나는 길을 잃는다. 가슴이 뛰고 공포감이 밀려든다.

정신을 차리고 눈을 떴을 때 나는 밖에 서 있다. H의 안부가 궁금하고, LP도 되찾아야 한다. 하지만 당장은 심호흡부터 하고 옷을 갈아입기로 한다. 누구에게나, 특히 나 자신에게 예를 갖추고 싶다. 나는 집으로 돌아가 깔끔한 정장을 챙겨 입고는 서둘러 밖으로 나온다. 추위 속을 뚫고 잰걸음으로 걸어가 아까 그 자리에 다다른다. 겉으로 보아 건물은 아직 멀쩡하다.

조심스레 출입구 쪽으로 다가간다. 예상과 달리 경비는 삼엄하지 않다. 게다가 내 앞에 놓인 문은 견고한 철문이 아니다. 고무로 만든 회전문이다. 껍질을 벗긴 커다란 오렌지 모양의 말랑말랑한 고무문이 내 앞에 가로놓여 있다. 귤 알맹이들 같은 문 틈새로 몸을 집어넣자, 문이 회전한다.

오렌지 모양의 고무문은 나를 안쪽에 토해놓는다. 나는 바닥으로 넘어진다. 실내에 희뿌연 안개가 차 있다. 신사복 차림의 세 남자가 검정색 중절모를 쓰고 각기 실내의 세 모서리 근방에서 고개를 숙이고 있는 것이 어렴풋이 보인다. 무언가를 찾는 것 같기도, 구두끈을 고쳐 묶을까 생각하는 것 같기도 하다. 잠시 몸을 숨기고 이들의 동태를 살펴야 할까?

그때 확성기에서 사이렌이 날카롭게 울려나온다. 세명의 신사가 일제히 내 쪽으로 고개를 돌리더니 스르륵 다가온다. 사이렌이 멈춘다.

"범인은 항상 범죄 현장에 다시 나타난다지, 어리석게도."

세명의 신사 중 하나가 내게 말을 건넨다. 그는 무표정하다.

"놀랄 건 없어. 우리도 비슷한 처지니까."

이번에는 다른 신사가 말한다. 나는 묻는다.

"H는 어디에 있죠?"

그러자 또다른 신사가 대답을 준다.

"H는 매수됐어. 우리가 목격자야. 넌 저쪽 모서리에 서 있도록 해. 네게 배후가 있다면 그자도 곧 여기 나타나겠지. 이 사건의 배후를 밝혀낼 때까지 우리는 이렇게 대기해야 해. 안은 갑갑하고 밖은 모스끄바보다도 추운데, 우리한테는 음악도 보드까도 없으니 고문이 따로 없다고."

신사들이 제자리로 돌아간다. 하지만 내게는 배후가 없다. 그 사실도 비밀에 부쳐야 할까? H는 영영 다시 만날 수 없게 되는가? 길고양이들은? 토하는 아이는? 모두의 안부를 알 수 없는 와중에 이 모서리마저 내 자리가 아닌 것 같다. 두려움과 슬픔이 점점 크게 밀려들지만 마음을 가다듬기로 한다. 발밑에서 이제 막 LP를 발견했기 때문이다. 안개 때문에 전체가 다 드러나지는 않지만 반짝이는 황금빛 삼각형의 한 꼭짓점이 나를 겨누고 있는 게 보인다. 그래, 작열하는 태양 아래 선 피라미드가 재킷 디자인이었지.

나는 슬금슬금 움직여 LP를 집어든다. 주목을 끌지 않으려고 노력했지만, 사이렌이 울리고 만다. 나는 구른다. 튀어오른다. 오렌지 모양의 고무 회전문 쪽으로 힘껏 팔을 내뻗는다. 문이 회전하면서 내 어깨와 가슴, 배와 다리를 삼킨다. 바퀴가 둥글고, 피뢰침이 뾰족하고, 동물들의 피가 붉은 것처럼, 이 안과 밖의 경계는 말랑말랑하다. 이 순간 내게 커다랗고 듬직하고 은밀한 위안은 그것뿐이다.

여름날 오후 세시의 산책

한창 더울 때를 골라 땀을 흘리며 걸어다니는 것은 미친 짓이라고 생각하면서도, 나는 8월 오후 세시 즈음에 미친 여자처럼 거리를 헤매고 있다. 해가 지자마자 적막해지는 J시의 분위기에 적응이 되지 않아서이다. 밤이 되면 죽은 듯 고요해지니까 죽음 가까이 있는 것 같은 기분이 든다. 게다가 어제는 뒤숭숭한 꿈도 꾸었으니, 낮 동안은 다시 살아난 것 같은 기분을 회복해야 한다.

오늘 새로 알게 된 소소한 정보들은 다음과 같다.

—숙소에서 지하철로 30분 거리에 있는 수산시장에서는 해마다 축제가 열리는데, 올해로 4회째가 되었다.

—N대학 근방에는 유럽풍 건물들을 흉내 낸 상점들이 늘어선 언덕길이 있다.

—J시에서 가장 오래된 성당에는 아름다운 외모의 보좌신부가 있다.

—지역 명소로 소문난 L제과점에서는 무지개 빛깔의 케이크가 인기 높다.

—콜택시 기사 중에 놀라운 이야기꾼이 있다. 그가 구사하는 '인생극장'은 승객의 목적지에서 정확히, 깔끔하게 끝이 난다.

초대받은 저녁행사가 있어서 멀리 가면 안되는데도 나는 걸음을 되돌리지 못한다. 그러다보니 나를 초대했을 리 없는 다른 행사장으로 발을 들여놓는 일도 벌어지고 만다. 나는 자원봉사자들의 안내를 받으며 청소년을 위한 과학캠프 행렬에 학부형인 듯 어정쩡하게 섞여든다. 한 부스에서 최근 연구 중인 3차원 홀로그래픽 현미경에 대해서 소개하는 중이다. 맨 앞줄에 서 있던 키 작은 아이 하나가 질문을 하기 위해 손을 든다.

Q : 저 그런데요, 레이저랑 레이저가 만나면 어떻게 돼요?

A : (눈을 반짝인다) 오, 어려운 질문이에요. 어떻게 설명하면 좋을까, 거참, 광자와 광자가 주파수가 맞을 때는 서로 간섭을 하게 되는데 말이에요……

조금만, 조금만 더 깊숙이, 내 앞의 빛과 어둠 속을 가로질러 가보기로 한다.

| 작가의 말 |

여기 실린 여덟편의 단편소설과 그보다 짧은 한편의 엽편소설은 모두 2013년 여름부터 2016년 여름 사이에 쓰인 것입니다. 아홉개의 작은 세상과 만나는 낯선 여행코스 같은 것으로 생각해도 좋지 않을까 싶습니다.

이 소설들에는 다음과 같은 인물들이 등장합니다. 끝인가 싶은 데서 새로운 국면을 맞거나, 아예 모르는 길로 스스로 방향을 틀거나, 이곳을 벗어나 다른 먼 데로 떠날 듯한, 혹은 떠나본 적 있는 사람들. 이들이 익숙한 시간의 축을 휘어 일상을 기이한 체험으로 만들어버리는 순간들이 있는데, 나는 이 작고도 큰 모험들이 너무나 좋아서 쓰는 일을 멈출 수 없었습니다.

「이상한 정열」은 무현이란 남자가 주인공입니다. 나는 그 남자의 이야기를 하면서 말희라는 여자와 군도라는 소년과 탄이라는 개를 등장시켰습니다. 말희는 무헌을 사로잡은 '이상한 정열'보다도 어쩌면 더 희한한 존재입니다. 무헌이 갈팡질팡하며 오르락내리락 감정의 파도를 타는 동안 그 여자는 초연히 그 세계의 한 귀퉁이에 서 있습니다. 그리고 짖는 개가 있고, 무헌에게 당신은 누구냐고 묻는 소년이 있습니다.

「4번 게이트」는 개인적으로 애착을 품게 된 소설인데, 이 작품을 쓸 즈음 소설가로서 여기서 멈출지, 아니면 더 나아갈지를 고민했기 때문입니다. 결국 더 나아가보기로 했고, 그렇다면 이전보다는 깊고 어두운 데에서 독자들과 만나겠다고 마음먹었습니다. 내가 그려낼 수 있는 이만큼의 다른 무언가가 있는데, 거기서 당신을 만나볼 수 있을까요? 하고 용기내서 말을 건네본 소설이라고 생각합니다.

「베티」는 카이스트 교정에서 구상했습니다. 테니스코트에서 테니스를 치던 청년들의 활력이 그 여름날의 초록, 눈부신 햇빛과 함께 기분 좋게 떠오릅니다. 평소 운동감각이 좀 둔한 편인 나는 그날 코트를 넘어서 내 쪽으로 날아온 공을 학생들에게 제대로 되돌려주지 못했습니다. 그러나 이 소설의 여주인공은 꽤 운동신경이 있는 편으로 그녀의 운동감각에 관해서는 소설 후반부에 잠깐 만나실 수 있습니다.

마지막에 실린 「네 맞은편 사람」은 작가의 작업방식에 대한 에세이를 청탁받고 픽션 형식으로 썼던 글을 일부 수정한 것입니다. 실제와 상상과 꿈이 뒤엉킨 산책로를 만들어본다는 생각으로 첫 문장을 적었던 기억이 납니다. 이 소설집이 담아낸 세계를 손거울로 부분적으로 비춰 볼 수 있다면 혹 이런 모양새가 되지 않을까요?

그밖에 여기 언급하지 않은 다섯편의 소설 모두에 삶에 대한 쉼 없는 사랑을 담았습니다.

출판사 창비, 백지연 평론가님, 강경석 평론가님 감사합니다. 박지영 편집자님, 함께 걸어오며 즐거웠습니다. 이 시간의 힘으로 다른 작품들을 이어갈 수 있을 거예요. 고맙습니다. 아홉편의 소설을 모두 읽고 표지 작업을 해준 디자이너 윤정우님, 사진을 찍어준 포토그래퍼 신나라님께도 감사 인사를 드립니다.

지난 몇년간을 돌아보면, 사소한 일상을 나답게 지켜내는 일에도 많은 에너지가 필요한 나날이었다는 생각이 듭니다. 쉽지 않은 시간을 통과해온 자신에게 수고했다고 말하고 싶고, 어쩌면 나와 비슷할지 모를 미지의 친구들에게도 따뜻한 인사를 전합니다.

2016년 겨울

기준영

| 수록작품 발표지면 |

불안과 열망 ……『문예중앙』 2014년 여름호

누가 내 문을 두드리는가 ……『문학과사회』 2015년 여름호

4번 게이트 ……『한국문학』 2014년 여름호

베티 ……『현대문학』 2015년 8월호

이상한 정열 ……『창작과비평』 2013년 가을호

여행자들 ……『문학동네』 2013년 가을호

에테르처럼 ……『21세기문학』 2014년 겨울호

조이 ……『창작과비평』 2016년 가을호

네 맞은편 사람 ……『한국문학』 2016년 봄호(「여름날 오후 세시의 산책」으로 발표)

이상한 정열

초판 1쇄 발행 • 2016년 12월 9일

지은이 / 기준영
펴낸이 / 강일우
책임편집 / 박지영
조판 / 박지현
펴낸곳 / (주)창비
등록 / 1986년 8월 5일 제85호
주소 / 10881 경기도 파주시 회동길 184
전화 / 031-955-3333
팩시밀리 / 영업 031-955-3399 · 편집 031-955-3400
홈페이지 / www.changbi.com
전자우편 / lit@changbi.com

ISBN 978-89-364-3744-2 03810

* 이 책은 서울문화재단 '2015년 문학창작집 발간지원사업'의 지원을 받아 발간되었습니다.

* 책값은 뒤표지에 표시되어 있습니다.